HORS-JEU

LES ROMANCES DES BRITISH BOYS

J.H. CROIX

Ce livre est fictionnel. Tous noms, personnages, entreprises, lieux, évènements et incidents sont un produit de l'imagination de l'auteur ou utilisés dans un cadre fictif. Toute ressemblance à des personnes réelles, vivantes ou mortes, ou à des évènements réels est fortuite.

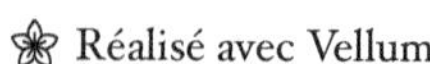 Réalisé avec Vellum

Chapitre Un

ETHAN

Un poing rebondit sur le bord de mon menton et je le rendis par réflexe. Mon intention n'avait pas vraiment été de frapper ce gars en plein visage, mais j'avais plongé la tête la première dans cette bagarre. Littéralement. Du sang coulait le long du visage de ce gars alors qu'il continuait d'attaquer, tout en lâchant une série de gros mots. Je réussis à éviter un autre poing et à m'échapper de la mêlée. C'était le petit matin, et j'essayais simplement de partir du bar où quelques-uns de mes coéquipiers et moi étions allés boire un verre. Je n'étais pas très attentif, et pour être complètement honnête, j'étais un peu bourré après une ou deux bières de trop. Je ne buvais pas beaucoup en temps normal, donc les rares fois où ça m'arrivait, l'alcool me montait à la tête rapidement. D'où le fait que je n'avais pas remarqué la bagarre qui montait dans le bar en me dirigeant vers la sortie. J'avais donc sans le vouloir mis les pieds dans le plat.

En regardant rapidement autour de moi, je conclus que je m'étais échappé avec succès. S'il y avait bien une chose que je voulais éviter, c'était que le coach apprenne que je m'étais retrouvé dans une bagarre, donc je sortis rapidement dans les rues endormies de Seattle. Je mis la capuche de mon manteau et me dirigeai vers mon appartement quand j'entendis mon nom.

— Ethan Walsh ?

Je me retournai et vis un policier qui se tenait à côté de l'un des barmans. Bon sang. Je hochai la tête poliment.

— Oui, m'sieur l'agent.

J'avais peut-être frappé un gars sans le faire exprès, mais je restais bien élevé. Même si ça ne me servait pas beaucoup à ce moment-là. En un clin d'œil, on m'avait poussé dans une voiture de police, et je regardai l'autre policier arrêter les deux gars qui se battaient pour de vrai et les faire monter dans l'autre voiture. Le policier qui semblait être responsable de moi était plutôt amical.

— Monsieur Walsh, de ce que je comprends, vous étiez au mauvais endroit au mauvais moment. Le problème, c'est que le gars que vous avez frappé est très énervé et complètement saoul, donc il est assez difficile à raisonner. On va aller au commissariat et arranger tout ça. Il y avait beaucoup de témoins qui racontent que vous avez simplement traversé la pièce et vous êtes pris un coup dans la mâchoire en premier.

L'agent de police continua de parler un moment, alors que je tenais mon visage entre mes mains et soupirais. Super, vraiment super. Quand on arriva au commissariat, j'annonçai immédiatement qu'il fallait que je passe un appel. Même si les policiers étaient plutôt amicaux, l'idiot qui m'avait mis un pain n'était vraiment pas content du nez en sang que je lui avais offert. J'appelai rapidement Tristan, mon colocataire qui avait eu le bon sens de ne pas sortir dans un bar ce soir. Il gloussa et me promit d'appeler le coach pour que quelqu'un de l'équipe vienne s'occuper de moi.

Je faisais partie de l'équipe de football de Seattle, les Seattle Stars, une équipe américaine qui mettait le paquet pour recruter des footballeurs du monde entier. Précision : football*, et non pas football américain. Il y avait plein de choses que j'avais appris à aimer aux États-Unis, mais le fait que pour eux le football soit un autre sport, un sport bien moins intéressant en plus, m'énervait vraiment. Le reste du monde savait de quoi on parlait quand on utilisait le mot « football », mais pour les Américains c'était le « soccer », et personne ne savait de quoi je parlais ici. Bref, c'était difficile à croire, mais j'étais un joueur de haut niveau et j'avais eu la chance d'être recruté ici après un solide début de carrière pro au Royaume-Uni. Le problème dans cette histoire, c'était que je préférais éviter un scandale pour mon équipe. Notre coach − un homme que je respectais énormément − n'avait pas beaucoup de patience quand il s'agissait de ce genre de bêtises idiotes.

Je posai mon menton dans mes mains et attendis. Ils m'avaient installé dans une pièce où il n'y avait pas grand-chose à part une table, une chaise et un téléphone. Je ne savais pas depuis combien de temps j'attendais quand le silence de mort fut interrompu par un « toc toc » puissant contre la porte. Avant que je n'aie le temps de me redresser complètement, la porte s'ouvrit. Je retombai presque sur la chaise en voyant Zoe Lawson entrer.

Zoe entra dans la pièce, referma la porte derrière elle et s'avança rapidement vers la table, s'asseyant et me regardant.

— Bonsoir Ethan, dit-elle.

Je m'assis et retins le soupir qui essayait de s'échapper de ma bouche. Zoe Lawson était une avocate de défense criminelle que j'avais rencontrée quelque temps plus tôt, quand elle avait aidé Alex Gordon avec sa plainte d'agression, quand il avait perdu le contrôle et avait frappé le salaud qui avait violé sa copine des années plus tôt. Alex était l'un de mes amis débarqués d'Angleterre, et le gardien des Stars. Alex, égal à lui-même, avait une bonne raison d'avoir attaqué quelqu'un. Moi en revanche, je ne savais même pas si j'étais formellement accusé de quoi que ce soit pour l'instant, mais j'avais réussi à mettre ma tête contre le poing de quelqu'un et à m'énerver.

Et maintenant, Zoe était là. Zoe était, eh bien, elle était tout simplement magnifique. Je ne savais pas si c'était la plus belle femme du monde, mais elle l'était pour moi. Elle était aussi un peu terrifiante. Elle faisait presque 1 m 80 avec des jambes interminables. Et même si elle avait sans doute été obligée de sortir du lit pour venir me voir, elle était propre sur elle et portait un tailleur bleu marine avec une jupe qui lui arrivait aux genoux. Ses cheveux auburn étaient remontés en un chignon élégant, sans une seule mèche rebelle. Ses superbes cheveux allaient de pair avec ses yeux noisette et sa peau blanche. La seule chose qui apportait un peu de douceur à son visage était sa bouche charnue, les coins de ses yeux qui remontaient un peu vers le haut et ses joues roses.

Oh, et la dernière fois que je l'avais vue, je l'avais embrassée. Je l'avais croisée par hasard quand je quittais un restaurant. J'avais bu quelques bières et je me fichais bien de son attitude froide à ce moment-là. J'avais complètement profité de son air surpris en me voyant et je l'avais embrassée dans le couloir de ce restaurant. Pendant un bref instant, sa bouche s'était adoucie et elle s'était cambrée contre moi. Puis elle avait dû reprendre ses esprits, mais pas avant que nos langues ne s'entremêlent. Et certainement pas avant que je sente chaque centimètre de son corps collé contre moi. Ce bref avant-goût avait pris fin quand elle m'avait repoussé en me lançant un regard noir, avant de partir. Je ne l'avais pas revue depuis.

Je la regardai assise en face de moi et me trouvai pris entre deux envies. D'un côté, j'avais envie de faire le tour de la table et de détacher ses cheveux. Je m'étais imaginé plusieurs fois ce que ses splendides cheveux feraient s'ils étaient lâchés, mais je n'avais jamais eu l'occasion d'avoir la réponse. Même la lumière fluorescente et brutale de cette pièce ne pouvait ternir cette chevelure brillante, d'un auburn intense et parsemée de mèches dorées.

D'un autre côté, je me sentais un peu stupide. Les aiguilles de l'horloge basique accrochée au mur au-dessus de la porte me disaient qu'il était presque 1 h 30 du matin. Je n'avais pas de bonne excuse pour expliquer pourquoi je m'étais retrouvé dans cette situation, et je me demandais bien comment j'allais expliquer tout ça à Zoe.

Bon sang. Zoe Lawson prenait le contrôle de toutes les pièces où elle entrait. Elle dégageait une intelligence et une assurance folles, et ne semblait pas du tout intimidée. Ce n'était pas surprenant que j'aie autant envie d'elle.

Je n'avais pas réalisé que j'étais assis là comme un idiot avant que Zoe ne tapote des doigts sur la table.

— Tu es capable de dire bonsoir ? demanda-t-elle, un peu cassante.

Oh, il ne m'en fallut pas plus. Je me redressai et la regardai dans les yeux.

— Bonsoir Zoe. Qu'est-ce qui t'amène ici ce soir ? demandai-je avec un ton lourd de sous-entendus.

Zoe haussa un sourcil et se recula sur sa chaise.

— C'est le matin Ethan, et apparemment tu as réussi à te mettre dans des ennuis. Le coach Hoffman m'a appelée et m'a demandé de venir te voir.

Elle s'arrêta et prit le temps de regarder sa montre.

— À 1 h 30, du matin.

Ses magnifiques yeux noisette, où on trouvait des éclats de vert et d'orange, se mélangeant avec des pointes d'or, trouvèrent les miens à nouveau. Son regard s'empara de moi et il fallut qu'elle tousse pour me ramener à la réalité.

— Ouais, il est un peu tard, c'est vrai, ou tôt, selon comment on voit les choses, réussis-je enfin à répondre.

Elle pencha légèrement la tête et sortit un petit carnet de son sac à main.

— Explique-moi ce qu'il s'est passé.

Je lui fis un résumé rapidement, mais je ne pus m'empêcher de sourire quand elle plissa les lèvres. Je ne souriais pas parce que je trouvais ça drôle. Non, j'adorais simplement faire tomber son masque, tout comme je l'avais fait avec ce baiser. Mais ce n'était pas facile. Elle était très forte. Mais le coin de sa bouche remontait légèrement, et j'adorais ça. Le sang descendait directement vers mon entrejambe.

Concentre-toi, mec. Ce n'est pas le moment de s'exciter.

— Ethan, sois honnête. Est-ce que tu as vraiment traversé une bagarre sans t'en rendre compte ? Parce que je vais te dire la vérité, ça me parait complètement ridicule.

Je la regardai, en me disant que je n'avais pas vraiment envie de continuer à parler de tout ça. Je savais que c'était complètement ridicule, mais c'était la vérité.

Chapitre Deux

ZOE

Ethan Walsh me regarda avec un demi-sourire et haussa les épaules. Même ses demi-sourires étaient dangereux. Insouciance était le mot qui me venait en tête quand je croisais Ethan. Il se comportait toujours comme un dragueur qui n'avait peur de rien. Entre ça et ses bouclettes blondes sauvages, ses yeux vert brillant et son corps de dieu grec, il était parfaitement dangereux. Ajouté à cela son accent anglais, on avait un total de bien trop de charme et de tentation. Il me secouait de plus de façons que je ne voulais l'accepter.

Je ne l'avais rencontré que deux ou trois fois, et toujours dans des situations où rien n'était censé me faire penser à du sexe. Par exemple : tout de suite. C'était le milieu de la nuit. J'aurais dû être fatiguée et de mauvaise humeur. Au lieu de cela, j'étais en feu. Il lui suffisait de me regarder pour qu'une luxure coule dans mes veines. Et pour empirer les choses, la dernière fois que je l'avais vu, il m'avait embrassée. En l'espace de quelques secondes, il m'avait donné chaud, et je m'étais retrouvée trempée. Je n'avais pas oublié ce baiser, même si j'avais essayé. Ça m'énervait au plus haut point. Je n'avais pas de temps pour un homme, encore moins pour une star mondiale du foot qui était clairement un don Juan. Ses surnoms dans les journaux étaient même Golden Boy Brit et Magnum.

Mes yeux baladeurs, vilains yeux rebelles, admirèrent les muscles de ses épaules et de son torse. Bon Dieu, même ses mains étaient sexy : musclées et avec assez de marques pour m'assurer qu'il savait s'en servir. Je l'entendis rire doucement et je levai les yeux vers son visage, sentant que mes joues rougissaient. Mince ! Je ne voulais pas qu'un joueur de foot sexy commence à se dire que je le matais.

— Je suis censée répéter ma question ? demandai-je, mon ton désagréable m'agaçant moi-même.

J'avais tendance à être vache, surtout avec les hommes.

Ethan passa une main dans ses cheveux froissés, me lançant un petit sourire gêné. La partie basse de sa mâchoire était un peu rouge. Je supposai que c'était à cause du poing sur lequel il s'était apparemment jeté.

— Non, ce n'est pas nécessaire. Je sais que ça parait ridicule, mais c'est ce qu'il s'est passé. Je me dirigeais vers la sortie et je ne faisais pas attention.

— Donc tu es rentré dans le poing d'un gars ?

Ethan me lança un nouveau sourire gêné, et une fossette apparut dans sa joue. Bon sang de bon Dieu. Il avait une fossette que je n'avais jamais remarquée. Ça ne faisait qu'ajouter à son charme coquin, et il n'en manquait déjà pas. Mon pouls vibrait et la chaleur traversait mes veines. Pire encore, je sentais une humidité se former au sommet de mes cuisses. C'était un problème. J'étais engagée par les Seattle Stars quand ils avaient besoin de moi. Mes rencontres précédentes avec Ethan avaient toutes été très courtes, ce qui était pratique. À part ce baiser fou sorti de nulle part, qui avait presque fait fondre mon corps. Enfin, ça avait été bref aussi, mais assez mémorable pour marquer mon corps et mon esprit au fer rouge. S'il y avait de réelles conséquences légales à cette bagarre de bar idiote, j'allais avoir à passer beaucoup plus de temps avec lui.

C'était un désastre potentiel pour ma santé mentale.

Je décidai d'ignorer complètement la réaction que mon corps montrait à Ethan. C'était un peu difficile étant donné que mon ventre faisait des sauts et que j'avais si chaud qu'il me fallait un ventilateur. Mais bon ! J'étais toujours partante pour un challenge.

— Donc on reste sur cette version de se retrouver au milieu d'une bagarre sans faire exprès. Je n'ai pas encore pu parler à la police. Ils m'ont conduite ici immédiatement quand je suis arrivée. Quand je vais aller leur parler, est-ce qu'ils vont me raconter que des témoins ont vu autre chose ?

— Non, certainement pas, dit Ethan en se redressant sur sa chaise. Je me sens un peu bête, mais c'est ce qu'il s'est passé.

Son regard était sobre et honnête, son insouciance habituelle avait disparu. Je découvrais rapidement que cette version de lui était plus dangereuse encore que son attitude joueuse. Un homme aussi beau que lui, à en tomber, n'avait pas le droit d'être gentil en plus de ça.

Qu'est-ce que tu fous ? Arrête de baver et fais ton boulot. Si tu le fais assez bien, tu n'auras pas besoin de t'inquiéter de le revoir.

La voix suivante qui essaya de me donner son avis fut écartée. Cette voix voulait me demander pourquoi j'étais aussi déterminée à ne pas envisager la possibilité d'avoir un homme dans ma vie. Ethan était un canon, ça n'aurait pas été la pire des choses de passer un peu de temps au lit avec lui. J'explosai presque de rire. *Ne commence pas à t'imaginer ça.*

Par pure force mentale, je trouvai son regard et hochai la tête. Je le croyais, malgré mon envie de l'embêter. Alors que je regardais en face de moi, je me perdis dans ses yeux. Ils étaient d'un vert si intense. Derrière ce masque de dragueur, je sentais bien qu'il y avait plus chez lui que l'image qu'il se donnait.

On vient de décider de ne pas penser à ça, non ? Sérieusement, tu ne peux pas commencer à te dire qu'Ethan pourrait s'intéresser à une femme comme toi. Il sort avec des mannequins et cherche des coups d'un soir, il ne s'intéresse pas aux femmes passionnées par leur carrière qui travaillent sans cesse. Sans parler du fait que la dernière chose dont il a sans doute envie est d'une vierge de trente ans.

Il haussa un sourcil, et c'est à ce moment-là que je réalisai que je le fixais du regard. Je décroisai les jambes avant de les recroiser immédiatement. Ça eut la conséquence malheureuse de me montrer à quel point la soie de ma culotte était trempée. Super, vraiment super. Ethan Walsh, un homme que je refusais de désirer, était capable de me faire mouiller dans une salle morne du commissariat de police de Seattle.

C'était énervant au plus haut point. Que venait-il de dire ? Ah oui.

— Très bien. Eh bien, dans ce cas, on devrait réussir à arranger ça tout de suite.

Je me levai si rapidement que j'en fis tomber ma chaise. Ethan se trouva à côté de moi en un éclair. Il attrapa le dossier de la chaise et la releva. En vrai gentleman dragueur, il me fit un clin d'œil quand je trouvai son regard. Il était trop près. Même si je n'avais été très proche de lui que trois ou quatre fois, il était toujours plus près que ce à quoi je m'attendais. Il dégageait une force masculine profonde. Mon pouls monta dans les tours, si ça avait été une course, mon pouls aurait gagné la médaille d'or. Je reculai d'un pas et me cognai à la table.

Le regard d'Ethan soutint le mien puis parcourut mon corps de façon flagrante. Ça aurait dû me mettre hors de moi. S'il y avait bien une chose qui me tenait à cœur, c'était d'être prise au sérieux dans mon travail. Au lieu de cela, j'étais en colère contre moi-même face à la pointe de plaisir que je trouvais en sachant qu'il admirait mon corps. Le souvenir de la sensation de ses lèvres sur les miennes et de ses muscles durs contre mon corps fit vibrer ma peau. Une chair de poule naquit chaudement sous son regard, et c'était comme si ses yeux me caressaient. Quand il trouva à nouveau mon regard, mon souffle se coupa et mon ventre se serra, alors qu'une chaleur montait dans mon centre et inondait mon corps.

J'oubliai tout ce que j'étais en train de faire. J'oubliai même pourquoi j'étais là. Ethan se tenait juste assez près de moi pour court-circuiter mon cerveau, alors que mon cœur battait fort et de manière saccadée. Il leva une main, passant un doigt le long de ma mâchoire et dans mon cou. C'était la chose la plus sexy qu'on m'ait jamais faite. Je sentais son doigt rugueux et subtil, et tous mes sens l'écoutaient. Son toucher était une trainée de feu sur ma peau. Je mourais de chaud et je fondais presque de l'intérieur.

Je n'avais aucune idée du temps qui s'écoula, mais sa voix me ramena à la réalité.

— Zoe, ma belle...

Il s'arrêta juste assez longtemps pour que je me dise qu'il entendait le battement sauvage de mon cœur. Après quelques secondes sans respirer alors que le désir me traversait comme une vague infernale, il termina sa phrase.

— D'une façon ou d'une autre, je t'aurai.

Emmêlé dans son accent anglais sexy, son ton était un peu trop arrogant pour moi. J'étais soudainement furieuse... et plus excitée que jamais auparavant dans ma vie.

— Oh, je ne crois pas, dis-je en me redressant et en lui lançant un regard noir, en faisant de mon mieux pour ignorer le besoin sauvage en moi.

Il sourit d'un sourire lent, dévastateur, qui fit danser mon ventre et me donna si chaud que je n'arrivais plus à réfléchir.

— On verra, dit-il en reculant sa main.

Son toucher me manqua instantanément. Mes yeux, ces traitres, n'en faisaient qu'à leur tête et tombèrent sur son entrejambe, remarquant qu'il était excité. Très excité. Sa queue était encadrée par un jean délavé qui épousait sensuellement son corps. Quand je me forçai à lever les yeux et me heurtai à son regard, je vis une pointe de malice qui me donna presque envie de m'enfuir en courant.

Chapitre Trois

ETHAN

— Explique-moi, dit le coach en secouant la tête alors qu'il me regardait.

J'étais assis devant son bureau alors qu'il faisait rebondir une balle d'une main à l'autre. Le coach Bernie Hoffman était un gars bien. Il avait aussi été un grand joueur de football, enfin, de soccer, quand il était jeune, avant de prendre sa retraite et de devenir coach. J'avais appris à le respecter profondément depuis que j'avais signé chez les Stars, un peu plus d'un an plus tôt. Contrairement à mon dernier coach en Angleterre, le coach Hoffman ne tolérait pas ce genre d'idioties. Mais ce n'était pas un salaud non plus. Jamais. Donc je me sentais bête. Encore une fois.

— Coach, c'est juste ce que je viens d'expliquer. Je sais que ça parait ridicule, mais je suis tombé en plein dans une bagarre. J'avoue que j'étais un peu bourré, et c'est pour ça que je ne faisais pas attention. Mais je vous promets que l'autre gars m'a frappé en premier. Je n'arrive pas à croire qu'il porte plainte. Zoe a suggéré que je porte plainte en retour, mais ça me parait idiot. Vous lui avez parlé ?

À la seconde où je prononçai le nom de Zoe, une image d'elle perfora mon esprit, ses joues rosies et ses yeux sombres quand je la draguais. Je ne pouvais pas m'en empêcher. Bon sang. Cette femme était tellement canon, je bandais presque rien qu'en pensant à elle. Le coach interrompit mes pensées lascives.

— Elle m'a écrit avant même le lever du soleil.

Il se tut et secoua la tête à nouveau.

— Elle n'a pas hésité une seule seconde quand je lui ai demandé d'aller te voir au commissariat à 1 h du matin. J'espère que tu lui as dit merci.

Quand il se tut, je compris qu'il attendait que je dise quelque chose. La réponse était oui, bien sûr. Comme je l'avais dit, j'étais bien élevé.

— Tout à fait. Je l'ai remerciée plusieurs fois.

Le coach hocha légèrement la tête avant de continuer.

— Donc oui, elle m'a envoyé un e-mail pour me tenir au courant. Elle n'a pas l'air de s'inquiéter particulièrement à propos de la plainte contre toi, elle est même plutôt directe sur le fait qu'elle pense que tu devrais insister auprès de la police. Elle a prévu d'aller leur parler ce matin, pour parler à un supérieur. J'ai peur que ce gars ait compris qui tu es et se dise qu'il peut te tirer un peu d'argent.

Je me retins de lâcher un gros mot. En passant ma main dans mes cheveux, je soupirai.

— Sérieusement ? Je n'avais même pas pensé à ça.

Le coach hocha la tête doucement en levant les yeux au ciel.

— Ça ne me surprendrait pas du tout. Bref, Zoe s'en occupera. Si tout s'est passé comme tu le décris, on ne devrait pas avoir besoin de s'inquiéter.

Il se leva et jeta la petite balle dans un panier de basket accroché dans le coin du bureau.

— Bon boulot à l'entrainement aujourd'hui. Fais-moi plaisir et évite les ennuis, d'accord ?

Je me levai alors qu'il faisait le tour du bureau.

— Bien sûr. Je n'irai même pas au bar pour l'instant, dis-je, agacé de me sentir comme un idiot qui avait trop bu et avait fait une connerie.

Je quittai son bureau et traversai le couloir pour trouver mon colocataire. Je passai la porte des vestiaires et passai à deux doigts de lui rentrer dedans.

— Salut mec. Je venais te chercher, dis-je alors que je faisais demi-tour pour marcher à ses côtés.

Tristan Wells me jeta un coup d'œil avec un léger sourire. Pour lui, c'était l'équivalent d'un saut de joie. Il était discret, et c'était sans doute pour ça que lui et moi étions si bons amis. Tristan avait signé avec les Stars au même moment que moi, en même temps que deux autres coéquipiers d'Angleterre. Je connaissais Liam et Alex depuis l'université et je m'étais retrouvé dans la même équipe qu'eux après un passage éclair dans une autre, qui ne s'était pas très bien passé. On avait fait nos années de fac ensemble, donc on se connaissait bien. Tristan était le plus intelligent de nous tous, et c'était pour ça qu'il n'était pas à la fac avec nous. Il avait fait ses études à Oxford, comme un petit génie. Il était aussi un génie du foot, par chance. Au début, je l'avais trouvé coincé. Il ne parlait jamais. Puis j'avais appris à le connaitre, et j'avais découvert qu'il avait un sens de l'humour tordu et cassant, et qu'il n'était en aucun cas coincé.

Il resta silencieux pendant qu'on traversait le couloir du stade, le son de nos pas résonnant tandis qu'on prenait un tournant vers les portes. On s'aventura vers l'un des rares après-midi ensoleillés de Seattle. Ce n'est qu'à ce moment-là que Tristan prit la parole.

— Comment ça s'est passé avec le coach ? demanda-t-il.

— Euh, bien, répondis-je en haussant les épaules. Il a dit exactement ce que je pensais qu'il allait dire. Je ne vais pas sortir dans un bar jusqu'à ce que tout ça soit réglé.

On commença à se diriger vers notre appartement. Sans surprise, Tristan resta silencieux quelques instants. De temps en temps, je me disais que c'était vraiment surprenant qu'on soit devenus meilleurs amis. Je serais le premier à admettre que j'étais sauvage, dragueur et joueur, toujours à chercher à m'amuser, quelle que soit la situation. Tristan, en revanche, réussissait à gérer une carrière de footballeur professionnel tout en terminant ses études de médecine.

J'adorais les femmes. Bon sang que j'aimais les femmes. Tristan, lui, semblait bien trop occupé pour avoir le temps de penser à ça. Il me faisait penser à Alex Gordon, un autre de nos amis anglais. Alex gérait sa vie sexuelle comme une réunion de travail quand nous vivions à Londres. Un besoin humain et rien d'autre. Il avait fini par tomber fou amoureux de cette fille, Harper, mais c'était une autre histoire.

Moi ? J'adorais le sexe, et j'adorais les femmes. Aussi souvent que possible, avec autant de femmes que possible. Je n'étais pas celui qui avait inventé les surnoms qui me collaient à la peau dans les journaux, mais ils ne me dérangeaient pas. Magnum m'avait suivi depuis Londres, en hommage aux capotes qu'une femme m'avait données en public après une nuit ensemble. Golden Boy Brit s'était ajouté à la liste depuis que j'avais déménagé ici. Celui-ci m'amusait un peu moins, ce n'était qu'un jeu de mots sur mes cheveux. Mes quatre sœurs adoraient se moquer de moi avec celui-là.

Tristan semblait un peu amusé par tout ça. C'était le meilleur genre d'ami. Il n'hésitait jamais à répondre à mes coups de fil, y compris l'autre soir quand j'avais besoin de quelqu'un avec la tête sur les épaules pour me sortir de mon pétrin accidentel. Lorsqu'on s'arrêta devant un passage piéton, il me regarda.

— Très bien. Tu vas devoir trouver une nouvelle façon de rencontrer des femmes. Sinon tu vas me rendre fou à trainer à l'appart, dit-il avec une étincelle dans ses yeux noisette.

Je lui donnai un coup de coude et on recommença à marcher.

— Je n'ai pas besoin d'un bar pour rencontrer des femmes.

Il me lança un autre sourire.

— Ça non. Alors, qui est le pauvre avocat qui a dû venir te chercher la nuit dernière ?

Le temps que je rentre chez nous la veille, Tristan s'était couché, ce qui était compréhensible. Il était déjà parti quand je m'étais réveillé, donc je ne l'avais pas vu avant l'entrainement.

— La même avocate qui s'est occupée du cas d'Alex. Zoe Lawson.

Le simple fait de dire son nom m'agita. Bon sang. J'avais envie de la revoir.

— Ah, la jolie rouquine ?

À la seconde où Tristan posa cette question, un éclair de jalousie me traversa. Rapidement suivi par une confusion sur ce qu'il se passait dans ma tête. Je n'étais jamais jaloux. Bon sang, j'étais du genre à penser que tous les hommes devraient aimer les femmes. J'avais même essayé d'arranger des coups à Tristan avec des femmes qui voulaient simplement s'amuser un peu. Ça n'avait servi à rien, bien sûr. Mais quand même. Je n'étais pas le genre de gars qui grognait pour faire peur aux autres mâles. Je me disais que les choses suivaient toujours leur cours.

Apparemment, ce n'était pas le cas avec Zoe. Bon sang.

Je me grondai et me dis de ne pas perdre la tête. Même si Tristan avait remarqué que Zoe était jolie, ça ne voulait pas dire quoi que ce soit.

— Ouais, la jolie rouquine. Des jambes interminables, dis-je enfin, en essayant de rester léger.

On arriva devant les marches de notre immeuble. Tristan me regarda à nouveau, un regard trop direct, trop réfléchi. Je l'ignorai alors qu'on entrait dans notre appartement. Il jeta ses clés sur la table et retira ses chaussures. Notre appartement avait un grand salon ouvert sur la cuisine, avec de grandes fenêtres qui laissaient entrer le soleil et illuminaient le parquet. Dire que notre ameublement était minimaliste était généreux. Nous avions un canapé d'angle noir, une table basse et un écran plat monté sur le mur du fond. La cuisine était équipée d'un îlot central avec des tabourets, donc nous n'avions même pas pris la peine d'ajouter des chaises ou une table. Et à part ça, nous avions chacun une chambre et nous partagions une salle de bain. Nous étions tous les deux soignés. Je détestais avoir un appartement mal rangé.

Je retirai mes chaussures et me dirigeai directement vers la cuisine. J'étais crevé à cause du manque de sommeil et de ma longue séance d'entrainement, donc je commençai par me servir un café. Tristan me suivit et s'installa sur un tabouret, passant sa main dans ses cheveux noirs bouclés.

— On dirait bien que tu kiffes Zoe, dit-il.

Ce qui sortait de nulle part, si vous voulez mon avis.

Mon cœur se mit à battre la chamade, et j'étais soulagé de savoir qu'il était assis derrière moi et ne voyait pas mon visage. Je gagnai un peu de temps en versant de l'eau dans la cafetière. Juste assez de temps pour calmer mon corps. L'effet que Zoe me faisait était parfaitement ridicule. Je me rendis compte que la nuit dernière, ou ce matin si c'est comme ça qu'on voulait voir la chose, avait été la première fois que je m'étais retrouvé seul avec elle pendant plus de quelques minutes. Les rares fois où je l'avais croisée avant, ça avait été en compagnie d'Alex pendant qu'il s'occupait de ses problèmes légaux de l'automne dernier. En plus de la fois où je l'avais embrassée dans ce couloir, ce qui avait duré une minute tout au plus.

Je cliquai sur le bouton de la machine à café et me retournai pour faire face à Tristan, enroulant ma main sur le comptoir en même temps. Ça m'énervait que son commentaire me dérange autant. D'habitude, j'étais capable de renvoyer ce que je recevais, surtout quand il s'agissait de parler femmes. Je réussis à ralentir mon pouls, pour ne plus respirer comme un sauvage, ce qui était une victoire. Je croisai le regard de Tristan et sus immédiatement qu'il savait parfaitement l'effet que Zoe me faisait. Bordel. Je ne faisais confiance à personne autant qu'à Tristan.

— Possiblement, dis-je en haussant les épaules, incapable de résister à l'envie de faire comme si ce n'était rien.

Tristan fit tourner la salière dans sa main en me regardant. Je dirais qu'il avait l'air perdu dans ses pensées, mais il avait toujours cet air-là, car c'était l'un des hommes les plus sensibles et réfléchis que je connaissais.

— Ce ne serait pas la pire des choses de bien aimer une femme comme elle, dis-je. Cela dit, je ne pense pas que Zoe Lawson se laisserait avoir par tous tes petits jeux. Il faudrait que tu la prennes au sérieux.

Oh, il n'avait aucune idée à quel point j'étais sérieux quand il s'agissait de Zoe. J'avais ressenti beaucoup de choses dans ma vie, mais le doute n'en faisait pas partie. Je l'ignorais, car il n'y avait rien d'autre à faire avec une émotion comme celle-ci. Du moins, pas que je sache.

— Bien sûr, répondis-je, balançant mon talon contre le placard derrière moi.

Je pris une inspiration et regardai Tristan, en essayant de faire appel au moi que je connaissais si bien, au moi qu'aucune femme ne secouait jamais.

— Peut-être qu'il faut qu'elle arrête de tout prendre au sérieux comme ça ?

Tristan posa la salière et se leva de son tabouret.

— Peut-être. Ou peut-être qu'il va falloir que tu changes de rythme.

Ces mots me coupèrent le sifflet et me mirent mal à l'aise. Comme je ne répondis rien, il se dirigea vers la salle de bain.

— Je vais aller me doucher. Je me suis pris un coup dans le bras pendant l'entrainement, et j'aurais bien besoin d'un peu plus de chaud, lança-t-il par-dessus son épaule.

Je le regardai quitter la pièce, agacé de l'état dans lequel son dernier commentaire me mettait. Dès qu'il quitta mon champ de vision, je me souvins des joues rosies de Zoe et de la sensation de sa peau de soie sous mes doigts. Ce simple toucher, un passage de mon doigt le long de sa joue et de son cou, et le fait d'y repenser suffirent à me faire bander. Bordel. J'avais très envie d'aller la trouver, donc j'allais le faire. J'éteignis la machine à café et criai à Tristan que je partais.

Chapitre Quatre

ZOE

— Tu ne peux pas être sérieux, dis-je.

— Zoe, je suis sérieux, dit Ted Duncan. Laisse-moi en parler à mon client et...

— Ted, c'est des conneries et tu le sais. Il y a une trentaine de témoins qui disent que ton client a frappé le mien en premier, contrai-je, énervée de devoir avoir cette conversation.

Ted Duncan était le pire genre d'avocat. On trouvait son visage sur tous les panneaux publicitaires de la ville. Il était toujours content de porter plainte, en promettant à des clients naïfs beaucoup d'argent qu'il n'obtenait que rarement. À l'instant, il venait de m'informer que son client, l'idiot arraché qui avait essayé de se battre avec son ami mais avait frappé Ethan à la place, voulait faire un procès à Ethan pour un pauvre nez en sang. À un moment entre la nuit dernière et cet après-midi, ce nez s'était retrouvé cassé. Je n'avais pas de temps à perdre avec ces conneries.

— Zoe, je vais relire les rapports de police, mais la version des faits de mon client est différente, et il s'inquiète que monsieur Walsh reçoive un traitement de faveur de la part de la police, ainsi que de la part des témoins. N'oublions pas que tout ça s'est passé dans un bar. On peut sans doute dire que tous les témoins n'étaient pas dans leur état normal, dit Ted d'un ton calme, mesuré et professionnel, qui contrastait avec tout ce qu'il faisait.

Je retins l'envie de lâcher un gros mot et de lui raccrocher au nez.

— Ted, tu me rappelleras quand tu auras eu le temps de lire les rapports de police de la nuit en question. Si tu n'étais pas déjà au courant, l'altercation a également été entièrement filmée par une caméra de surveillance au bar.

— Oh ? Tiens, tiens. Eh bien, c'est bon à savoir qu'on a des informations concrètes, répondit Ted.

Pour la première fois, j'entendis une pointe d'hésitation dans sa voix.

Je souris pour moi-même avant de lui dire au revoir poliment et de raccrocher. Dès le moment où je raccrochai, le téléphone sonna à nouveau. J'y jetai un regard noir avant de réaliser que c'était Jana, ma super secrétaire qui était également l'une de mes meilleures amies. Je cliquai sur le bouton pour la mettre en haut-parleur.

— Dis-moi que ce n'est pas Ted Duncan qui rappelle.

J'avais peut-être apprécié ce petit moment où j'avais senti une faille dans son armure malhonnête, mais je n'étais pas prête à lui reparler tout de suite.

— Ce n'est pas Ted Duncan qui rappelle, répéta Jana joyeusement.

Je levai la main et détachai mes cheveux, soupirant en les sentant cascader sur mes épaules. J'étais fatiguée. J'avais réussi à dormir environ deux heures après m'être fait tirer du lit pour aller voir Ethan au commissariat. J'avais vraiment besoin d'une tasse de café et d'un long bain chaud.

— Si ce n'est pas lui, qui est-ce ? demandai-je.

J'entendis des bruits de pas, ce qui m'indiquait que Jana s'éloignait du bureau d'accueil. Ce qui voulait dire qu'elle se dirigeait vers la petite pièce derrière son bureau, qu'elle appelait son coin à potins top secret. C'était là qu'elle allait quand elle avait besoin de me dire quelque chose en privé.

— Monsieur Sexy est venu te voir, chuchota-t-elle dans son micro.

Mon bas-ventre se serra.

— Monsieur Sexy ?

— Oh, ne fais pas ton innocente avec moi. Ethan Walsh est là. Il est tellement canon, j'ai envie de le manger sur place.

Elle se tut. Je savais qu'elle souriait, et je savais qu'elle attendait de voir si je mordais à l'hameçon. Je n'avais aucune intention de lui faire ce plaisir. Je ne savais pas comment elle avait pu remarquer que j'avais peut-être un peu le béguin pour Ethan. Jana était extrêmement observatrice. Ethan avait accompagné Alex à l'un de ses rendez-vous à mon bureau une fois. Elle avait rapidement remarqué que j'avais perdu le fil de mes pensées ce jour-là. J'avais également fait l'erreur de lui parler de ce baiser. Elle n'avait cessé d'en parler jusqu'à ce que je lui dise qu'elle perdait son temps. Je savais que j'allais me recevoir des commentaires maintenant qu'il était là.

Je ne savais toujours pas quoi faire du fait qu'il m'avait embrassée et était maintenant l'un de mes clients. Ce qui était drôle, c'était que les avocats étaient ceux avec les règles les plus vagues. Même si nous attaquions beaucoup de docteurs pour avoir couché avec leurs patients, pour les avocats, c'était un peu différent. C'était si vague que si votre « relation » avait débuté avant que le client ne soit votre client, vous étiez à l'abri de tout. Sauf si ce n'était pas consenti, mais là c'était tout autre chose. Je trouvais ça particulièrement ironique : comme Ethan m'avait déjà embrassée, j'étais protégée. Ça ne changeait rien au fait que cela me semblait totalement inapproprié et obscène. Mon intellect était choqué par le fait que mon corps ne faisait que s'exciter plus en pensant à cette transgression.

— Eh bien, tu peux le manger si tu veux, contrai-je, en essayant de contrôler ma pointe de jalousie, sans succès. Jana n'oserait jamais draguer un gars si elle pensait qu'il me plaisait, mais je mourais d'envie de ne pas ressentir ce que je ressentais pour Ethan. Mon esprit revint à la trainée de feu laissée par son doigt sur ma peau la veille au soir. Ou ce matin, j'imagine.

Le simple fait de penser à ce bref moment de contact me donna chaud.

— Oh, ma belle, je peux admirer un homme sexy, mais je n'ai pas envie de le manger moi-même. Je veux que tu le manges, dit Jana.

J'imaginais sans souci le sourire diabolique sur son visage. Ces derniers temps, elle essayait de me pousser à perdre ma virginité. Elle avait annoncé que c'était son nouveau projet. Je ne savais pas vraiment quoi en penser. J'étais plutôt agacée d'être encore vierge. Ce n'était pas parce que j'étais prude, ou que j'attendais le mariage. Non, c'était juste que j'avais toujours été trop concentrée sur d'autres choses, comme ma carrière. Le fait d'être une rouquine toute plate au lycée et pour la majorité de mes années de fac n'avait pas arrangé les choses. J'avais éclos très tard, pour ainsi dire. Je n'avais trouvé mes courbes que vers la fin de mon diplôme. À ce stade, je n'avais déjà plus aucune confiance en moi, après que tout le monde s'était moqué de ma taille jusqu'à mes vingt ans.

— Hé, Zoe, tu es là ? demanda Jana.

— Je suis là. Tu peux dire à Ethan que je suis occupée ?

Jana soupira de façon dramatique dans mon oreille.

— Non, je ne vais pas mentir à propos de ton emploi du temps. Je lui dis que tu seras disponible dans cinq minutes. Oh, et si tu espérais me faire croire que tu n'as pas envie de le sauter, le fait que tu essaies de l'éviter ne fait que prouver mon intuition.

— Jana, va te faire voir. D'accord ?

Jana rit doucement.

— Dans tes rêves.

J'entendis ses pas et j'étais sur le point de raccrocher quand je l'entendis parler à nouveau. Elle aurait pu couper son micro, mais je savais qu'elle voulait que je l'entende. Bon sang. J'avais envie d'entendre Ethan.

— Monsieur Walsh, est-ce que vous voulez bien attendre cinq minutes ?

— Avec plaisir, répondit Ethan.

J'entendais son ton joueur même dans ces deux mots, et le simple son de sa voix lâcha des papillons dans mon ventre.

J'étais foutue. J'avais le béguin pour mon client. J'étais doublement foutue.

Agitée, je me levai rapidement et traversai mon bureau vers le miroir ornemental glissé entre les fenêtres. Oh mon Dieu. J'avais oublié pendant un instant que j'avais les cheveux détachés. Ils étaient tout emmêlés maintenant, et je n'avais pas le temps d'arranger ça. J'essayai de les coiffer avec mes doigts, pour qu'ils aient l'air bien rangés. Je portais presque toujours un chignon parce que mes cheveux étaient complètement fous. Ils étaient épais et ondulés quand je les détachais. Rien ne semblait capable de les contenir, donc je m'arrangeais pour qu'ils ne m'embêtent pas. Ajouté à cela le fait qu'ils étaient auburn sombre, mes cheveux attiraient bien trop d'attention quand ils étaient détachés. Personne ne me prenait au sérieux. Ils ne faisaient que regarder mes cheveux. Après qu'on s'était tant moqué de moi quand j'étais petite, j'avais du mal à ne pas être mal à l'aise à ce sujet, même si je savais rationnellement que c'était idiot.

Quelqu'un frappa à la porte et je m'éloignai rapidement du miroir. Je n'arrivais pas à croire que je me focalisais autant sur mon apparence juste parce qu'un client débarquait sans prévenir. Enfin, pas n'importe quel client, le client incroyablement canon qui m'avait embrassée, me laissant dans tous mes états, et qui occupait tous mes rêves coquins depuis.

Pourquoi pas ? Ethan était vraiment canon. Si tu veux te débarrasser de ta petite fleur, autant en profiter.

La voix obscène dans ma tête était très présente aujourd'hui. Je n'avais pas souvent entendu cette voix, autant vous le dire. Très peu d'hommes attiraient mon attention. Et ceux que je remarquais ne me voyaient pas, du moins pas que je sache. Ethan m'avait complètement déboussolée avec ce baiser sorti de nulle part quelques mois plus tôt, puis en me draguant de façon si évidente la nuit dernière.

On frappa à nouveau à la porte. Ah oui, je m'inquiétais de mon apparence alors qu'Ethan était venu me voir.

Je commençai à marcher vers la porte quand elle s'ouvrit et que Jana entra, la refermant rapidement derrière elle.

— Qu'est-ce que tu fais ? demanda-t-elle en murmurant.

Je sentis mes joues chauffer, et je reniai ma peau claire, pas pour la première fois.

— Rien, répondis-je, en essayant de garder une voix calme, pour faire comme si je m'ennuyais presque.

Le regard perspicace de Jana me prit de court.

— Ouais. Rien. Eh bah, t'es canon. Bonne idée de t'être détaché les cheveux, dit-elle avec un sourire diabolique.

Mes joues rougirent encore plus.

— Je ne me suis pas détaché les cheveux pour Ethan. Je suis fatiguée, et je les avais détachés avant. Crois-moi, je voulais les rattacher, mais...

Jana secoua la tête.

— Ne fais pas ça. Je me couperais une jambe pour avoir des cheveux comme les tiens.

Je levai les yeux au ciel.

— C'est ça. Fais entrer Ethan, tu veux bien ? Que j'en finisse avec tout ça, répondis-je, serrant un peu les dents en entendant mon ton sec.

Jana me regarda un moment et secoua la tête.

— Détends-toi, d'accord ? Tu as le droit de trouver qu'un gars est canon. Tu sais que je te charrie, c'est tout, n'est-ce pas ?

— Je sais, marmonnai-je. Je pris une bouffée d'air et me redressai. Et je n'ai pas le droit de penser que l'un de mes clients est canon, donc ça n'ira nulle part.

C'était la première fois que j'avouais à Jana qu'elle avait raison, même si ce n'était que tacite. Ses yeux se mirent à briller.

— Je pense que ça rend la chose encore plus amusante. Rien de plus parfait que de perdre ta virginité avec une star du foot ultra-canon qui s'avère être ton client, non ?

— Ça ne vaut pas la peine de sacrifier ma carrière pour un truc pareil, dis-je platement.

Jana posa une main sur sa hanche.

— Oh, arrête tes bêtises. Tu l'as déjà embrassé avant qu'il soit ton client, donc tu as une petite marge.

Avec un sourire malin, elle demanda :

— Prête pour monsieur Sexy ?

Je lui lançai un regard noir et me dirigeai vers mon bureau. Je m'assis, consciente du fait qu'il allait me falloir une barrière pour ne pas perdre la tête quand Ethan entrerait. J'entendis Jana parler puis Ethan passa la porte et la referma rapidement derrière lui.

À la seconde où je levai les yeux vers lui, mon ventre se retourna et mon pouls s'accéléra à la vitesse de la lumière, alors qu'une chaleur se répandait dans mes veines comme de la lave. Bon sang de bon Dieu. Il était incroyable. Ses cheveux dorés étaient ébouriffés, et ses yeux vert profond étaient sombres quand il me regarda. Il dégageait une masculinité pure et avait le corps qui allait avec. Il ne portait rien d'impressionnant, juste un t-shirt bleu marine et un jean, mais ses vêtements semblaient mettre en valeur son corps d'athlète. Je me mis à saliver rien qu'en le regardant, les muscles tendus de ses bras, ses larges épaules et la façon dont son jean tombait sur ses hanches, laissant entrevoir sa peau de bronze et ses abdos, juste assez pour me faire tremper ma culotte.

Oh. Mon. Dieu. Il fallait que je me reprenne.

Chapitre Cinq

ETHAN

La porte se referma derrière moi. J'avais l'intention de dire quelque chose de scandaleux, juste assez coquin pour faire rougir Zoe. Mais je la vis avant d'en avoir l'occasion. Ses épais cheveux auburn étaient détachés, et cette vision me coupa le souffle. Comme je ne l'avais toujours vue qu'avec les cheveux remontés en un chignon serré, je n'avais aucune idée que ses cheveux étaient aussi sauvages. Ils cascadaient en vagues épaisses sur ses épaules. Des mèches dorées striaient l'auburn profond, et les pointes de ses cheveux formaient des boucles jusque sous ses seins. Je savais ce que je voulais voir : son corps nu, me chevauchant avec ses cheveux qui se balançaient pour jouer à cache-cache avec ses seins.

Bien sûr, je ne l'avais jamais vue nue, son délicieux corps était toujours couvert de vêtements. Mais j'avais une imagination débordante et j'étais parfaitement capable de visualiser. Le problème était que ma queue remuait. Bon sang. Je ne pouvais pas rester là avec la gaule juste devant elle, ce n'était vraiment pas élégant.

Je me forçai à me concentrer sur son visage. Ça n'arrangea rien. Ses joues étaient rouges et ses yeux brillaient. Elle resta exactement là où elle était assise, derrière son bureau. Malgré le sang qui se dirigeait tout droit vers mon entrejambe, je lui lançai un sourire. On n'oublie pas les vieilles habitudes, après tout.

— Bonjour, belle Zoe. Comment vas-tu cet après-midi ? dis-je alors que je me dirigeais vers l'une des chaises installées en face d'elle.

Un éclair traversa ses yeux et elle pinça les lèvres. Parfait. Vraiment parfait. Il suffisait que je l'embête un petit peu pour retrouver mon équilibre. C'était comme faire de l'escrime, et j'adorais jouer à ça avec elle.

Elle tapota des doigts sur le bureau et décroisa les jambes avant de les recroiser. Je ne pensais pas qu'elle ait déjà réfléchi aux avantages d'un bureau moderne comme le sien. C'était une surface lisse couleur chocolat avec rien d'autre qu'un plateau coulissant pour son clavier. Il n'y avait rien pour me cacher la vue de ses splendides jambes. Vraiment, c'était une table avec un clavier, et rien d'autre. J'adorais ça. Même ses jambes rougissaient. Bon, fixer ses jambes des yeux n'était sans doute pas la meilleure idée du monde, car il fallait maintenant que je calme ma queue de nouveau.

Soudainement, je réalisai qu'elle ne m'avait toujours pas répondu.

— Tu as oublié comment dire bonjour ? demandai-je.

Je serais le premier à avouer que l'une des raisons pour lesquelles j'avais une telle réputation d'homme à femmes était parce que quand je ne savais pas quoi faire, la drague était ma solution de confort.

Les joues de Zoe rougirent encore plus. Elle décroisa et croisa à nouveau les jambes.

— Et si on allait se balader ?

— Pardon ? contra-t-elle d'une voix un peu sèche.

Oh, c'était parfait. J'adorais la mettre dans cet état. Elle ne lâchait pas grand-chose, mais ses joues étaient roses et ses yeux étaient plantés sur moi avec un regard odieux.

— Tu as l'air un peu agitée. Je me suis dit qu'une balade pourrait te faire du bien, dis-je d'un ton aussi plat et poli que possible.

Zoe ouvrit la bouche, ce qui attira mon attention sur ses lèvres parfaites. Bon sang. Ses lèvres étaient rebondies, douces et roses. J'étais tiraillé entre mon souvenir de notre baiser et l'idée d'avoir cette bouche parfaite enroulée autour de ma queue. Oups. Pas une bonne idée de me laisser penser à ça. Bien trop distrayant.

Zoe décroisa les jambes encore une fois, et j'aurais pu jurer avoir entraperçu de la soie noire entre ses cuisses. Wouah. Si elle savait la vue que j'avais, j'étais certain qu'elle changerait de bureau immédiatement. Je ne pouvais qu'imaginer le nombre d'hommes qui s'étaient assis là où j'étais et avaient profité de cette vue sur ses jambes en essayant d'entrevoir sa culotte. Elle portait une autre jupe droite. Elle semblait aimer cette coupe. Je levai les yeux et la trouvai qui me fixait.

— On n'a pas besoin d'aller se balader. Peut-être que tu peux me dire pourquoi tu es passé ici, dit-elle, toute professionnelle.

— Le coach m'a dit que tu avais prévu de parler à la police aujourd'hui, encore une fois, donc je me suis dit que j'allais passer pour parler de ça.

Elle fit tourner sa chaise vers son écran d'ordinateur sur le bureau.

— Bien sûr, laisse-moi vérifier si l'agent chargé de l'affaire a répondu à mon e-mail.

J'attendis en silence, la regardant cliquer et parcourir quelque chose sur son écran d'ordinateur. Après un moment, elle se tourna à nouveau vers moi. De la soie noire, j'en étais certain. Mes yeux avaient une mission propre, et je ne pouvais pas m'empêcher de baisser le regard.

— D'accord, voilà où on en est. On va essayer de les laisser raisonner le gars qui veut porter plainte contre toi. Le problème qu'ils ont, c'est que s'ils ne te mettent pas en examen alors que des témoins t'ont vu le frapper, ça fait mauvais genre. Ils recommandent que tu les aides en portant plainte contre lui en retour.

— Mais c'est complètement ridicule ! Je ne pense pas que cet idiot ait voulu me frapper. Il voulait cogner son pote. Je me suis mis en travers du chemin. Pourquoi est-ce qu'il ne peut pas simplement en rester là, comme moi ?

Zoe était en mode business maintenant, dans sa zone de confort. Elle dégageait une confiance en elle puissante.

— Parce que les gens sont bêtes, parfois.

— Le coach a peur que ce gars pense qu'il a moyen de me soutirer de l'argent.

Zoe haussa les épaules.

— Peut-être bien, mais je ne pense pas que tu aies besoin de t'inquiéter de ça. S'il veut t'emmerder, il en a les moyens. Je vais m'en occuper. L'altercation a été entièrement filmée par les caméras de surveillance, donc je pense que tout ira bien dans tous les cas.

J'acquiesçai, en me disant que la dernière chose dont j'avais envie, c'était de gérer ce genre de bêtises juridiques, mais bon. J'adorais mon boulot. Honnêtement, je jouais au foot et on me payait. Donc je pouvais supporter les obstacles quand ils se présentaient. C'était juste vraiment stupide que je me sois pris le poing de ce gars. Si je n'avais pas été saoul, je ne lui aurais sans doute pas rendu son coup par réflexe. Mais c'était comme ça. Je faisais entièrement confiance à Zoe. Et j'avais aussi envie d'arracher sa culotte de soie.

Je m'ordonnai de bien me tenir. Du moins pour quelques minutes de plus.

— Très bien. Si tu le dis, je te crois.

Quelqu'un frappa à la porte de son bureau. Zoe se leva et se dirigea vers la porte pour l'ouvrir. Je me tournai sur ma chaise, dévorant cette vision de son corps. Sa jupe tombait juste au-dessus de ses genoux. Elle était parfaitement appropriée pour un environnement professionnel, mais Zoe avait un cul rond qui la remplissait parfaitement. Ses magnifiques cheveux se balançaient à chaque pas. Bordel. J'avais envie de les enrouler dans mon poing et de l'embrasser comme un fou.

Elle ouvrit la porte et j'entendis sa gentille secrétaire dire quelque chose. Elles parlèrent presque en murmurant, donc je n'entendais pas ce qui se disait. Je n'avais pas réalisé que je m'étais levé et que je marchais vers elle jusqu'à ce qu'elle ferme la porte et que je sois devant elle. Bon sang. Cette femme était comme un aimant pour moi. Mon corps faisait ce qu'il voulait. J'avais l'habitude de me contrôler bien plus que ça avec les femmes. Je n'aurais pas pu calculer ce qui se passa ensuite, mais c'était absolument parfait.

Zoe se retourna. Elle était complètement absorbée par son travail et avançait rapidement. Elle ne leva pas la tête et elle marchait si vite que je n'eus pas le temps de réagir. En deux pas, elle me rentra dedans.

— Oh ! Je...

Son souffle se coupa d'un coup et elle écarquilla les yeux. Elle était tout contre moi et mon corps avait plein de choses à dire. Oh, ma queue avait été à moitié levée depuis que j'avais posé les yeux sur elle ce matin dans tous les cas. La sensation de ses seins rebondis contre moi, la chaleur de son corps et le rouge de ses joues me fit bander en un éclair. Je savais qu'elle pouvait le sentir, car c'était impossible à rater.

Je me fichais bien de le cacher. C'était trop bon de la sentir contre moi. J'étais surpris qu'elle ne recule pas, mais elle resta là. Je levai une main et la passai à travers les pointes de ses cheveux. Sa crinière était à elle seule une tentation folle. Ses cheveux étaient doux et soyeux. Le dos de mes doigts caressa son chemisier et je sentis ses tétons se tendre à travers le coton fin.

La luxure me déchira. J'avais envie de Zoe. J'avais envie d'elle comme un fou. Je la regardai. Ses joues étaient rouges, et il y avait de petites taches de rousseur sur son nez et son visage. Je n'avais jamais réfléchi à ce que je pensais des taches de rousseur. Je n'en avais jamais vraiment remarqué sur qui que ce soit. Sur elle, c'était encore une chose de plus que j'adorais soudainement. J'avais envie de lui arracher tous ses vêtements pour trouver chaque tache de rousseur sur son corps, avec mes lèvres, de préférence.

Je sentais son souffle s'accélérer. Son pouls papillonnait dans son cou. J'attendais depuis longtemps de pouvoir l'embrasser à nouveau. Ce moment semblait parfait.

— Zoe.

Ses yeux remontèrent vers mes yeux, un mélange de vert et d'or qui s'assombrissait à chaque seconde.

— Oui ? demanda-t-elle en un murmure.

Oh, il ne m'en fallait pas plus. J'avais eu l'intention

de dire quelque chose de drôle, pour l'embêter un peu. Mais je voulais juste l'embrasser.

Je passai ma main sous ses cheveux, attrapai sa nuque, prêt à ce qu'elle me repousse à n'importe quel moment. Mais elle ne fit rien. J'attendis une seconde. J'étais sans doute un peu masochiste, car j'attendais qu'elle me mette un coup dans l'entrejambe à tout instant. J'adorais qu'elle soit si grande. Elle était parfaite pour moi. Je n'avais presque pas à pencher la tête pour l'embrasser. Je voulais y aller doucement. Ce que j'avais l'intention de faire avec Zoe et ce que je faisais en réalité n'étaient jamais la même chose, ou du moins c'était ce que je commençais à remarquer.

Au moment où j'approchai mes lèvres des siennes, elle se tendit. Je remerciai le ciel de tout mon être qu'elle ne me repousse pas.

— Ethan ?

Elle réussit à prononcer mon nom contre mes lèvres. Ce qui ne fit que m'exciter encore plus, bien sûr.

— Oui ? contrai-je sans bouger d'un poil.

— Euh... quoi... ?

Elle se tut et recula doucement.

Oh non, je refusais tout ça.

Ses yeux se plantèrent dans les miens, pleins de questions. Quelque chose nageait au fond de son regard, mais ça disparut si vite que je ne pus l'interpréter.

— Qu'est-ce que tu fais ?

Sa voix était sifflante et lourde et me donnait envie de la retourner, de la plier sur son bureau et de remonter sa jupe.

Ralentis, mec. Zoe n'est pas ce genre de fille.

J'avais tellement envie d'elle que je n'arrivais qu'à peine à réfléchir. Je fixai ses yeux profonds, un vert moucheté d'or avec des éclats marron. En voyant ses cheveux fous dégringolant sur ses épaules, ses joues roses et ses lèvres gonflées, c'était un vrai miracle que je réussisse à me contrôler.

— Je t'embrasse, répondis-je après un long silence.

Je m'attendais encore à ce qu'elle me repousse, mais elle ne fit rien. Elle se balança d'un pied sur l'autre, ses yeux examinant mon visage. Elle se mordit la lèvre, ses dents perçant ce coussin délicieux.

— Je ne pense pas que ce soit une bonne idée, dit-elle enfin.

Elle disait ça, mais elle ne bougea pas d'un poil alors que toutes ses courbes étaient collées contre moi et que ma queue était plantée dans le creux de ses hanches.

— Et pourquoi pas ? contrai-je.

— Parce que tu es mon client, et...

— À moins que je pense que c'est un problème, en quoi est-ce un problème ? demandai-je, avec une pointe d'arrogance dans mon ton.

Elle plissa les yeux. Bordel. Je n'allais pas débattre de ça avec elle. Je penchai la tête et posai ma bouche sur la sienne. Je n'avais pas remarqué qu'elle ouvrait la bouche pour dire quelque chose. Parfait. Je plongeai ma langue dans sa bouche, emmêlant ma main dans ses cheveux et dévorant sa bouche. Si elle pensait réellement que m'embrasser était un problème, elle sembla l'oublier vite. Sa langue attaqua la mienne.

Quand je passai ma main le long de son dos pour attraper ses fesses, la tirant fort contre moi, elle gémit dans ma bouche. Il ne m'en fallut pas plus. En la tenant fort contre moi, je fis quelques pas jusqu'à ce que son dos soit collé à la porte. Ma paume à plat contre le bois, je reculai, attrapai sa lèvre entre mes dents avant de passer ma langue sur la peau douce de son cou. Elle avait un goût délicieux, un peu sucré, un peu amer. Il m'en fallait plus. J'arrachai son chemisier pour découvrir que la petite Zoe, toujours si professionnelle et sérieuse, aimait la lingerie cochonne. Ses seins ronds étaient emprisonnés dans de la soie noire, ses tétons roses tendus me suppliant de les goûter. Donc je le fis. Je passai ma langue sur la soie, souriant quand elle gémit.

Chapitre Six

ZOE

La bouche d'Ethan se referma sur mon téton et je fondis presque au sol. Bon Dieu. Le simple fait de l'embrasser m'avait fait perdre la tête, mais ce qu'il me faisait maintenant était incroyablement bon. Sa bouche chaude et la douce morsure de ses dents sur mon téton alors qu'il pinçait l'autre entre ses doigts manqua de me faire jouir sur place. Des frissons chauds firent trembler ma peau alors que mon cœur battait la chamade. Je n'arrivais presque plus à respirer alors que je gémissais pour reprendre mon souffle.

J'aurais dû être horrifiée. Mon Dieu. Je bécotais l'un de mes clients dans mon bureau. Et pas n'importe quel client : une star du foot. Si quelqu'un apprenait ça, ça pourrait avoir un vrai impact sur la réputation respectable que je m'étais créée.

Les avocats ne sont pas censés baiser leurs clients.

Le problème était que le fait de me dire que je n'avais pas le droit de faire ça ne faisait que m'exciter encore plus. Je sentais la soie trempée entre mes cuisses et je bougeai mes cuisses, pour soulager mon besoin.

Ethan recula, attrapa légèrement mon téton entre ses dents en le faisant, et déclencha un éclair de plaisir dans mon centre. Il leva la tête, ses yeux verts brouillés de désir trouvant les miens. Je m'attendais à ce qu'il fasse une remarque moqueuse, mais non. Il me regarda simplement, un air lourd entre nous.

Mon cœur battait contre mes côtes. Plus je soutenais son regard, plus j'avais chaud. J'étais tellement mouillée que je sentais l'humidité couler sur mes cuisses. Sa queue était brûlante et dure contre moi, et la sentir me donnait envie de l'inviter en moi. Je regrettai pour la millième fois d'être encore vierge. Si Ethan l'apprenait, il partirait sans doute en courant, laissant une trainée de fumée derrière lui.

Il pinça mon téton et un petit gémissement m'échappa. J'étais tellement rouge de partout qu'il ne pouvait sans doute pas remarquer que je rougis encore plus. Sa bouche se tordit en un sourire diabolique. Ça aurait dû m'énerver au plus haut point. Au lieu de cela, mon corps, traitre qu'il était, ne fit que se resserrer d'attente.

Une caresse de plus de mon téton et sa main glissa sur mon ventre. Je remarquai à l'instant qu'il avait déboutonné mon chemisier et que ma jupe remontait sur mes cuisses. Sa main continuait d'avancer, s'enroulant sur la courbe de ma hanche et le long de ma cuisse. Mes jambes étaient nues, et la sensation de sa paume calleuse contre ma peau me rendait si folle que je frottai à nouveau mes cuisses. Oh. Mon. Dieu. J'avais tellement perdu la tête que je manquai de jouir rien qu'en bougeant mes jambes.

— Avant que je ne parte, il faut que je sache une chose, dit-il d'une voix grave et tendue.

J'étais tellement excitée que tout ce qu'il faisait me

donnait encore plus envie de lui. Mon ventre se serra au son de sa voix.

— Quoi donc ? demandai-je d'une voix rauque alors que le besoin galopait en moi si vite que j'arrivais à peine à respirer.

Il remonta ma jupe et passa son doigt contre l'intérieur de ma cuisse.

— Je veux savoir si tu es aussi mouillée que je suis dur.

Je déglutis, rougissant de partout à nouveau. Je n'aurais pas pu l'arrêter si j'en avais eu envie, et je n'en avais pas envie. Il passa doucement un doigt sur la soie de ma culotte sans jamais me quitter des yeux. Son demi-sourire disparut et ses yeux devinrent noirs.

Il passa son doigt sur la soie encore une fois avant de reculer d'un coup. À ce moment-là, quelqu'un frappa à la porte. Jana était la seule à frapper à la porte de mon bureau, mais je n'avais vraiment pas besoin qu'elle ouvre la porte et me trouve comme ça, mon chemisier ouvert, mon soutien-gorge mouillé avec mes tétons si tendus que j'en avais mal, et ma jupe remontée jusqu'à ma taille.

Agitée, je gardai mon dos appuyé contre la porte. Ethan reprit un sourire joueur, ses yeux passant de moi à la poignée de porte.

— J'arrive dans quelques minutes, Jana, lançai-je en essayant de garder un ton normal.

— D'accord, ton rendez-vous de 16 h est là, dit-elle d'une voix étouffée par la porte.

Au son de ses pas qui s'éloignaient, je lançai un regard noir à Ethan.

— Ce n'est pas drôle.

Je m'écartai de la porte et baissai ma jupe d'un coup sec. Avant que j'aie le temps de boutonner mon chemisier, il se tenait juste devant moi. Sans un mot, il boutonna mon haut, s'arrêtant entre mes seins, ses yeux trouvant les miens.

— Je n'aurais pas parié sur de la soie noire pour toi, dit-il avec un autre demi-sourire.

Bon Dieu. Il allait me faire perdre la tête. Il lui suffisait de me lancer l'un de ces sourires dévastateurs et je fondais presque au sol.

Je n'arrivai même pas à répondre alors que mon cœur battait follement, mon ventre se retournant et mon intimité vibrant de besoin. Il pinça l'un de mes tétons avant de boutonner le reste de mon chemisier.

Il resta immobile et je sentais sa longueur dure posée contre moi encore une fois. Je ne voulais pas qu'il parte. C'était dire l'état dans lequel il me mettait. Un autre client attendait de me voir, et si Ethan avait insisté même un tout petit peu, rien ne m'aurait empêchée d'enfin dire au revoir à ma virginité. Juste là, dans mon bureau.

Il leva la main et écarta mes cheveux de mon visage.

— Tu ne devrais pas te détacher les cheveux au travail, dit-il d'un ton bourru.

— Hein ?

Ce fut ma réponse brillante.

— Tu es déjà bien trop belle, mais avec tes cheveux détachés, tu en deviens dangereuse. Aucun homme ne peut te voir sans te vouloir, dit-il directement. J'ai dit que je te voulais, et que je t'aurais, mais je n'ai pas l'intention de partager.

Son regard était redevenu calme, et je ne pouvais rien faire d'autre que de le fixer du regard. J'étais si secouée par le battement sauvage de mon désir pour lui que je n'arrivais plus à réfléchir. Il s'inquiétait de mes cheveux ?

— Partager ? demandai-je bêtement.

Il haussa les épaules, avec cette insouciance qu'il portait si bien.

— Ouais. Je ne veux pas que ton rendez-vous de 16 h entre ici et s'excite en te regardant.

Je n'avais aucune idée de quoi dire. Ma bouche s'ouvrit et se ferma. Enfin, je secouai la tête et essayai de me concentrer. C'était assez difficile alors que sa queue chaude et dure était collée contre mon centre. Son corps tout entier était dur. Son corps était l'exemple parfait du spécimen masculin, tout de muscles dessiné. En secouant encore une fois la tête, je réussis à former des mots.

— Ethan, les hommes ne remarquent pas mes cheveux. Ils ne me remarquent pas tout court. Crois-moi là-dessus.

Il haussa un sourcil.

— Oh ils te voient, ma belle. Tu n'y fais pas attention. Tu es bien trop occupée à être sérieuse. Crois-moi là-dessus.

Un rire m'échappa alors que je le fixais du regard. Il recula et leva la main, passant ses doigts dans mes cheveux. Après une seconde, je réalisai qu'il essayait d'attacher mes cheveux.

Cette fois, je ris pour de vrai et écartai ses mains.

— Oh, arrête. Je vais le faire. Je les garde attachés d'habitude, mais je ne savais pas que tu venais, et je n'ai pas assez dormi la nuit dernière, dis-je en enroulant rapidement mes cheveux en un chignon.

Je me dirigeai vers le miroir et écartai mes cheveux de mon front. Aussi sauvages que mes cheveux soient, ils étaient assez faciles à attacher. Je me dirigeai vers mon bureau et attrapai deux épingles à cheveux de mon pot à trombones avant de retourner vers le miroir pour les placer.

Je ne réfléchissais pas vraiment. Ce que je venais de laisser Ethan faire était complètement fou et irresponsable. Mon corps vibrait de besoin. Je me retournai et le trouvai debout à côté de mon bureau, ses yeux posés sur moi.

— Viens dîner avec moi, dit-il soudainement.

Un regard suffit à me faire fondre sur place. Mais je ne pouvais pas. C'était complètement fou. Je ne pouvais pas sortir avec un client. Sans parler du fait qu'Ethan ne savait pas que j'étais vierge, et que s'il le savait, il ne voudrait pas de moi. C'était un tombeur, et je le savais. Bon Dieu, cet homme était dans les journaux à potins presque tous les jours, il était surtout connu pour son amour des femmes et pour sa beauté à en tomber.

Je commençai à secouer la tête, mais il secoua la sienne en retour.

— Ne me dis pas non. Je sais que tu en as envie.

Même si ses mots étaient arrogants, son ton était honnête.

— Ethan, ce n'est pas ça, ce n'est pas seulement parce que tu es mon client. C'est une chose, mais je ne suis pas le genre de fille avec qui tu sors d'habitude.

Il plissa les yeux et haussa un sourcil.

— Je crois que c'est assez évident que si, dit-il d'un ton amusé.

Avant que je ne puisse me retenir, je dis la chose la plus bête du monde.

— Je ne pense vraiment pas que tu aimes les femmes vierges.

À la seconde où les mots m'échappèrent, j'eus envie de mourir. Sur place. Mon visage rougit. Je me retins de partir en courant, car cela voudrait dire croiser Jana et mon prochain client.

Ethan écarquilla les yeux. Il ouvrit la bouche, puis la referma rapidement. Il me fixa du regard pendant quelques instants, puis se redressa et s'avança juste devant moi.

— Oh non ma belle. Ça, ce n'est pas un problème.

Chapitre Sept

ETHAN

Je restai en arrière sur le terrain et regardai l'action. Liam, comme toujours, avait lancé une attaque splendide. Il venait de mettre un but et était déjà en train de remonter le terrain avec la balle. Je ne savais pas ce qu'il se passait chez l'équipe adverse ce soir, car la dernière fois que nous avions joué contre eux, ils avaient fait courir notre défense jusqu'à l'épuisement. Mais ce soir, même s'il fallait que je reste concentré, c'était un match léger pour la défense. Peu de temps après, je quittai le terrain aux côtés d'Alex Gordon. Alex était l'un des meilleurs gardiens au monde. D'après moi. Ce qui était agréable, c'était que la plupart de ceux qui s'y connaissaient en foot étaient d'accord avec moi.

Je lui jetai un coup d'œil. Alex était toujours sérieux. Il avait créé un réel mur pour l'équipe adverse et ne semblait même pas l'avoir remarqué. Il passa sa manche sur son visage et me regarda, ses yeux marron trouvant les miens.

— Beau match, hein ?

— C'était une victoire facile, oui.

Il sourit, à peine.

— Ça, c'est sûr.

Il commença à dire autre chose alors qu'on entrait dans le couloir du stade pour aller vers les vestiaires, mais il s'arrêta alors qu'un sourire lent s'emparait de son visage. Ce sourire ne pouvait vouloir dire qu'une seule chose : sa nana, Harper, était là. Je jetai un œil devant nous et la vis se faufiler entre les joueurs. Elle arriva au niveau d'Alex et il la souleva contre lui, l'attirant pour un baiser.

Alex était bien moins sérieux quand il s'agissait d'Harper Jacobs. Il était tombé fou amoureux d'elle comme une pierre tombe au fond de l'océan. Heureusement qu'elle lui avait gardé la tête hors de l'eau après ça. Elle se tortilla pour descendre et me regarda.

— Salut Ethan, encore une victoire, dit-elle avec un sourire. Et vous avez à peine couru pour celle-là.

— Ton mec leur a rendu la tâche vraiment difficile en bloquant toutes leurs attaques. Ce qui n'a fait que me rendre la tâche facile.

Harper enroula son bras autour de la taille d'Alex alors qu'il la collait contre lui et que l'on continuait à marcher vers les vestiaires. Avec ses cheveux brun brillant et ses grands yeux bleus, Harper était charmante. Objectivement, je pouvais remarquer sa beauté, mais je ne ressentais aucune attirance. On papota quelques minutes en avançant vers les vestiaires. Alex plongea la tête pour un baiser avant de s'éloigner d'Harper. Je n'avais jamais fait très attention à mes amis et leurs copines, mais je ne pouvais pas m'empêcher de remarquer Alex et Harper à l'instant. Leur désir mutuel était évident, tout comme la tendresse dans les yeux d'Alex. Il était incroyablement protecteur envers elle, mais Harper était une femme forte qui pouvait se défendre.

Je secouai la tête. Qu'est-ce que je faisais à les fixer du regard ? Ce n'était pas comme si le fait qu'ils se bécotaient en public en permanence me dérangeait, mais je n'arrivais pas à cesser d'imaginer ce que ce serait d'avoir quelque chose de similaire avec Zoe. En secouant encore une fois la tête, j'entrai dans les vestiaires. Une douche brûlante me permettrait peut-être d'oublier Zoe une minute. Le problème était que depuis qu'elle avait lâché cette bombe l'autre jour, je n'arrivais plus à cesser de penser à elle.

Le bruit dans les vestiaires parut distant quand j'entrai dans les douches, me dirigeant vers le coin le plus éloigné. Alors que l'eau coulait sur moi, je ne pouvais penser à rien d'autre qu'à la sensation de ses baisers. Un paradis fou. Elle était tellement canon et elle n'en savait rien. Sa bouche était une tentation divine. Et son corps ? Bordel. Ça m'avait demandé tout mon contrôle de ne pas arracher ses vêtements pour la baiser sur place, et c'était avant que je sache qu'elle était vierge. Je me souvenais de ses tétons tendus sur la soie noire.

Mec, tu ne peux pas fantasmer sur Zoe ici à moins que tu veuilles bander devant tout le monde.

Je me forçai à oublier ses tétons, mais mon esprit se dirigea immédiatement vers la sensation de son corps contre le mien. Elle était grande, avec des jambes interminables. Sa peau était douce comme de la soie. Sa culotte était trempée. J'avais eu envie de la taquiner, mais je n'avais pas anticipé la réaction que j'aurais en la voyant comme ça. J'avais à peine réussi à me contrôler. C'était un problème que je n'avais jamais rencontré auparavant. J'adorais prendre mon temps, jouer avec une fille jusqu'à ce qu'elle perde le contrôle. Encore une fois, ce que je voulais faire et ce qu'il se passait avec Zoe n'étaient jamais les mêmes choses.

Bon sang, j'étais allé la voir à son bureau pour essayer de trouver une occasion de l'embrasser. Je pensais que j'allais la draguer un peu, m'amuser un peu et la laisser tranquille une fois qu'elle serait tout excitée. J'avais réussi à la laisser tout excitée. Le problème c'était que j'avais quitté son bureau en bandant si fort que j'avais dû rentrer chez moi pour prendre les choses en main. Littéralement. Je savais parfaitement que c'était quelque chose qui ne m'était pas arrivé depuis le lycée. Il y avait beaucoup d'avantages à être un footballeur professionnel. À Londres, c'était presque comme si on faisait partie de la famille royale. C'était comme ça presque partout dans le monde. Les États-Unis étaient un peu en retard dans le statut de dieux attribué aux joueurs de football, mais nous avions des femmes à nos pieds où que nous allions. Je n'avais pas eu de mal à me trouver une nana depuis que j'avais quitté la fac.

Dans des circonstances normales, si j'avais une gaule folle, je me trouvais une femme plus que partante. En ce moment, aucune femme à part Zoe ne me faisait envie. Le simple fait de penser à l'idée de m'en trouver une m'ennuyait à mourir. La demande du coach de rester loin des bars pendant un temps n'allait pas être un souci pour moi. Le problème était que je ne savais pas comment convaincre Zoe de se détendre sur cette histoire de client-avocat. Et étais-je assez fou pour courir après une vierge ?

Je me posais cette question en me séchant et en enfilant des vêtements. Par réflexe, Tristan et moi marchions jusqu'à notre appartement. Certains soirs, je le laissais tout seul pour aller trouver un peu d'aventure. Ce soir, son calme habituel m'allait bien. Je me demandais comment Zoe pouvait être encore vierge. Je veux dire, je savais avec certitude qu'elle avait dû faire tourner de nombreuses têtes dans sa vie. Elle était incroyablement belle. Oh, elle avait un air sévère, oui. Je souriais en repensant à son air propre sur elle quand j'étais parti. Son chemisier était parfaitement en place et sa jupe était redescendue à sa longueur respectable. Mon esprit se tourna vers ce à quoi elle ressemblait juste avant ça, avec ses seins qui s'échappaient presque de son soutien-gorge de soie noire, ses tétons tendus, et sa jupe remontée jusqu'à sa taille.

Bon sang. Je ne pouvais pas continuer à marcher avec la queue dure tout le temps.

Quelques minutes plus tard, je suivis Tristan jusque dans notre appartement, me dirigeant tout droit vers le frigo. En l'ouvrant, je me souvins que c'était à mon tour de faire les courses cette semaine.

— Oh, bordel. J'ai oublié d'aller faire les courses, dis-je en me redressant et en laissant la porte du réfrigérateur se fermer.

Tristan me lança un sourire et je haussai les épaules.

— T'inquiète, mec.

— Oh, si je m'inquiète. C'est chiant. J'ai la dalle. Pizza ?

Quand Tristan hocha la tête, je sortis mon téléphone de ma poche et appelai rapidement notre pizzeria préférée.

Un peu plus tard, nous étions avachis sur le canapé, la pizza posée sur la table basse. Je terminai une part et jetai un œil à Tristan. J'avais une question et c'était quelque chose que je n'oserais pas demander à beaucoup de mes amis. Tristan était sans doute le seul à qui je parlerais de ça, car je lui faisais entièrement confiance. Le problème était que je n'arrivais pas à croire ce que je me demandais.

Je n'avais jamais couché avec une vierge. Je savais

que certains mecs trouvaient ça excitant, mais cela n'avait jamais été quelque chose que je recherchais. Le fait que Zoe me lâche cette petite bombe aurait dû me faire prendre la fuite. Au lieu de cela, ça semblait avoir l'effet inverse. Je n'arrivais plus à arrêter de penser à elle. Pire encore, ça m'inquiétait. Pour être honnête, j'étais un don Juan, et je le savais très bien. J'aimais m'amuser et rester dans la légèreté et les relations faciles. Je faisais attention à ce que les femmes prennent leur pied et me disais que ça faisait partie du jeu. Mais... une vierge ? Je cauchemardais que ce soit horrible, je ne savais pas pourquoi. J'avais quatre sœurs à qui j'aurais pu en parler, mais je n'allais pas faire ça. Nous étions proches, mais je ne voulais en aucun cas entendre parler de leurs premières fois, sans parler de ce qu'elles auraient à dire en m'entendant poser ce genre de questions.

Tristan avait des sœurs aussi, et je me disais que c'était l'un de mes potes les plus sensibles. Très bien. J'allais simplement lui demander.

J'avais prévu de poser une question, mais ce n'est pas ce qui sortit de ma bouche.

— Zoe est vierge.

— C'est quoi ton problème, mec ? Tu balances juste des faits aléatoires sur des femmes maintenant ? demanda Tristan en recrachant une gorgée de sa bière.

Ça me fit rire, et ça me calma. Je lui tendis une serviette posée sur la table basse. Après qu'il se fut essuyé le menton, il me regarda un long moment, d'un œil bien trop perspicace et qui me disséquait.

— Et pourquoi tu me dis ça ? demanda-t-il enfin.

J'attrapai une autre part de pizza et mordis dedans. J'avais besoin de me concentrer sur quelque chose pour ne pas me plier en deux de honte. Après quelques bouchées, j'engloutis presque ma part de pizza. Je regardai Tristan et haussai les épaules.

— Euh, je ne sais pas pourquoi je te dis ça, dis-je enfin.

Il but un peu d'eau et me regarda à nouveau.

— Ouais. Tu ne sais pas. Peut-être que c'est parce que tu la kiffes et que tu n'as aucune idée de comment faire ?

Je m'étouffai presque sur la bouchée de pizza que je venais d'avaler. J'aurais dû savoir que ça ne servait à rien de demander quoi que ce soit à Tristan. Il était bien trop perspicace. De plus, il n'était pas du genre à enchainer les femmes, pas comme moi. Il voyait les femmes comme une interruption aux missions plus profondes de son cerveau. En dehors du foot, sa seule passion était la médecine. Du moins, de ce que je voyais. Il n'évitait pas les femmes. D'ailleurs, les rares copines qu'il avait eues avaient été complètement folles de lui. À Londres, il avait une espèce d'accord sur le long terme avec une fille qu'il avait rencontrée à la fac. Mais c'était strictement sans attaches. Elle était aussi froide et fermée que lui. Ils couchaient ensemble, ils gardaient leurs distances, et il n'y avait aucune émotion compliquée pour venir déranger sa vie.

Tu lui en parles pour une bonne raison, et il n'a pas tort. Tu kiffes Zoe et tu n'as aucune idée de comment t'y prendre.

Tout ceci serait bien plus simple si elle n'était pas vierge. Je regrettais vraiment de connaitre ce détail qui n'en était pas vraiment un.

— Je ne vois pas pourquoi ça change quoi que ce soit. Si elle te plait, fais quelque chose. Même si je serais prêt à parier qu'elle n'est pas le genre de femme après qui tu cours d'habitude. Comme je te l'ai déjà dit, dit Tristan, interrompant mon fil de pensée.

Je ressentis une pointe d'agacement.

— Pourquoi est-ce que tu dis ça ?

Je n'avais pas raconté à Tristan qu'Alex m'avait dit la même chose une fois. J'aimais m'amuser, mais je n'étais pas un connard. Ou un idiot.

— Parce qu'il n'y en a pas deux comme elle, mec. C'est clairement une avocate de talent, très intelligente si on en croit sa réputation. Et elle est magnifique. Mais ce n'est pas le genre de femme qui se laisse charmer par des sportifs pros. Tu ne vas pas la trouver à faire sa groupie dans les bars ou ce genre de chose. Mais bon, on sait jamais. Si ça se trouve, elle cherche un coup d'un soir, comme toi. Elle semble focalisée sur son boulot, répondit Tristan.

Je le fixai du regard. La partie de moi que je connaissais si bien, ce tombeur sans attaches, se disait que ce serait sans doute l'idéal. Je pourrais montrer à Zoe un monde qui lui avait jusqu'ici échappé, puis passer mon chemin. Ce qui était étrange, c'était qu'une autre partie de moi, une partie de moi que je ne connaissais pas vraiment, n'aimait pas cette idée. Zoe méritait bien plus qu'une soirée à se rouler dans la paille. Bon sang. J'avais créé une situation impossible, et je n'avais même pas vraiment encore commencé.

Mon silence dut durer un peu trop longtemps. Tristan secoua la tête doucement.

— Mec, je sais que tu es vraiment pincé, si tu n'as rien à dire. Je suis sûr que tu voulais des conseils. Et honnêtement, je n'ai pas grand-chose à t'apprendre, mais je vais t'en donner. Zoe, c'est du haut de gamme. Traite-la comme elle le mérite. Le côté vierge, je ne m'en ferais pas trop. Tant que tu ne te comporteras pas comme elle le mérite, ça ne changera rien.

Je n'avais vraiment pas l'habitude qu'on sous-entende que je n'étais pas capable de charmer une femme dont j'avais envie, et je me vexai profondément. Les doutes que je ressentais n'aidaient pas, c'était un sentiment que je n'avais jamais ressenti avec une femme. Je ne réussis qu'à répondre grossièrement à Tristan.

— Va te faire voir. Si je veux Zoe, je l'aurai.

Il sourit.

— Très bien. Tu me raconteras comment ça se passe.

Chapitre Huit

ZOE

— Oh mon Dieu, tu es ridicule, dit Jana en secouant la tête.

Je levai les yeux au ciel.

— Non. Ethan est beaucoup trop beau pour moi.

Jana termina la bouchée d'omelette qu'elle avait dans la bouche et écarta ses cheveux vers son épaule. Ses cheveux étaient naturellement bruns et parsemés de mèches violettes. Avec ses yeux saisissants, d'un bleu profond, sa peau de porcelaine et son corps en X, elle attirait l'attention où qu'on soit. À l'instant, nous petit-déjeunions dans un restaurant avant d'aller au bureau. L'homme assis à la table d'à côté venait de passer une demi-heure entière à regarder Jana sans qu'elle s'en rende compte. Le restaurant en question s'appelait West Coast Diner. C'était un nom simple dans un décor simple, un bâtiment carré avec des murs gris et un néon annonçant le nom. Il n'y avait rien de très raffiné, mais la nourriture était délicieuse. On se retrouvait ici une ou deux fois par semaine avant d'aller au bureau.

Jana posa sa fourchette et ses coudes sur la table, plissant les yeux alors qu'elle me regardait.

— Crois-moi, Ethan Walsh te kiffe. Il arrivait à peine à détourner le regard quand je suis venue te dire que tu faisais attendre ton prochain client, et j'ai bien remarqué que vous aviez l'air de vous être roulé des pelles, dit-elle avec un sourire coquin.

Mes joues s'enflammèrent. Je gagnai un peu de temps en prenant une gorgée de mon café et en faisant signe à la serveuse de m'en apporter un autre. J'étais dans tous mes états après la visite d'Ethan l'autre jour. Quatre jours s'étaient écoulés depuis notre rencontre, et je n'avais cessé de rejouer chaque seconde de cet échange brûlant dans ma tête. À l'instant, mon esprit se tourna vers les caresses de ses doigts sur la soie trempée de ma culotte. Oh mon Dieu. Le simple fait d'y penser faisait vibrer mon entrejambe de désir. J'avais réussi à éviter les questions indiscrètes de Jana le jour même, car j'avais un client impatient qui m'attendait. J'avais fait exprès de faire durer mon rendez-vous, car je savais qu'elle devait partir pour son cours de sport. Elle était déjà partie quand j'étais enfin sortie de mon bureau.

Je m'étais attendue à ce qu'elle dise quelque chose dans les jours qui avaient suivi, et je m'étais presque convaincue qu'elle n'avait pas remarqué mes vêtements débraillés et mes cheveux mal coiffés quand elle était entrée dans mon bureau. J'aurais dû savoir qu'elle me laissait simplement prendre un peu d'avance avant de me courir après.

Je soupirai et lui lançai un regard noir.

— Je ne vois pas de quoi tu parles, lâchai-je enfin.

Jana me renvoya mon regard.

— Meuf, j'ai bien plus d'expérience avec les

hommes que toi. Et je sais à quoi je ressemble après avoir roulé des patins à quelqu'un au bureau.

— Tu te tapes des mecs au bureau ? À quel moment t'as le temps de faire ça ?

Elle leva les yeux au ciel.

— Pas depuis que je travaille pour toi, mais tu te souviens de pourquoi j'ai quitté mon dernier poste, non ?

— Ah oui. J'avais oublié.

Jana avait entretenu une relation très chaude avec son ancien patron, qui avait omis de préciser qu'il était marié. Quand elle avait appris la vérité, elle avait immédiatement démissionné, mais pas avant que sa réputation n'en prenne un coup. Elle avait un poste d'assistante juridique dans l'un des plus gros cabinets d'avocats de Seattle. Elle aurait dû devenir avocate, mais était au milieu de ses études quand sa petite sœur avait été diagnostiquée avec un cancer du sein et en était morte. Entre ça et les détails sordides sur sa relation avec un homme marié, qui avaient été rapportés à la plupart des cabinets de la ville, sa carrière avait entièrement déraillé. Nous étions amies en école d'avocats, donc je l'avais contactée pour lui proposer un boulot. Elle était passée de connaissance lointaine à l'une de mes meilleures amies depuis cela.

Je levai enfin les yeux vers elle et soupirai.

— Ouais. D'accord. Peut-être qu'il m'a embrassée.

À la seconde où je prononçai ces mots, j'eus envie de les reprendre. Jana s'était donné pour mission complètement stupide de me faire perdre ma virginité. Je ne cessais de lui dire que j'étais trop occupée.

En soi, c'était vrai. Je travaillais tout le temps. Je savais depuis le début de ma carrière que je ne voulais pas essayer de faire partie d'un gros cabinet. C'était toujours deux fois plus difficile pour les femmes que ça ne l'était pour les hommes de monter les marches du prestige et de la reconnaissance dans ces compagnies. J'avais fait ce que j'avais toujours eu envie de faire, et j'avais monté mon propre cabinet, ce qui voulait dire que si je voulais un salaire décent et des clients, il fallait que je travaille non-stop pour m'en sortir. Je n'avais aucun mal à rester concentrée sur mon travail. Je choisissais surtout des dossiers de défense, mais je faisais un peu de tout. J'avais eu de la chance avec quelques clients plutôt connus qui m'avaient recommandée à d'autres. Le client impatient qui venait me voir après mon échange chaud avec Ethan dans mon bureau était le père sévère d'un fils qui s'était bourré la gueule un soir et avait été assez chanceux pour se faire arrêter par la police avant de quitter le parking. Son fils était gentil et manquait de bon sens, comme beaucoup d'étudiants tout juste majeurs. Bref, cet homme m'avait recommandée aux Seattle Stars quand ils cherchaient un avocat pour l'un de leurs joueurs un an plus tôt. Depuis lors, l'équipe m'appelait dès que l'un de leurs joueurs avait besoin d'aide.

Pour revenir à la mission de Jana : je ne savais pas quand j'aurais pu trouver le temps de coucher avec qui que ce soit. Ethan avait rebondi rapidement et était tellement suave qu'il avait réussi à me répondre en draguant, mais j'avais vu le choc dans son regard quand je lui avais annoncé que j'étais vierge. À 29 ans, je savais que j'étais plus qu'en retard pour me retrouver dans cette situation accidentelle. Pour ma défense, je n'étais sortie avec personne à la fac. Je n'étais pas prude, et je n'attendais vraiment pas le mariage. Mais quand j'avais enfin trouvé le temps pour ça dans ma vie, aucun des gars ne m'avait plu. Et j'avais fait beaucoup de choses, mais je n'étais jamais allée au bout de l'acte. Je soupirai intérieurement. À mon âge, cette situation commençait à m'embêter.

Ça m'énervait qu'une partie de moi espère qu'annoncer ça à Ethan sans prévenir le fasse prendre ses jambes à son cou, alors qu'une autre partie de moi était déçue à l'idée que ça puisse arriver. Arf.

Jana toussa. Je n'avais pas remarqué que je fixais la table du regard alors que je ne cessais de penser à mon degré actuel de ridicule. Je levai les yeux et trouvai son regard bleu planté sur moi.

— Oh, chérie, Ethan est le genre de gars qui fait cet effet à la plupart des femmes. Pas besoin de te mettre dans un état pareil. C'est le candidat parfait pour ton petit projet, dit-elle avec une pointe de sourire.

— Ce n'est pas mon projet, marmonnai-je. C'est ton projet, et c'est débile.

Notre serveuse arriva rapidement pour remplir nos tasses de café avant de repartir comme une tornade. Jana prit une gorgée du sien et se recula.

— D'accord. Je veux bien admettre que ce n'était pas vraiment ton idée. Mais j'en fais ma mission parce que tu vas finir vieille fille si tu ne sautes pas le pas à un moment. C'est en train de devenir un blocage. Tu es splendide et intelligente, et il faut que tu te détendes un peu et que tu t'amuses. Bon sang, la moitié des femmes de Seattle rêvent d'Ethan, et c'est toi qu'il kiffe. Amuse-toi, et après ça tu pourras arrêter de penser que ta virginité est un problème.

— Bon sang, Jana. Tu dis ça comme si c'était quelque chose qui m'inquiétait. Ce n'est pas...

Elle me coupa la parole.

— Oh oui, c'est sûr, tu ne penses pas beaucoup au sexe dans ta vie, mais c'est parce que tu dis toujours que ta virginité t'en empêche.

Je la fixai du regard en regrettant d'avoir été aussi honnête sur tout. Je posai mon menton contre ma main et soupirai.

— D'accord. Oui, ça me bloque, mais je n'ai pas le temps de sortir avec quelqu'un.

Au-delà de ma carrière qui prenait la majorité de mon temps, beaucoup d'hommes m'avaient dit que j'étais trop intimidante. Je savais que le fait que je sois aussi grande que la plupart des hommes n'aidait pas, ni le fait que je n'essayais pas de protéger leur égo. Dans le monde juridique, beaucoup d'hommes se baladaient comme des petits coqs. J'aimais les battre à leur propre jeu, ce qui m'avait créé une réputation de castratrice.

— Je ne pense pas que tu auras besoin de beaucoup de temps si tu en es déjà à rouler des patins à Ethan au bureau, dit Jana avec un clin d'œil.

— Je n'arrive pas à croire que tu encourages le sexe au boulot, marmonnai-je.

— Hé, c'était fun jusqu'à ce que j'apprenne qu'il était marié. Ce n'est pas la faute du sexe au bureau, meuf. C'est la meilleure partie.

Notre serveuse arriva à son rythme de course habituel et lâcha notre addition sur la table, ce qui me sauva d'une gêne prolongée. Le téléphone de Jana sonna au même moment.

— Il faut que je réponde, c'est ma mère, dit-elle rapidement en répondant.

Je payai l'addition, et on se mit en marche vers le bureau, quelques pâtés de maisons plus loin. Jana parla à sa mère un long moment, pendant que je me demandais quand je reverrais Ethan, incapable de faire taire mes pensées cochonnes.

Chapitre Neuf

ETHAN

Je montai les marches du bureau de Zoe deux à deux. Elle avait laissé un message au coach pour lui dire qu'il y avait du nouveau. J'étais agacé qu'elle ne m'ait pas appelé directement, mais j'imaginais facilement pourquoi. Une semaine entière s'était écoulée depuis la dernière fois où je l'avais vue et où je l'avais embrassée comme un fou. Ou peut-être que c'était elle m'avait embrassé comme une folle. Je m'en fichais bien. J'avais maintenant la tête fermement posée sur les épaules et elle ne me faisait plus vaciller. Je me disais que c'était parfait. Elle n'avait jamais couché avec qui que ce soit, et je pouvais m'occuper de ça pour elle sans aucun souci. Tristan avait sans doute raison. Son travail était le centre de son monde, donc je n'avais pas besoin de m'inquiéter qu'elle veuille quelque chose de sérieux avec moi.

Maintenant que j'avais retrouvé mes habitudes, je traversai la porte de l'accueil vers son bureau et trouvai sa secrétaire qui mettait fin à un appel. Dans un autre contexte, j'aurais trouvé sa secrétaire canon. Elle avait des cheveux sombres et des mèches colorées, avec des courbes généreuses. Mais ce qui était étrange, c'était que je ne l'admirais qu'en théorie. Cette notion lâcha une pointe d'inquiétude dans un coin de ma tête. Il était rare que je n'admire pas le corps d'une femme comme elle. Le fait qu'elle ne me fasse aucun effet me rappela que je n'avais regardé aucune femme depuis que Zoe avait débarqué en pleine nuit pour me sortir d'une situation juridique agaçante.

J'écartai cette inquiétude et attendis que la secrétaire pose son téléphone. La seule chose que j'attendais, c'était de passer cette porte pour me retrouver dans le bureau de Zoe et l'embrasser encore une fois. La secrétaire raccrocha et me regarda avec un grand sourire, ses yeux bleu brillant contrastaient avec sa peau claire. Elle avait l'air amusée par quelque chose, mais j'étais bien trop concentré sur l'idée de voir Zoe pour me poser des questions.

— Bonjour monsieur Walsh. Je ne crois pas que Zoe vous ait dans son emploi du temps aujourd'hui. Est-ce que vous voulez que je voie si elle a le temps de vous recevoir ? demanda-t-elle.

Cette question me dit que Zoe était disponible, sinon elle m'aurait dit qu'elle était avec un client.

— S'il vous plait. Merci.

Elle tapa quelque chose sur son clavier puis me regarda à nouveau.

— Je ne crois pas avoir eu l'occasion de me présenter. Je suis Jana. La secrétaire et assistante juridique de Zoe. Si elle n'est pas disponible, je peux peut-être vous aider.

— Oh, non. J'attendrai aussi longtemps qu'il le faudra.

Parce que c'était vrai. Je ne partirais pas d'ici sans avoir vu Zoe.

Jana haussa un sourcil et un éclat subtil s'empara de ses yeux.

— Très bien.

Ses yeux passèrent de moi à l'écran d'ordinateur. Elle se leva rapidement en levant un doigt.

— Une minute.

Elle fit le tour de son bureau arrondi et se dirigea vers la porte du bureau de Zoe. Dès que j'entendis la porte s'ouvrir et se refermer, je me penchai par-dessus le bureau pour regarder son écran d'ordinateur. Je supposais qu'elle échangeait des messages avec Zoe, et que Zoe essayait de gagner du temps. L'échange que je lus sur l'écran que Jana avait laissé accessible lui offrit une place de choix dans la liste de mes personnes préférées.

Jana : Monsieur Sexy est venu te voir !

Zoe : Je suis occupée.

Jana : C'est pas vrai. Tu n'as pas d'autre rendez-vous avant deux heures. Je m'occupe du projet d'ordonnance pour le dossier d'AS. Rien d'autre n'est urgent. Ramène cet homme dans ton bureau et saute-le. Tout de suite !

Zoe : Oh mon Dieu. Je ne vais pas « sauter » qui que ce soit dans mon bureau.

Oh, c'était vraiment parfait. Elle allait me sauter dans son bureau. Peut-être pas aujourd'hui, mais bientôt.

Jana : Arrête d'être aussi coincée. Il faut que tu te détendes, de plus d'une façon.

Zoe : Dis-lui que je suis occupée.

Jana : Certainement pas. Dans tous les cas, il refuserait de partir. Je le vois bien.

Zoe : Jana, combien de fois dois-je te dire que ma virginité ne te regarde pas ?

Jana : Ça me regarde. Tu es de mauvaise humeur et il faut que tu te tapes quelqu'un.

Moi. J'étais celui qu'elle allait se taper. Ce petit échange ne fit qu'ancrer l'idée que le fait que je sois là était parfait.

La porte du bureau s'ouvrit et je reculai rapidement d'un pas. Il ne valait mieux pas que Jana me trouve plié en deux en train de fouiner. Je n'arrivais pas à croire ce que je venais de faire. Je pouvais dire avec certitude que je n'avais jamais fait ce genre de chose pour apprendre quoi que ce soit sur une femme. C'était l'effet que Zoe me faisait. J'essayais de ne pas me demander ce que ça voulait dire. Tout ce que je savais, c'était que je voulais Zoe, et que je l'aurais.

Jana arriva à l'accueil et me fit signe.

— L'un de ses rendez-vous a été annulé. Elle va vous recevoir.

Je ne savais pas ce que Jana-mademoiselle-ma-personne-préférée-du-jour lui avait dit, mais elle avait clairement convaincu Zoe de me voir. Et j'étais d'accord avec Zoe que la prendre dans son bureau n'était sans doute pas le meilleur des plans. Une fois que je me serais débarrassé de sa virginité, le bureau m'irait très bien. Cela dit, je n'avais aucune intention de partir d'ici aujourd'hui sans un autre baiser et un peu plus.

La porte se referma derrière moi. Pendant un instant, j'hésitai à la verrouiller, mais je savais que j'avais deux heures devant moi et que Jana ne nous interromprait pas. Pas après avoir vu ce qu'elle lui avait écrit.

Je trouvai Zoe qui se tenait debout à côté de la fenêtre. Son bureau donnait sur le centre de Seattle, et le Puget Sound était visible au-delà des immeubles à l'horizon. Elle me tournait le dos, et je voyais la tension le long de sa colonne vertébrale. Elle se tenait droite, les bras croisés. Elle portait une jupe droite noire qui lui arrivait juste au-dessus des genoux et l'une de ses vestes courtes. C'était une variante de ce qu'elle portait chaque fois que je la voyais. Elle restait toujours professionnelle, propre sur elle et parfaitement convenable. Je mourais d'envie de remonter cette jupe encore une fois. Mon esprit repensa immédiatement à la dernière fois où je l'avais vue, avec ses seins généreux s'échappant de son chemisier et ses tétons roses tendus et mouillés.

Bordel. À la seconde où je repensai à ça, mon sang fonça vers mon entrejambe. Je secouai la tête et m'avançai vers elle.

— Bonjour ma belle. Tu as l'intention de m'ignorer longtemps ?

Ses joues rosirent et elle se mordit la lèvre. Oh mon Dieu. Il fallait que je me contrôle si je voulais jouer mon coup correctement. Voir ses dents blanches mordre sa lèvre rebondie me donna envie d'oublier l'idée que j'avais d'y aller doucement.

J'entendais sa respiration. Elle lâcha un soupir secoué. Je voyais son pouls battre rapidement dans son cou et j'avais envie de plonger la tête pour passer ma langue sur sa peau douce.

Elle tourna la tête vers moi, ses bras encore fermement croisés. Ce qu'elle ne réalisait pas, c'était que ça ne faisait que remonter ses seins. Elle portait une camisole proche du corps sous sa veste. Bon Dieu. Pensait-elle vraiment que les hommes ne la remarquaient pas ? Elle se baladait habillée comme ça tout le temps, et c'était une tentation tout droit sortie des enfers, car elle avait l'air sage et incroyablement sexy à la fois.

— Je ne t'ignorais pas. Je profitais de la vue, dit-elle, agacée.

— Tu veux dire moi ?

Je ne pouvais pas m'empêcher de l'embêter, car elle me rendait la tâche impossible.

Ses joues rosirent plus encore. Elle ouvrit et referma la bouche, puis elle me lança un regard noir.

— Non, Ethan. Je ne t'admirais pas toi, dit-elle sèchement, d'une voix contrôlée.

Je souris. J'adorais quand elle perdait son sang-froid. Ça m'aidait à ne pas me sentir complètement fou face à l'effet qu'elle me faisait.

J'avais prévu d'entrer dans son bureau et de commencer par lui demander ce qu'il y avait de nouveau dans mon dossier, puisqu'elle avait appelé le coach. J'avais aussi prévu d'y aller doucement avec elle. J'étais un tombeur, oui, et j'aimais le sexe autant que n'importe qui, mais j'étais déterminé à lui offrir la meilleure partie de jambes en l'air de sa vie, étant donné qu'elle était vierge. Comme toujours avec Zoe, ce que j'avais prévu de faire et ce que je faisais n'étaient pas les mêmes choses.

Je la regardai, avec ses cheveux remontés en un chignon serré sans une seule mèche perdue de cette crinière auburn, avec ses vêtements professionnels et sa bouche à en mourir, et je fis un pas en avant, me collant à son corps. Je la surpris, et elle laissa tomber ses bras en gémissant. Je ne réfléchissais pas. Pas du tout. Je passai ma main dans son dos jusque dans ses cheveux, retirant ses épingles rapidement et grognant presque quand ses cheveux dégringolèrent. De longues mèches ondulées cascadèrent sur ses épaules.

— Ethan, qu'est-ce que tu fais ?

Sa voix était rauque. Je réalisai qu'elle pourrait me repousser. Mais elle ne le fit pas. Elle se tendit, mais elle ne bougea pas d'un poil. Je commençais à comprendre qu'elle cherchait à rester forte quand elle ne reculait pas. Je l'avais vue en pleine action, quand elle était en train de travailler, pleine d'assurance, sans jamais lâcher le morceau. À ce moment-là, cette attitude marchait en ma faveur. Je sentais le battement de son cœur contre mon torse et sa respiration rapide.

Je ne savais pas du tout ce que je faisais, mais je savais une chose : je l'aurais. Tout entière. Peut-être pas aujourd'hui, mais bientôt.

— Ça.

Ma réponse avant de poser ma bouche sur la sienne.

Elle se tendit à nouveau, mais quand je plongeai ma langue dans sa bouche, elle grogna et s'adoucit contre moi. L'embrasser était une drogue. Je n'en avais jamais assez. Une fois qu'elle se laissa aller, elle m'embrassa follement. Sa langue s'emmêla à la mienne alors que ses mains parcouraient mon corps. Ma queue était dure comme la pierre, et je voulais toujours plus d'elle. Je déversai des jours entiers de frustration dans ce baiser. Des heures et des heures à repenser à la sensation de l'embrasser n'étaient rien face à la chose réelle. Elle se cambra contre moi alors que je l'embrassais, que je léchais et mordais son cou.

Une luxure coulait dans mes veines. J'écartai sa veste rapidement, arrachant un bouton qui rebondit contre la fenêtre avant d'atterrir au sol. Je ne savais pas si sa camisole était mieux ou pire que de l'avoir nue contre moi. Quand j'arrachai mes lèvres à sa peau, une peau qui avait un goût amer et sucré, je regardai ses tétons qui étiraient la soie, et je grognai. Je levai le regard vers son visage. Ses joues étaient rouges, ses yeux noisette étaient noirs de besoin et ses lèvres étaient entrouvertes, laissant passer son souffle sexy et saccadé.

Adieu le contrôle. Je m'accrochai au peu qu'il me

restait. En gardant les yeux sur elle, je détendis ma main qui s'était accrochée à ses cheveux et passai mon doigt le long de son cou, caressant sa clavicule, descendant pour taquiner ses tétons, deux petites pointes serrées suppliant d'être caressées.

Son souffle s'affola et elle lâcha un gémissement. Ma queue, déjà si dure que j'aurais pu jouir sur place, gonfla un peu plus. J'avais besoin de la goûter. Je passai un doigt le long des bretelles de soie de sa camisole et les écartai de ses épaules, baissant son haut jusqu'à ce que ses seins en dévalent. Encore une fois, je réalisai que Zoe avait un vrai faible pour la soie. Son soutien-gorge était fait de la soie la plus fine du monde et ses tétons étaient facilement visibles.

Je penchai la tête et en pris un dans ma bouche avant de lécher l'autre. Elle plongea ses mains dans mes cheveux et murmura mon nom. Avais-je dit que je voulais y aller doucement ? Mes intentions étaient tristement faibles quand il s'agissait de Zoe. Au moment où elle se cambrait contre moi, j'oubliais tout ce que je voulais faire. Tout disparaissait dans le flou du désir qui traversait mon corps et la sensation de sa peau contre la mienne.

Je reculai et passai mon pouce sur l'attache de son soutien gorge, entre ses seins. La soie fine capitula et ses seins se libérèrent. Je trouvai de petits grains de beauté un peu partout sur sa peau. J'avais envie de les suivre pour voir où ils me mèneraient. Caressant ses seins, je laissai mes lèvres aller où elles voulaient.

Alors que sa camisole était baissée et sa jupe remontée, après qu'elle se fut frottée à moi, je pris ses fesses en main et la tirai vers moi en prenant à nouveau son téton entre mes dents. Le son qu'elle produisit me fit perdre la tête. De lourdes respirations interrompues par des gémissements rauques. Rien de tout cela ne me suffisait. J'avais besoin de goûter plus d'elle. Sans jamais quitter sa peau des lèvres, je jouai avec ses tétons et nous écartai de la fenêtre pour aller vers son bureau. Ses hanches se collèrent à la table alors que je passais ma langue dans son cou. Elle gémit.

— Ethan, qu'est-ce que... Oh mon Dieu. Qu'est-ce que tu fais ? Il faut que tu...

Elle ne termina pas sa phrase et laissa échapper un son de plaisir quand je pinçai son téton entre mes doigts et mordis son oreille.

Je reculai. Bon sang, ça donnait l'impression que j'étais un gentleman. Mais je n'en étais pas un. Pas du tout. J'avais besoin de voir chaque centimètre de son corps plus que j'avais besoin d'air pour respirer. Le besoin de m'assurer qu'elle en avait autant envie que moi était tout aussi puissant.

Elle était splendide. Avec ses cheveux — merde, rien que ses cheveux me faisaient bander — qui tombaient en cascade sauvage sur ses épaules, sa peau rosie de chaleur, ses lèvres gonflées et ses yeux noirs de désir, elle me mettait presque à genoux.

— Oui, ma belle ?

Ses yeux se plantèrent dans les miens. Après un instant, elle secoua légèrement la tête. Pendant ce temps, je passai mes doigts sous la courbe généreuse de ses seins, savourant le sursaut de son souffle quand je passai sur son téton tendu et humide. Je retins l'envie d'aller trop vite et dirigeai ma caresse vers la douce courbe de son ventre. Sa jupe froissée et remontée m'offrait ses magnifiques cuisses. Sa peau était douce comme de la soie. Je glissai ma main sous ses fesses, des fesses qu'elle cachait bien. Ses jupes étaient discrètes, si discrètes qu'on ne remarquait pas qu'elle avait des fesses rondes et plantureuses. Je pouvais plonger ma main dedans, et ne m'en gênai pas alors que je la soulevais pour la poser sur le bureau.

À ce moment précis, j'étais ravi qu'elle soit si ordonnée. À part son ordinateur, un téléphone dans le coin et quelques papiers sur une petite table d'appoint, il n'y avait rien d'autre sur son bureau. Elle lâcha un soupir quand je m'avançai entre ses cuisses et me cambrai contre elle. Je sentais la chaleur mouillée de son centre à travers la soie et le jean. Elle ne m'avait toujours pas répondu.

— Ma belle, qu'est-ce que tu voulais que je fasse ?

Oh, parfait. Un éclair traversa ses yeux noisette.

— On ne peut pas…

Un nouveau gémissement alors que je me cambrais à nouveau contre elle.

— On ne peut pas quoi ?

— Ça, je te l'ai dit. Tu es mon client, et je ne peux pas…

Elle retint un cri quand je me cambrai à nouveau contre elle. Je ne tiendrais pas ce jeu longtemps, j'étais sur le point de perdre le peu de contrôle qu'il me restait.

— Je suis ton client et je m'en fiche, donc c'est un argument inutile. Puis-je te faire remarquer qu'il est assez évident que tu prends du plaisir ?

Un nouvel éclair traversa son regard. Si elle avait envie de se défendre, elle avait dû décider de passer son chemin. Je soutins son regard. On passa d'un moment de jeu à un moment profondément intense en l'espace d'une seconde. J'arrivais à peine à respirer et j'avais tellement envie d'elle que c'était un miracle que je ne sois pas encore allé plus loin. J'avais perdu toute notion du temps et je ne savais pas combien de temps s'était écoulé depuis que j'étais entré dans son bureau.

Elle se mordit la lèvre. Oh mon Dieu. Je ne tenais

déjà qu'à un fil, mais il fallait qu'elle en rajoute. Elle secoua la tête et me choqua avec un demi-sourire.

— Je crois que j'aurais l'air bête si je disais l'inverse, dit-elle enfin. Je crois juste que... Rooh. Je ne fais jamais ce genre de choses, et je ne pense pas que ce soit une bonne idée parce que je sais que je ne suis pas le genre de femme que tu, enfin, le genre de femme auquel tu t'intéresses d'habitude. Je t'ai déjà dit que j'étais vierge, et je suis presque sûre que ça veut dire *game over* pour toi, à moins que tu aies complètement perdu la tête.

Je voyais bien qu'elle se forçait à soutenir mon regard. Son menton était levé et ses joues rougirent plus profondément. Quand nous n'étions pas perdus l'un dans l'autre, elle se mettait à réfléchir. Ce qui ne me paraissait pas être une bonne chose. Je n'aimais pas le doute qui traversait son regard.

Une pointe d'agacement apparut. Ça m'énervait que Zoe ne se rende pas compte de son propre éclat. En plus d'être incroyablement belle, elle était particulièrement brillante. Le fait qu'elle se compare à n'importe qui d'autre en pensant qu'elle était moins bien me mettait en colère. Ça m'énervait aussi parce que je savais où elle voulait en venir. Je n'aimais pas particulièrement l'attention médiatique qui allait de pair avec mon rôle, mais d'habitude je l'ignorais. Car ça avait le potentiel de me rendre fou. Mais je savais que ma réputation de tombeur me précédait et, d'habitude, ça ne me dérangeait pas. J'aimais les femmes, j'aimais m'amuser, et j'aimais que ça reste léger. Zoe ne rentrait pas dans le moule des femmes avec qui je me retrouvais d'habitude. Mais j'avais plus envie d'elle que de n'importe qui d'autre, et je n'aimais pas l'entendre remettre en question ce fait.

— Je crois que c'est évident que tu es le genre de

femme qui m'intéresse. Et pour le reste, ce n'est en aucun cas *game over*, j'ai été clair là-dessus.

J'avais essayé d'avoir un ton joueur, mais ma colère s'entendait. Zoe écarquilla les yeux et inspira sèchement. Elle resta silencieuse, un silence seulement brisé par son souffle lourd et le battement de mon cœur qui résonnait dans mon corps.

— Oh.

Son mot tomba dans le silence. Je la fixai du regard, levant une main pour la passer dans ses cheveux, mes yeux fascinés par le contraste entre ses épaules nues et ses cheveux, alors que sa peau de porcelaine était parsemée de grains de beauté. Je n'arrivais pas à croire ce qui sortit de ma bouche après ça.

— Tu veux qu'on arrête ?

L'air était tendu, lourd de désir et de besoin. Dans ma tête, je n'arrivais pas à croire que je venais de demander ça. Mais une fois dit, je savais qu'il fallait le dire. Même si je mourais d'envie de la prendre et que j'étais sur le point de perdre la tête face à mon désir, je n'étais pas un connard, et je n'allais pas insister pour dépasser une limite qu'elle voulait maintenir. Elle me fixa du regard, ses yeux cherchant les miens. Après quelques secondes, elle secoua la tête un tout petit peu, me prenant complètement de court.

Pour la première fois de toute ma vie, je ne savais pas quoi dire. Je la regardai simplement, en essayant de reprendre le contrôle de mon esprit, impossible quand votre queue est si dure et logée contre une chaleur mouillée.

ZOE

Alors que mon cœur battait la chamade et qu'un besoin liquide coulait dans mes veines en ressentant la chaleur de la queue d'Ethan contre moi, je n'allais pas dire que j'étais capable de réfléchir. La seule chose que je savais, c'était ce que je voulais. Lui. Plus. Maintenant.

J'aurais dû écouter certains des doutes qui tentaient de prendre le dessus sur ma conscience. Mais apparemment, j'avais perdu la tête, car le désir qui me serrait le ventre prenait le dessus sur tout. Mon esprit se plaça au second plan face aux sensations qui prenaient le dessus.

Quand je secouai la tête, Ethan écarquilla les yeux. Il resta immobile, son regard vert sombre cherchant le mien. Prise dans son regard comme ça, je me sentais mise à nu. Les doutes que j'avais écartés reprirent le dessus, et une agitation s'empara de moi. C'était dingue. Je commençai à gigoter. Sa main tomba de mes cheveux avec lesquels il jouait et attrapa mes fesses, me tirant fort contre son excitation à nouveau. Un plaisir me traversa et je gémis.

— Très bien. Voilà ce que je vais faire, dit Ethan d'une voix tendue qui me fit frissonner. Je vais m'assurer de ne pas partir d'ici avant que tu me supplies de t'en donner plus. Mais je n'irai pas au bout. Pas aujourd'hui. On gardera ça pour plus tard.

J'aurais dû me douter qu'il serait arrogant. J'aurais dû être horrifiée. J'aurais dû m'accrocher au peu de bon sens qui me restait et me sortir de cette position. J'aurais dû, j'aurais pu. Rien de tout cela n'arriva. Sa voix rauque et arrogante me ramena dans le moment. J'étais rouge et chaude de partout.

Quand je ne répondis pas, sa bouche m'offrit l'un de ses sourires en coin avant qu'il ne penche la tête pour me mordre le cou. Ce qui suivit fut les moments les plus intenses et les plus affolants que j'eus vécus de toute ma vie. Il décida de me rendre folle avec ses mains, ses lèvres, ses dents et sa langue en passant le long de mon cou, de mes seins, jouant avec mes tétons, puis le long de la courbe de mon ventre. J'étais tellement mouillée que ma culotte dégoulinait et que mes cuisses étaient humides.

Il enroula ses mains sur mes hanches et me tira jusqu'au bord du bureau. Dans un coin lointain de mon esprit, je me rendis compte que ma jupe était remontée jusqu'à ma taille et que ma camisole était baissée jusqu'au même point. Je faisais plus que rouler des pelles à un client, j'étais presque nue dans mon bureau, allongée sur ma table, et je m'en fichais. Complètement.

La seule chose qui comptait était qu'il m'en fallait plus. Mon intimité vibrait et j'avais besoin d'une explosion. Comme s'il pouvait lire dans le labyrinthe chaud et taché de passion de mon esprit, Ethan passa ses doigts sur la soie entre mes cuisses. Un petit cri m'échappa et je me cambrai sous son toucher. Je ne voulais pas plus de provocation. D'ailleurs, je décidai qu'aujourd'hui était le moment idéal pour me débarrasser de cette virginité agaçante. Au moment où j'étais sur le point de dire quelque chose, il accrocha ses doigts sur le bord de ma culotte et l'arracha. Mes hanches se levèrent d'elles-mêmes et la soie noire glissa le long de mes jambes. Je m'en libérai et le regardai.

Ses yeux étaient encore plus sombres qu'avant, et son visage était tendu. J'étais entièrement perdue dans la sensation de ses caresses et de mon désir, et cette brève interruption m'agita immédiatement. Avant que mon cerveau ne reprenne le contrôle, ses mains s'accrochèrent à mes chevilles et glissèrent le long de mes jambes en une longue caresse à m'en faire perdre la tête. La partie rugueuse de ses paumes créait des étincelles sous ma peau et une vague de plaisir en moi.

Il s'arrêta au croisement de mes cuisses, ses yeux trouvant les miens. Mes hanches se balançaient nerveusement, et il baissa le regard. Alors que je pensais que j'allais mourir de désir et fondre sur ce bureau, il posa une main sur moi et passa ses doigts entre mes plis. J'étais si proche de l'orgasme que je manquai de jouir rien qu'avec ça. Je ne pus retenir un gémissement lourd.

Les yeux d'Ethan revinrent sur les miens et parcoururent mon corps, créant des explosions partout où ils passaient. Pendant ce temps, ses doigts jouaient avec moi, doucement. Mes hanches se cambrèrent à son toucher, et ses yeux trouvèrent à nouveau les miens.

L'intensité de son regard était trop pour moi, et je fermai les yeux par réflexe. Je n'avais pas l'habitude de perdre le contrôle comme ça, de me laisser aller au plaisir.

— Zoe.

J'ouvris les yeux. Alors que je trouvais les siens, il plongea un doigt en moi, jusqu'à la garde. Je hurlai, encore une fois si proche de la jouissance que je manquai d'exploser. J'aurais dû savoir qu'Ethan était le seul à pouvoir me faire cet effet-là.

Un autre doigt rejoignit le premier. Mes hanches suivirent les caresses de ses doigts et je m'accrochai au bord du bureau pour ne pas tomber. Avant que je ne le voie venir, il ajouta ses lèvres à ses doigts. Bon Dieu. Son toucher était terriblement bon. C'était la dose parfaite de provocation et de pression pour me faire monter dans les tours.

Mon canal agrippa ses doigts alors qu'il plongeait en moi, pendant que sa langue m'explorait avec tant de précision que j'eus peur d'en mourir. Je continuai de me dire que j'allais jouir, mais il ne cessait de me faire monter plus haut et de me faire redescendre. Je me sentais toute serrée. Mes hanches se balancèrent contre lui. Agitée et chaude, je murmurai son nom et le suppliai.

Exactement, je suppliais. Quand j'attrapai ses cheveux d'une main, il comprit le message. Il fit rouler sa langue sur mon clitoris et l'aspira dans sa bouche.

Le plaisir accumulé explosa, me traversa fort et vite. Mon canal palpita sur ses doigts alors qu'il les plongeait en moi encore une fois. Je le sentis reculer et lever la tête. Je n'avais pas réalisé que je lui arrachais presque les cheveux avant qu'il ne bouge. Je détendis ma prise et ouvris les yeux.

Ses cheveux étaient complètement ébouriffés, de façon très sexy, après mon passage. J'étais complètement brisée. Il soutint mon regard un long moment et plongea la tête pour déposer quelques baisers dans mon cou et sur mon épaule, me faisant frissonner. De petites vagues de plaisir flottaient encore en moi.

Il se redressa et retira doucement sa main. Son toucher me manqua immédiatement. Il resta silencieux, dégageant une intensité folle. Je ne savais pas vraiment quoi dire alors que la réalité de ce moment me rattrapait. Rapidement, il attrapa ma culotte et l'enfila sur mes jambes. Par réflexe, je descendis du bureau, surprise par l'intimité de ce geste, alors qu'il la remontait jusqu'à mes hanches et redescendait ma jupe.

Il s'arrêta, regardant de haut en bas.

— Je déteste te voir couvrir tes magnifiques seins, mais j'imagine que tu as un rendez-vous à un moment cet après-midi, dit-il d'une voix rauque et tendue.

Je ne savais pas à quoi je m'attendais. Qu'étais-je censée faire après avoir complètement perdu la tête dans mon bureau ? Ethan était l'unique responsable de la retenue exercée. S'il avait eu envie de me prendre juste là, sur mon bureau, je n'aurais même pas essayé de l'arrêter. D'ailleurs, j'étais un peu déçue qu'il ne l'ait pas fait.

Mon téléphone de bureau sonna, ce qui me sortit de ma transe. Je regardai le téléphone, puis le regardai lui.

— Laisse sonner, dit-il doucement.

Je n'étais pas du genre à ignorer un appel quand j'étais parfaitement capable de répondre. Mais Ethan me transperçait, et je ne voulais pas mettre fin à ce moment. Le téléphone continua de sonner alors qu'il s'éloignait pour attraper mon soutien-gorge et ma veste. La sonnerie cessa, et le silence n'accueillait plus que le bruit du tissu alors qu'il m'aidait à remettre mon soutien-gorge, ma camisole en place et à enfiler ma veste. Je commençais à comprendre pourquoi les femmes lui couraient après avec autant de désespoir.

Au-delà du fait qu'il était terriblement beau et un

dragueur fini, il était dangereusement doué dans l'art de me faire perdre la tête, et je découvrais maintenant la partie chaleureuse, élégante et presque protectrice de sa personnalité. Je me sentais sublime, et si j'avais été qui que ce soit d'autre, j'aurais peut-être été capable de me laisser savourer ce moment. Mais je commençais à me sentir mal à l'aise face au plaisir que je prenais dans tout ça. Je n'avais aucune idée de comment gérer ce qui venait de se passer. J'étais peut-être vierge, mais ce n'était pas la première fois qu'on me touchait. J'étais sortie avec assez d'hommes pour avoir vécu plusieurs sessions de gros préliminaires. En toute honnêteté, c'était assez loin dans le passé pour que je ne me souvienne pas de qui que ce soit me faisant ressentir ce qu'Ethan venait de me faire, même de loin. J'étais certaine, cependant, que les hommes n'étaient pas du genre à aimer donner sans recevoir.

Et de ce que je pouvais voir, Ethan semblait prêt à partir. Il cherchait même un bouton qui avait sauté de ma veste et me le tendit quand il le trouva.

— Tu devrais te rattacher les cheveux.

Sa voix emplit la pièce vide et me fit même sursauter.

— Ah bon ? demandai-je, un peu confuse.

Ce regard sombre s'empara de ses yeux à nouveau.

— Ouais, ma belle. Tu devrais. J'aimerais penser que je suis le seul à te voir dans cet état-là, dit-il d'une voix rauque.

Je me demanderai plus tard pourquoi cette phrase ne m'avait pas énervée. La tendance ridicule des hommes d'essayer de tout contrôler avait tendance à m'agacer. J'y étais tellement habituée dans ma vie professionnelle que j'avais une habitude très maitrisée de leur répondre. Mais, ici et maintenant avec Ethan, ça me plut. Des alarmes résonnèrent au loin dans ma tête. Avant que je ne puisse me réveiller, il se dirigea vers les fenêtres, regardant le sol, et revint avec les deux épingles à cheveux qui m'avaient servi à attacher mes cheveux.

— Tu pars ? demandai-je, sans trop savoir quoi demander d'autre.

Lui demander s'il attendait que je le suce me paraissait étrange. Et ce n'était pas le genre de chose qui sortait naturellement de ma bouche. Un regard suffit pour confirmer qu'il bandait encore très fort. Sa queue apparaissait à travers son jean.

Il me regarda et hocha doucement la tête.

— Oui. J'aimerais rester, mais je me suis promis que ta première fois serait parfaite. Et ce ne serait pas parfait sur ton bureau, avec Jana de l'autre côté de la porte.

Je baissai les yeux vers sa queue puis retrouvai son regard.

— Mais...

Il sourit.

— Je ne suis pas un homme égoïste, ma belle. Il faut que tu le saches. Aujourd'hui, c'était juste pour toi. Maintenant, va t'attacher les cheveux et assieds-toi derrière ton bureau, pour me parler du message que tu as laissé au coach Hoffman.

Son sourire malin fit vibrer mon ventre. Je me mordis les joues pour ne pas lui rendre son sourire. J'étais tellement déstabilisée. Troublée, je me retournai et passai ma main dans mes cheveux afin de former un chignon. Je m'arrêtai devant le miroir accroché au mur et plaçai les épingles. Mes joues étaient rouges, mes lèvres gonflées et mes yeux brillants. J'avais l'air aussi choquée que ce que je ressentais. Il fallait absolument que je trouve un moyen de me reprendre. Ethan était encore là, et il avait cette attente absurde que je m'installe à mon bureau pour faire comme si c'était un rendez-vous normal.

Je n'avais pas vraiment de meilleure idée, et me disais que je pouvais tout aussi bien essayer ça. Je lissai ma jupe et me retournai, remarquant à l'instant que j'avais retiré mes chaussures lorsque je manquai de trébucher dessus. Je plongeai les pieds dans ces balle-rines noires et me dirigeai vers mon bureau. Ethan était assis sur l'une des chaises. Il avait une expression neutre, mais je voyais l'éclat dans ses yeux, et ça me fit rougir. J'essayai d'ignorer ça, forçant mes yeux à regarder mon ordinateur, ouvrant rapidement l'e-mail de l'agent de police qui s'occupait de la plainte liée à la bagarre dans laquelle Ethan avait mis les pieds. Je devais avouer que je ne le croyais pas quand il m'avait raconté cette histoire en pleine nuit au commissariat, mais j'avais regardé les vidéos de surveillance. Il s'était vraiment mis devant le poing de ce gars par accident.

Je me secouai et me tournai vers lui. Son regard vert sombre m'attendait. Nos yeux se trouvèrent et un éclair traversa la pièce.

Chapitre Onze

ETHAN

Je posai les mains sur le carrelage de la douche et soupirai. J'avais réussi à me retenir de baiser Zoe sur son bureau, mais bon sang, ça m'avait demandé toute la discipline du monde. Je le pensais quand je lui disais que je ne voulais pas que sa première fois soit sur un bureau, mais j'étais bien décidé à baptiser ce bureau aussi. Je ne me souvenais pas vraiment de ce qu'elle m'avait dit après que je lui avais demandé de me mettre à jour sur le message qu'elle avait laissé au coach. Je me souvenais des grandes lignes, qui étaient que la police avait décidé de ne pas me mettre en examen. Après avoir eu l'opportunité de voir toutes les vidéosurveillances, ils avaient décidé qu'il fallait soit arrêter tout le monde, ou n'arrêter personne. Zoe avait dit quelque chose sur l'idiot qui avait essayé de me faire arrêter, en disant qu'il pouvait quand même essayer d'aller au procès, mais mon cerveau était tellement dans le flou que je ne me souvenais pas de grand-chose d'autre.

J'étais tiraillé parce que je ne voulais pas quitter son bureau. Jana m'avait sauvé quand elle avait frappé à la porte pour annoncer que le prochain client de Zoe était en avance. J'avais presque couru jusque chez moi pour m'occuper de ma gaule folle. Maintenant, je me tenais dans la douche à me demander comment j'allais pouvoir arrêter de penser autant à Zoe. Je laissai l'eau brûlante couler sur mes épaules jusqu'à ce que je me calme.

Je me séchai en me rendant compte que j'avais à peine réussi à calmer mon désir sauvage pour Zoe. Le mot désir ne suffisait pas à décrire ce que je ressentais pour elle. Je savais sans un seul doute qu'il me faudrait plus d'une fois avec elle pour satisfaire ce besoin. Bien plus qu'une fois.

Je m'habillai rapidement et me dirigeai vers le stade. J'avais besoin de brûler cette agitation. J'évitais la gêne que je ressentais. Je n'avais pas l'habitude de passer autant de temps à penser à une femme. Oh, j'adorais les femmes. Je ne ressentais aucune gêne à dire que j'adorais les femmes. Mes sœurs me répétaient sans cesse qu'il fallait que je me case, et elle se moquait en permanence de ma réputation de tombeur. Je ne savais pas quoi penser du fait qu'aucune autre femme n'existait pour moi en ce moment. En chemin vers le stade, je fis l'effort de draguer une femme qui attendait à un feu rouge en même temps que moi.

Ce fut un échec cuisant. Elle était très belle et intéressée, oui. L'échec était de mon côté. Au-delà du fait de voir qu'elle était objectivement belle, je n'avais rien ressenti. J'avais réussi à la draguer par habitude, mais mon cœur n'y était pas. Puis j'avais dû me sortir d'une invitation lancée à dîner avec elle. Vraiment classe.

Je courus dans le couloir du stade vers les vestiaires et enfilai des vêtements de sport avant de me lancer dans un entrainement intense. Je réussis à m'épuiser, mais Zoe était encore fermement logée dans mon esprit.

Quelques jours plus tard, après l'entrainement, Liam s'installa sur le banc en face de mon casier.

— Salut mec. Tu veux venir dîner avec nous ce soir ?

Je jetai ma serviette dans le panier dans le coin de la pièce et enfilai un t-shirt avant de le regarder.

— Je suis toujours partant pour manger. Qui d'autre vient ?

— Je ne sais pas. Je me suis dit qu'on pourrait convaincre Alex et Tristan.

Je m'assis en face de lui.

— Où est Olivia ?

Liam était presque greffé à Olivia depuis qu'il était tombé amoureux d'elle. À Londres, nous faisions le tour des bars ensemble. On sortait en ville, on s'amusait avec les nanas qui nous suivaient puis on continuait. Une fois arrivé chez les Seattle Stars, il s'était blessé au genou, et Olivia était sa chirurgienne. Et c'était fini. Il était encore l'un de mes meilleurs amis, et j'étais vraiment heureux pour lui, mais ce n'était plus vraiment pareil.

Ses yeux bleus perçants trouvèrent les miens, il passa une main dans ses cheveux noirs en soupirant.

— Elle est en déplacement toute la semaine pour une conférence. Je me sens débile parce que j'aime pas rentrer à la maison quand elle est pas là.

Je ne pus m'empêcher de rire. Il avait l'air d'un chiot battu.

— Tu as Bentley qui te tient compagnie, non ? demandai-je en parlant de leur chien, une boule de poils brune adorable qui dormait souvent dans le bureau du coach pendant les matchs.

Liam leva les yeux au ciel.

— Oui. Mec, tu comprendras un jour.

Zoe apparut dans mon esprit. La vérité était qu'elle était presque toujours quelque part dans un coin de ma tête.

— Très bien. Allons dîner. On va choper Tristan. Tu veux aller où ?

Je vis le soulagement s'emparer du visage de Liam et il se leva rapidement.

— Super. Je vais trouver Alex. On se retrouve juste devant, on verra où on va.

En peu de temps, nous étions installés à une table avec Liam, Alex et Tristan. On se voyait presque tous les jours, mais maintenant que Liam et Alex étaient casés, on passait peu de temps seuls.

La soirée suivit son cours habituel à l'exception d'une chose. Même si ça faisait un moment que Liam s'était mis avec Olivia et Alex avec Harper, je ne remarquai que ce soir que j'étais le seul à faire des blagues sur les femmes. D'habitude. Je n'avais pas vraiment envie de le faire à l'instant, et c'était à cause de Zoe. Tristan n'était pas casé, mais cet homme voyait le sexe comme une tâche mécanique. Il sortait avec des nanas de temps en temps, mais il n'y avait aucune attache. J'avais du mal à l'imaginer se caser avec qui que ce soit. Même si j'aurais dit la même chose de Liam et Alex quelques mois plus tôt, pour d'autres raisons.

Après le dîner, Tristan décolla pour retrouver la femme en question qu'il voyait de temps en temps pour une partie de jambes en l'air et rien d'autre. Il rentrait toujours dormir à l'appartement. Moi, je rentrai chez moi seul sous une petite pluie. J'avais appris à aimer Seattle, malgré la météo toujours grise et pluvieuse. La lumière des lampadaires brillait sur les pavés. Quatre jours s'étaient écoulés depuis la dernière fois où j'avais vu Zoe, et je me demandais comment la revoir. Ça m'agaçait de ne pas réussir à être moi-même avec elle. Je n'étais pas vraiment un gars timide. Pas moi. Si je voulais une femme, je ne tournais pas autour du pot. J'étais plutôt direct. Avec Zoe, rien ne semblait simple. Je pouvais passer à son bureau une fois de plus, mais je voulais plus que des moments volés dans son bureau.

À un moment en chemin, je levai la tête, persuadé de voir Zoe marcher une centaine de mètres devant moi. Il faisait sombre et il pleuvait, mais les lampadaires éclairaient assez pour que je reconnaisse ses jambes interminables. Elle avait une démarche assurée. Même si j'avais une pointe de doute, mon corps se tendit de certitude. J'accélérai le pas, courant presque. Alors que je m'approchais, tous mes doutes disparurent. Je ralentis avant d'arriver à son niveau.

— Bonsoir Zoe, dis-je en prenant le même rythme qu'elle.

Elle marchait d'un pas déterminé et ne se tourna même pas vers moi quand j'arrivai à son niveau. Elle sursauta un peu quand je parlai, et je réalisai soudainement que je lui avais fait peur sans le vouloir. Il était tard, il faisait nuit et elle marchait seule.

— Ce n'est que moi, ma belle, ajoutai-je quand ses yeux trouvèrent les miens.

Bon sang. Elle était tellement canon. Elle n'avait même pas pris la peine de porter un manteau de pluie. Ses cheveux étaient mouillés, et une mèche s'était échappée de son chignon habituellement parfait. La mèche tombait sur sa joue. Des gouttes de pluie s'accrochaient à ses cils.

— Oh, Ethan. Qu'est-ce que tu fais là ?

— Je rentre chez moi. Et toi ?

On s'arrêta quand on arriva à un passage piéton. Elle regarda droit devant elle puis se tourna vers moi.

— Je rentre chez moi.

— Un peu tard pour se balader, non ?

Je ne pouvais m'empêcher de la taquiner un peu. C'était impossible de me retenir avec elle.

Elle pinça les lèvres, et un éclair traversa ses yeux avant qu'elle ne soupire lourdement.

— Je rentrais juste du boulot. Ne me dis pas que tu étais dans un bar ? La mise en examen n'est pas complètement écartée avant que le juge ne l'annonce, il faut que tu te tiennes bien.

C'était parfait. Elle avait son air sérieux et coincé, qui m'enflammait toujours.

— Je n'étais pas dans un bar, ma belle. Je dînais juste avec mes potes. Qu'est-ce que tu fais à travailler si tard ?

Un autre soupir lui échappa et un autre éclair traversa ses yeux.

— Je travaille souvent tard.

— Ça ne me surprend pas. Laisse-moi te raccompagner.

Je n'avais pas prévu de dire ce que j'avais dit, mais à la seconde où c'était dit, tout mon corps se tendit.

Les voitures roulaient devant nous et la pluie tombait doucement. Zoe se mordit la lèvre et détourna le regard. Quand elle me regarda à nouveau, elle haussa les épaules.

— Ce n'est pas loin, mais si tu veux.

Je ne savais pas ce qu'il se passait dans sa tête, mais je vis les doutes passer dans ses yeux. Je décidai d'ignorer mes propres doutes et de saisir la chance qu'elle m'offrait.

— Il est tard, il fait nuit et il pleut. Tu ne devrais pas marcher seule.

Je ne voulais pas paraitre autoritaire, mais j'entendis l'effet que ça faisait.

Zoe haussa un sourcil puis se redressa. Je voyais son dos se tendre. Bon sang, j'adorais à quel point il était facile de l'énerver.

— Je rentre chez moi seule tout le temps, tu sais ? Ton petit air autoritaire est ridicule.

À ce moment-là, le feu passa au vert pour nous et les voitures s'arrêtèrent. Elle regarda droit devant elle et se mit à marcher rapidement. Je trainai un instant, mais la rattrapai rapidement. Une fois qu'on fut arrivés de l'autre côté de la rue, j'essayai d'attraper sa main. Comme elle marchait si vite, je sentais bien qu'elle essayait de me semer. Sa main était gelée quand j'enroulai la mienne autour.

— Ma belle, tu es glacée, dis-je alors qu'elle s'arrêtait d'un coup.

L'élan que j'avais en lui courant presque après me poussa juste contre elle. Elle trébucha un peu, et je la rattrapai par réflexe pour qu'elle ne tombe pas. Je n'avais rien prévu de tout cela, mais c'était parfait. Elle se trouva entièrement collée à moi. À ce stade, je sentis un petit frisson la traverser. Elle avait clairement froid.

Je n'avais vraiment pas envie de reculer, mais j'étais bien élevé. Je fis un pas en arrière, retirai mon manteau et le passai sur ses épaules.

— Tu n'as pas besoin de faire ça, protesta-t-elle, mais elle enfila mon manteau.

— Oh, si. Tu as froid et tu es trempée.

Elle resta là, à trembler en me regardant. Cette mèche de cheveux rebelle était collée à sa joue. Je levai la main et l'écartai, la rangeant derrière son oreille. Ses cils brillèrent là où les gouttes de pluie étaient accrochées. En un éclair, l'air autour de nous était électrique.

Je me retins de l'embrasser, car elle tremblait, mais je n'avais pas l'intention de laisser passer ma chance.

— Viens, il faut que tu rentres.

Je passai ma main dans son dos comme si je pouvais effacer ses frissons et j'enroulai ma main autour de la sienne.

— Tu marchais par là, alors continuons. Dis-moi où aller.

Sa main était gelée dans la mienne, mais elle ne l'arracha pas.

— C'est à quelques rues de là, dit-elle.

Je ne lui dis pas ce que je pensais. Elle ne vivait qu'à quelques minutes de l'appartement que je partageais avec Tristan. Nous marchions en silence sous la nuit pluvieuse. Après quelques rues de plus, elle tira un peu sur ma main et s'arrêta.

— Ici.

Elle tourna la tête vers une petite entrée sur le côté de la porte principale d'une compagnie.

— Je t'accompagne jusqu'en haut, annonçai-je en me disant qu'elle allait me repousser.

À ma surprise, elle acquiesça.

— Ta veste est mouillée maintenant. Je vais la mettre dans le sèche-linge quelques minutes avant que tu repartes.

Évidemment, ça m'allait très bien. Alors que je la suivais à travers l'entrée de son immeuble et dans les escaliers, puis vers un couloir en parquet qui résonnait au son de nos chaussures, je réalisai que ce que je voulais, c'était de rester là ce soir, jusqu'à ce que je l'aie goûtée tout entière. Je me sentis soudainement stressé, moi qui étais pourtant un habitué des aventures faciles. Je n'étais pas stressé pour moi, pas pour ma performance, mais pour ce que ça voulait dire de vouloir Zoe de cette façon. Je n'avais jamais dit que le fait qu'elle soit vierge me donnait envie de passer mon chemin, mais il y avait tout de même quelque chose de fort là-dedans. D'habitude, j'évitais tout ce qui avait de l'importance quand il s'agissait de femmes et de sexe. D'ailleurs, je ne passais jamais une nuit complète chez une femme. Mais je savais que je voulais me réveiller aux côtés de Zoe après ce soir, et j'étais très pressé de la voir endormie, ses cheveux détachés.

Elle portait de grandes bottes qui mettaient en valeur ses jambes. Comme toujours, elle portait aussi une jupe droite, simple et noire, trempée par la pluie. Pour la première fois, je réfléchis à la distance entre son bureau et le coin de rue où je l'avais croisée et me dis qu'elle avait marché un long moment. Ce n'était pas surprenant qu'elle soit gelée. Nos pas résonnaient dans le couloir. On traversa plusieurs portes, et je compris que l'étage au-dessus des bureaux était des appartements. On arriva au bout d'un hall quand Zoe s'arrêta et lâcha ma main pour la plonger dans son sac. Dès qu'elle sortit ses clés, elle les fit tomber.

Par réflexe, je me penchai pour les ramasser et les lui tendre. Ce petit contact lâcha un éclair de chaleur en moi. Ses yeux se plantèrent dans les miens. Pendant une seconde, je ne savais pas ce qu'elle voulait faire. Puis elle secoua la tête, et se tourna vers la porte pour y planter les clés, les faisant presque tomber à nouveau.

J'enroulai ma main sur la sienne.

— Doucement, murmurai-je.

La clé entra dans la serrure et tourna. La porte s'ouvrit en un murmure. Zoe s'éloigna de moi et entra dans la pièce sombre pour allumer une lampe dans le coin. Je fermai la porte derrière moi et regardai autour de moi. Son appartement avait des plafonds hauts et un parquet en bois, créant un air très ouvert dans un appartement plutôt petit. On entra dans le salon, où se trouvait un grand tapis bleu au centre du sol avec un petit canapé deux places et deux fauteuils faisant face à la télévision montée au mur. Il n'y avait que peu de meubles dans la pièce à part ça. De l'autre côté, il y avait une arche large qui menait vers la cuisine, cachée derrière un comptoir avec des tabourets. Un petit couloir se détachait du salon. Je supposai que sa chambre et sa salle de bain se trouvaient par là.

Zoe revint vers moi, posant sa main contre le mur alors qu'elle retirait ses bottes. Je ne lui posai même pas la question et retirai mes chaussures alors qu'elle enlevait mon manteau et le secouait. Le tissu en jean était trempé au niveau des épaules. C'était sans doute déjà le cas quand je lui avais donné, mais je ne l'avais pas remarqué. Elle me regarda. Un seul regard et mon souffle se coinça dans ma gorge un instant. Les petits grains de beauté parsemés sur son nez et ses joues ressortaient en comparaison avec sa peau couleur crème. Avec ses cheveux mouillés par la pluie, ils apparaissaient d'un rouge profond. Ses yeux noisette semblaient presque verts dans cette lumière tamisée.

J'étais le gars qui trouvait presque toujours un moyen de draguer. Mais à l'instant, j'essayais simplement de me retenir d'arracher ses vêtements pour la soulever et trouver l'endroit le plus proche où plonger en elle.

— Je vais mettre ça dans le sèche-linge, dit-elle. D'accord ?

Je réussis à hocher la tête, et je la regardai traverser la pièce et s'engager dans le petit couloir. Elle disparut derrière une porte, revenant un instant plus tard alors que le bruit de sèche-linge chantait dans le fond.

Elle s'approcha de moi, et je réalisai que je me

tenais encore à côté de la porte. Ses yeux traversèrent mon visage. Je ne savais pas à quoi elle pensait, mais la luxure et l'envie traversaient mes veines et je ne savais pas quoi faire.

— Euh, tu veux quelque chose à boire ? demanda-t-elle.

Je secouai la tête, m'accrochant à tout juste assez d'arrogance pour arrêter de m'inquiéter.

— Je te veux toi.

Son souffle se coupa et elle rougit. J'adorais la voir rougir. Bon sang. Cette femme me mettait à genoux et elle ne le savait même pas.

Je décidai à ce moment-là que j'allais y aller. Sinon, je savais que je commencerais à me poser trop de questions. Je me souvins des remarques de sa secrétaire et supposai que ça voulait dire qu'elle laissait sa virginité l'empêcher de s'amuser. Quoi qu'il se passe ensuite entre nous, je pouvais dans tous les cas lui permettre de s'en débarrasser pour que ça ne la ralentisse pas à l'avenir. Une sirène résonna au loin dans mon esprit. Zoe n'était pas n'importe quelle femme, et ma réponse à sa personne n'était vraiment pas normale pour moi. Je ne voulais pas écouter ces sonnettes d'alarme tout de suite.

Je réduisis la distance entre nous en deux pas et levai la main pour détacher ses cheveux. Ils tombèrent en mèches mouillées, les épingles qui les enfermaient rebondissant au sol. Je passai mes doigts dans sa crinière, la laissant dégringoler sur ses épaules. Elle resta silencieuse, mais son souffle était court, et je voyais le battement de son pouls dans son cou. J'arrêtai d'essayer de me retenir et fis simplement ce que j'avais envie de faire. Je plongeai la tête en avant pour déposer des baisers le long de sa clavicule et le long de la peau douce de son cou. Sa peau était froide, elle avait un goût de pluie mélangé à du sucre.

— Ethan?

Le ton interrogatif de sa voix me fit lever la tête.

— Oui?

— Je ne sais pas...

Elle s'arrêta et se mordit la lèvre, rougissant plus encore.

— Tu ne sais pas quoi?

Elle lâcha un lourd soupir, redressant ses épaules.

— Je ne sais pas pourquoi tu veux faire ça. Je ne suis pas le genre de femme avec...

Je secouai sévèrement la tête.

Elle me regarda.

— Pourquoi est-ce que ça t'énerve? Je ne suis pas stupide. Dès que tu es dans les journaux, tu as une femme au bras. Ma vie entière tourne autour de mon boulot. C'est en grande partie pourquoi je suis encore vierge. Ce n'est pas parce que je suis coincée ou quoi que ce soit. Ma carrière passe d'abord, et cette virginité est une peste si tu veux mon avis. Ce que je veux dire, c'est que je ne suis ni naïve ni stupide. Je sais que je n'ai rien à voir avec les femmes avec qui tu sors d'habitude.

Le bon côté du fait d'être agacé était que j'oubliais de m'inquiéter de la signification de tout cela. Je passai ma paume le long de son dos et sur la courbe de ses fesses pour la tirer contre moi. J'étais dur comme la pierre. Elle gémit.

— Ça devrait te suffire comme preuve, murmurai-je. Pendant un instant, j'attendis de voir si elle reculait. Quand elle resta là, je reposai mes lèvres dans son cou, l'embrassant, la léchant et la mordant jusqu'à trouver sa bouche.

Chapitre Douze

ZOE

Ethan passa une main dans mes cheveux et posa sa bouche sur la mienne. Le monde entier tournait alors que je tombais dans son baiser chaud. Ethan Walsh savait embrasser mieux que n'importe qui. Il alternait entre de profonds coups de langue qui dévoraient ma bouche et de petites morsures de ma lèvre inférieure, passant sa langue sur mes lèvres, déposant de tout petits baisers sur ma mâchoire avant de revenir vers mes lèvres et de recommencer. C'était une bonne chose qu'il me tienne de si près, car j'aurais sans doute fondu à ses pieds sans ça.

Il recula, ses lèvres caressant mon cou avant d'attraper mon lobe d'oreille entre ses dents. Des frissons chauds me traversaient. Mon souffle était court. J'avais eu froid tout au long du chemin vers chez moi, et maintenant le feu se répandait dans mes veines, un contraste qui me donnait la chair de poule. C'était tellement bon d'être contre lui, rien que ça était addictif. Il bougeait avec une force facile, chaque toucher était doux.

Son souffle caressa ma peau alors qu'il se dirigeait

vers le V de mon chemisier. Un gros frisson me traversa et il leva la tête.

— Tu as encore froid ? demanda-t-il, les yeux joueurs et la bouche en un demi-sourire.

Je le fixai du regard, ce qui ne fit que le faire rire gravement, et un autre frisson de chaleur traversa mon système. Ethan avança rapidement, me soulevant dans ses bras et me faisant balancer pour que mes jambes s'accrochent à son bras. Je n'avais pas l'habitude d'être portée. J'étais grande, et ça n'encourageait pas les hommes à me porter comme une princesse. Il me soulevait sans souci. En un éclair, je découvris que c'était un paradis que d'être collée à son torse musclé.

Dans ses bras, mon visage était au même niveau que le sien. Je le regardai et mon cœur se mit à battre fort. Bon Dieu. Il était beau à tomber. Avec ses cheveux blond sombre, ses yeux verts et ses traits ciselés, ce n'était pas surprenant que les femmes se jettent à ses pieds. Ajouté à cela ce sourire de garçon qu'il offrait à tout-va et ce corps de rêve, j'étais presque certaine de ne pas être la seule femme qui mouillait rien qu'en le voyant.

Il se mit à marcher, se dirigeant tout droit vers le couloir.

— On va où ?

— Dans la chambre.

— Tu ne sais même pas où elle est.

Il baissa le regard avec un sourire de diable.

— Ça ne peut pas être si difficile à trouver. Il n'y a que deux portes, dit-il en entrant dans le couloir.

Un rire m'échappa. J'aurais dû essayer de l'arrêter, mais je n'en avais pas envie. Je ne cessais d'entendre la voix de Jana qui me disait que je laissais ma virginité m'empêcher de sortir avec qui que ce soit. Je n'étais pas si vieille que ça, à 29 ans, mais je n'étais pas jeune non plus. Étant donné que j'avais déjà été presque nue avec Ethan, me demander si j'étais sur le point de dépasser une limite avec lui n'avait pas vraiment de sens. Si je décidais de dire au revoir à cette fichue petite fleur, je me disais qu'Ethan était une garantie pour un autre orgasme de folie. Même si je ne pensais pas qu'il soit capable de faire mieux que ce qu'il avait fait dans mon bureau l'autre jour. C'était le meilleur orgasme de ma vie et je me disais que c'était un coup de chance.

Puisque le sèche-linge tournait dans la salle de bain d'un côté du couloir, Ethan ne prit même pas la peine d'ouvrir cette porte-là. Il poussa la porte de la chambre d'un coup d'épaule et me posa au sol. J'appuyai sur l'interrupteur avec mon coude et ajustai la luminosité. Je regardai la pièce en me demandant ce qu'il y voyait. Mon lit était un lit double bas, assez basique, avec une tête de lit recouverte de tissu. J'adorais les coussins, donc il y en avait beaucoup, ainsi qu'un plaid poilu. Je passais beaucoup de mes soirées installées contre mes coussins, avec mon ordinateur sur les genoux, à taper des documents légaux et à préparer des dossiers. À part mon lit, il n'y avait pas grand-chose dans la pièce. J'avais une grande penderie, qui offrait assez de place pour toutes mes affaires.

Je m'étais retournée pour allumer la lumière et je sursautai en sentant les mains d'Ethan parcourir ma taille pour s'accrocher à ma jupe. Pendant un instant, je m'immobilisai. Je ne voulais pas arrêter, vraiment pas. Mais je ne savais pas quoi penser du fait que je fonçais tête baissée. Ethan était le premier homme que j'avais embrassé depuis plus d'un an.

J'avais essayé de trouver de temps pour sortir de temps en temps, dans ma vie chargée. Le dernier gars avec qui j'étais sortie, un avocat fiscaliste que j'avais rencontré à un séminaire, avait semblé être un bon choix. Je m'étais dit qu'il comprendrait peut-être la place qu'occupait mon boulot dans ma vie. J'avais rapidement appris qu'il utilisait son charme pour faire avancer sa carrière autant que sa vie privée. Il s'était doucement moqué de ma passion pour ma carrière et n'avait aucun mal à dire qu'il avait choisi le droit fiscal pour l'argent. Il avait également été clair sur le fait qu'il ne cherchait rien d'autre qu'un coup d'un soir, sans aucune suite. Même si j'étais la première à dire que ma vie ne laissait pas beaucoup de place pour une relation sérieuse, je ne passais pas mon temps à chercher à me faire sauter. Notre premier rendez-vous avait été coupé court quand il avait collé sa langue dans ma gorge dans le taxi après le restaurant.

Je me retournai vers Ethan, alors qu'il s'arrêtait. Je voyais bien qu'il sentait mon hésitation. Arf. Je détestais ça. C'était exactement pour ça que je m'en voulais de m'être autant concentrée sur mes études à la fac. Je n'avais pas prévu de me retrouver vierge à 29 ans, ça non. Ça aurait été bien plus simple de coucher avec un gars pendant que j'étais saoule à une soirée au lycée ou à la fac comme beaucoup de mes amies. Mais je ne l'avais jamais fait. Je ne jugeais pas celles qui choisissaient de faire la fête de cette façon, mais j'avais beaucoup d'ambition, et je ne laissais rien me ralentir.

J'ouvris la bouche pour dire quelque chose, mais comme je ne savais pas quoi dire, je la refermai. Ses mains étaient chaudes contre ma taille. Il me regarda d'un air joueur qui disparaissait doucement.

— On n'est pas obligés d'aller plus loin, dit-il soudainement. Je te veux comme un fou, mais il ne se passera rien si tu ne veux pas.

Ce que je savais sans aucun doute, c'était que je voulais Ethan, j'avais envie de le faire, et je ne voulais pas arrêter. Ces pensées m'encouragèrent. Je secouai rapidement la tête.

Il me fixa du regard.

— Tu vas devoir être claire, ma belle. Je ne sais pas si tu secoues la tête parce que tu n'en as pas envie, ou autre chose.

— J'ai envie de toi. Je veux le faire, dis-je, mes mots sortant sans crainte, sauvages, entre deux souffles saccadés et sous mon pouls qui galopait.

Ses yeux s'assombrirent.

— Très bien.

Il enroula ses doigts sur l'élastique de ma jupe et la fit glisser sur mes hanches. Elle tomba à mes pieds. Je l'écartai tandis qu'il se mettait à déboutonner mon chemisier.

— Retirons ces fichus vêtements pour commencer, murmura-t-il d'une voix qui me fit frissonner.

J'avais encore un peu froid après la pluie du chemin du retour. Quand l'air frais s'attaqua à ma peau une fois mon chemisier ouvert, je tremblai. Je ne savais pas que ça entrainerait une réaction aussi rapide de la part d'Ethan. En un éclair, mon chemisier était mis de côté. Avant que j'aie le temps de penser, il retira son t-shirt.

En un regard, j'en avais l'eau à la bouche. Ce n'était pas comme si j'étais surprise qu'il soit si musclé. Mais... Oh. Mon. Dieu. Il avait dû rater sa vocation, il aurait dû devenir mannequin. Sa peau était couleur caramel et chaque centimètre de son torse était du muscle pur. Il avait une couche très fine de poils dorés sur la poitrine, qui descendaient en forme de flèche vers la ceinture de son jean. Un jean que je voulais vraiment, vraiment le voir retirer. Il me fit ce plaisir quelques secondes plus tard. Le reste de son corps était tout aussi alléchant que son torse. Il n'y avait pas un gramme de gras sur son corps. Il était simplement fait de muscles, où que je regarde. Son caleçon noir moulant ne cachait en aucun cas son excitation.

Quelques secondes seulement s'étaient écoulées depuis que j'avais frissonné, mais maintenant qu'Ethan était presque nu devant moi, j'avais perdu le fil de mes pensées et j'avais oublié que j'avais froid. Lui, en revanche, s'en souvenait. En un éclair, il me mit au lit et s'allongea à côté de moi. C'était comme si j'avais un chauffage personnel, ce qui était simplement délicieux. J'aurais pu me blottir contre lui et être simplement ravie de rester là pendant des jours. Il était chaud de partout, sa peau était douce et brûlante.

En quelques secondes, j'étais réchauffée alors qu'il commençait à explorer mon corps avec ses mains et sa bouche. Je passai d'un état à la limite de l'hypothermie et fatiguée après une longue journée de travail, à une excitation chaude qui m'empêchait presque de réfléchir. Je me laissai aller à l'ivresse de sa présence. Le feu traversait mon corps alors qu'un désir liquide palpitait dans mon centre. Je n'arrivais pas à m'approcher assez de lui pour être satisfaite, et j'étais occupée à le toucher autant que possible. Il s'arrêta avec ses lèvres entre mes seins et passa son pouce sur l'attache de mon soutien-gorge. Mes tétons se tendirent encore en sentant l'air frais lorsque la soie disparut.

Il leva les yeux, un regard voilé, avant de plonger la tête et d'enrouler sa langue sur mon téton. Je gémis quand il ferma sa bouche sur mon sein et me mordit doucement. Il installa son poids sur moi, oh mon Dieu que c'était bon, et commença à me faire perdre la tête. Il embrassa, lécha, suça et mordit mes deux seins, soufflant doucement sur ma peau avant de reculer. Pendant ce temps, je sentais chaque centimètre de sa longueur chaude et tendue contre mon centre entre les couches de tissu. Le plaisir me traversait à chaque petit mouvement de son corps contre le mien.

Son poids se déplaça alors qu'il voyageait vers le sud de mon corps, déposant des baisers sur mon ventre et écartant mes genoux. J'étais presque certaine de pouvoir dire qu'il était possible de jouir sans une seule caresse dans la zone qui est censée compter. C'était dire l'état dans lequel il me mettait. Je sentais l'humidité entre mes cuisses, et mon centre palpitait. Quand il passa un doigt sur la soie trempée, mes hanches se levèrent et je jouis presque. Je ne pensais pas pouvoir tenir plus longtemps.

— Ethan… murmurai-je après un gémissement.

— Hm, ma belle ? murmura-t-il en retour, ses lèvres collées sur la peau sensible de mes cuisses, déversant un nouvel assaut de plaisir vers mon centre.

— J'ai besoin…

Je laissai ma phrase en suspens quand il accrocha sa main au bord de ma culotte et la retira rapidement. Avant que je ne puisse reprendre mon souffle, ses doigts plongeaient en moi et sa bouche était sur moi. Avec ses doigts qui me provoquaient et m'étiraient, et sa langue qui tournait sensuellement autour de mon clitoris, il ne fallut que quelques secondes à mon orgasme pour me rejoindre. Je jouis dans une explosion de bruit, alors que les spasmes traversaient mon corps avec une force telle que j'étais complètement molle quand mon corps se calma.

Ethan recula doucement, et son toucher me manqua immédiatement lorsqu'il se leva du lit. Il attrapa son jean. Confuse, je levai les yeux et le vis retirer son caleçon en sortant un préservatif de son portefeuille, qui tomba au sol dans un bruit sourd quand il le jeta. Évidemment, sa queue était aussi parfaite que le reste de son corps. J'avais l'impression qu'il était bien monté, mais le voir m'inquiéta légèrement. Mon anxiété était facilement surpassée par l'envie folle de le sentir en moi. Je me fichais bien de l'orgasme explosif que je venais de vivre, la seule chose que j'avais en tête, c'était que j'en voulais plus.

Il s'allongea sur moi à nouveau, son poids d'un seul côté. Il écarta les cheveux encore mouillés de mon visage, un air sobre dans le regard.

— Ce serait le moment de me dire d'arrêter si c'est ce que tu veux, dit-il d'une voix tendue, mais claire.

Je secouai la tête, et il me lança un sourire en coin.

— Ma belle, je ne sais pas ce que ça veut dire. Il faut que tu mettes des mots dessus.

Mon cœur se serra dans ma poitrine, et un éclair de doute monta en moi. Ce n'était pas que j'éprouvais des doutes dans ce moment. Non, c'était juste des sentiments qu'Ethan me provoquait. Je ne cessais de m'attendre à ce qu'il soit présomptueux et qu'il se comporte comme le tombeur que les journaux m'avaient décrit. Mais il n'était pas comme ça avec moi. Même quand il me draguait et qu'il essayait de m'embêter, il n'était jamais méchant ou insistant. Je pensais qu'il allait me traiter comme une autre conquête, un défi, mais ce n'était pas ce que je ressentais. Pas du tout. Au-delà de la chaleur que je ressentais en me tenant à côté de lui, chaque instant partagé était incandescent, enflammé d'une intimité qui dansait autour de nous.

Il haussa un sourcil et je réalisai que je n'avais pas répondu. Alors que mon cœur battait follement et qu'une chaleur se déversait en moi, je déglutis et trouvai ma voix.

—Je ne veux pas que tu t'arrêtes.

Ma voix était rude et rauque. En dedans, j'avais

chaud, j'étais excitée et trempée. Je voulais juste qu'il arrête de parler et qu'il plonge en moi.

— Qu'est-ce que tu veux ? murmura-t-il, les yeux toujours sur moi.

Mon cœur sursauta et mon ventre se retourna lentement. Il allait me forcer à être explicite et parfaitement claire.

— Je te veux toi, dis-je enfin par-dessus le battement assourdissant de mon cœur.

Il soutint mon regard pendant un moment de plus avant de hocher la tête. Ses yeux descendirent, déposant un plaisir tranchant partout où ils touchaient ma peau. En un éclair, il enfila un préservatif et installa son poids au-dessus de moi. Son regard trouva le mien à nouveau. Une pointe de doute traversa ses yeux. Je sentais sa queue contre moi. J'étais trempée et la sensation de ce membre chaud et dur déclencha de petites vagues de plaisir en moi. J'étais à bout et je ne voulais plus attendre. Je passai ma langue le long de son cou, il avait un goût de sel mélangé à la pluie sous laquelle nous avions marché.

Il enroula ses paumes dans les miennes et ajusta ses hanches avant de s'arrêter. Ça n'allait pas fonctionner. Je voulais qu'on se débarrasse de cette partie-là le plus vite possible. J'enroulai mes jambes autour de ses hanches et me cambrai contre lui. J'aurais dû savoir qu'il n'allait pas me laisser dicter le rythme. Il resta immobile même si sa queue plongea un peu plus en moi.

— Zoe, murmura-t-il d'une voix sombre.

Je levai la tête, logée dans son cou.

— Hmm ?

— On n'a pas besoin d'être des brutes.

Ses traits étaient tendus et je sentais qu'il ne tenait qu'à un fil. Donc je décidai de le couper.

— Qu'on en finisse.

J'enfonçai mes talons dans ses fesses, qui n'étaient faites que de muscles et ne bougèrent qu'à peine.

Il rit doucement et s'enfonça un peu plus. Ce n'est qu'à partir de là que je commençai à sentir la brûlure. J'étais entièrement pour l'idée d'y aller à fond, donc je me cambrai contre lui dès qu'il commença à avancer plus. Suivant cette douleur brûlante, il plongea en moi jusqu'à la garde et resta immobile. Mon corps se tendit par réflexe et ma voix siffla.

— Ça va ? demanda-t-il d'une voix tendue.

— Oui, oui, réussis-je à dire en hochant la tête.

J'allais bien. J'étais serrée et il rentrait à peine, mais la douleur commençait déjà à disparaitre.

Sans un mot, il baissa la tête et se mit à déposer des baisers dans mon cou et sur mes seins. Avec ces délicieuses distractions et le temps qu'il m'accorda, la sensation de brûlure disparut et mon corps se détendit à nouveau. À un moment, entre ses baisers et morsures qui me faisaient frissonner de partout, il commença à bouger, installant un rythme lent et facile. Cela ne fit que me rendre folle de besoin. À chaque coup de reins, mon centre se resserrait sur lui. J'avais chaud partout et j'étais perdue dans une chasse pour un nouvel orgasme.

Une fois que la douleur eut disparu, sentir son membre qui m'étirait était délicieux, c'était comme une drogue. Je me perdis dans les sensations, ce mouvement de va-et-vient en moi, ses mains qui s'accrochaient aux miennes, et ses yeux plantés dans les miens. La pression monta de plus en plus jusqu'à ce qu'il libère l'une de ses mains pour la passer entre nous. Une simple caresse de son pouce sur mon clitoris relâcha un rayonnement de plaisir en moi. Les tremblements me traversèrent de façon si puissante que j'eus du mal à respirer. Je le sentis se tendre et crier fort avant de se détendre contre moi. Il décala son poids pour se mettre à côté de moi, ce qui ne me plut pas. J'avais envie de le sentir entièrement en moi et de sentir chaque centimètre de son corps contre moi.

— Pourquoi est-ce que tu bouges ? demandai-je à bout de souffle.

Son rire grave vibra dans mon corps.

— Je ne veux pas t'écraser.

J'ouvris les yeux et trouvai son regard joueur qui m'attendait. Mon cœur sursauta à nouveau et mon souffle se coupa, mais je ne perdis pas la tête.

— Je suis trop grande. Tu ne peux pas m'écraser.

Un nouveau rire vibra en moi.

— Ah, c'est vrai. Très bien, je prends ça comme une invitation à t'écraser dès que j'en ai envie.

Ma poitrine se serra et une vague d'émotions me traversa. Je ne savais pas pourquoi ce qu'il venait de dire me faisait cet effet étrange et me donnait envie de choses que je n'avais jamais attendues de personne, encore moins d'Ethan.

Chapitre Treize

ETHAN

La caresse subtile d'une peau douce contre mes jambes me réveilla. Pendant un instant, je ne savais pas où j'étais, mon esprit perdu dans le sommeil. Le corps chaud blotti contre le mien me surprit, puis mon cerveau reprit les rênes. Zoe était enroulée sur la moitié de mon corps. Je ne pus m'empêcher de sourire. L'une de ses jambes était enroulée sur les miennes, son pied entre mes mollets. Alors que sa tête était blottie contre mon épaule, sa paume sur mon torse et ma main enroulée sous elle, caressant ses fesses, je sentais toutes ses courbes généreuses contre moi. C'était le réveil le plus agréable que j'aie jamais vécu. De toute ma vie. Je n'avais jamais réfléchi à ce que je ratais en m'enfuyant toujours après le sexe. Mais bien sûr, Zoe rendait tout meilleur. Je n'avais jamais considéré l'idée de me réveiller à côté de quelqu'un. Après la nuit dernière, il aurait fallu m'arracher par la force pour me faire quitter son lit.

Sa respiration était calme et régulière, soufflant doucement contre mon épaule. Je ne savais pas si ma queue était déjà dure quand je dormais, mais elle l'était maintenant. Je ne me rappelais pas la dernière fois où je m'étais réveillé dans cet état, mais ça datait sans doute de mes années d'adolescence. Mon esprit revint aux évènements de la nuit dernière. Mes contorsions mentales sur le fait d'être responsable de la virginité abandonnée de Zoe s'étaient transformées en un gâchis d'énergie mentale. J'aurais pu facilement deviner à quel point être avec elle allait être génial.

Si mon corps pouvait choisir, je roulerais sur elle pour replonger en elle. Mais je ne pensais pas que ce soit la meilleure des idées étant donné qu'elle avait sans doute encore mal. Il y avait ça et le fait que je ne savais vraiment pas comment gérer mes sentiments. Sentiments. Ce n'était pas quelque chose à quoi je pensais souvent. Oh, je m'attachais aux gens. Mes amis étaient comme ma famille et j'étais prêt à tout pour eux. J'aurais pris une balle pour mes sœurs, ma mère et mon père. Mais l'idée de me mettre vraiment en couple avec une femme ne m'avait jamais traversé l'esprit. J'étais trop occupé à passer du bon temps. J'avais vu Liam tomber comme une mouche quand il avait rencontré Olivia et je m'étais dit que c'était simplement un hasard. Liam et moi avions été très similaires à une époque en ce qui concernait les femmes. C'était un tombeur sans vergogne avant qu'il ne rencontre Olivia. Et maintenant, je me retrouvais là, avec Zoe enroulée contre moi, et elle me donnait l'impression que mon cœur était complètement tombé à la renverse. Je commençais à me demander ce qu'il y avait dans l'air aux États-Unis.

Je commençais à me sentir mal à l'aise, donc j'essayais de faire taire mon cerveau. Le problème était que Zoe était à côté de moi, si tentante, et je mourais d'envie de la prendre. La nuit dernière ne m'avait en aucun cas rassasié du désir pur que je ressentais pour elle. Ça n'avait fait que jeter de l'huile sur le feu qui brûlait déjà en moi. Elle bougea encore dans son sommeil et sa respiration changea. Je sentis qu'elle était éveillée, mais j'en fus certain quand elle leva la tête.

La lumière qui traversait les rideaux de sa chambre était d'un gris flottant. Ses cheveux auburn semblaient plus clairs, et ses yeux noisette étaient en contraste parfait avec sa peau crémeuse. Avec ses cheveux ébouriffés par le sommeil, il suffisait d'un regard pour que tout mon sang se rassemble dans mon membre déjà dur. Alors qu'elle me fixait du regard, ses joues rosirent. J'adorais la voir rougir. Il n'en fallait pas tellement plus pour me mettre à genoux. Bon sang. Le jour où elle comprendrait l'effet qu'elle me faisait, je serais perdu.

L'air entre nous se réchauffa comme si une flamme s'était ouverte tout d'un coup. Quand nous nous étions endormis la nuit dernière après une douche, je m'étais dit que ce serait agréable de me réveiller à côté d'elle et que nous prendrions un thé ou un café. Je ne m'étais pas attendu à ce besoin brûlant qui prenait vie dès que nous étions tous les deux éveillés.

Je m'étais imaginé à quoi elle ressemblait quand elle dormait, mais mon imagination ne lui faisait pas justice. Ses cheveux auburn emmêlés, ses joues roses, les taches de rousseur éparses sur sa peau et la sensation de son corps généreux contre le mien, tout cela créait un ensemble si bon que je n'arrivais qu'à peine à respirer. Ajouté à cela le sentiment que je ressentais en la regardant dans les yeux, quand elle était vulnérable, elle me coupait le souffle. Mon cœur se mit à s'écraser lourdement contre ma cage thoracique alors que je me rendais compte de ce qu'il se passait.

Je sentais son pouls contre mes côtes, battant de

plus en plus fort tandis qu'on restait allongés là. Elle se mordit la lèvre. Bordel. Quand elle fit ça, et que ses dents plongèrent dans sa lèvre rebondie, je perdis la tête. C'était une bonne sensation, mais tout de même. Il fallait que je me souvienne que je ne pouvais pas espérer plonger en elle tout de suite, même si j'en mourais d'envie. Je n'étais pas un expert dans le domaine de la virginité, mais j'avais quelques notions, et je savais qu'elle avait sans doute encore mal après hier.

Elle s'éclaircit la gorge, un bruit qui brisa le silence lourd.

— Depuis combien de temps tu es réveillé ? demanda-t-elle, sa voix rauque de sommeil.

Je commençai à me demander s'il y avait quoi que ce soit qu'elle puisse faire pour ne pas m'exciter encore plus. Je forçai mon esprit à me concentrer sur sa question, qui était assez simple.

— Depuis quelques minutes. Bonjour, répondis-je, incapable d'arrêter de sourire quand le rose de ses joues devint plus profond. Je ne savais pas pourquoi elle rougissait aussi souvent, mais j'adorais ça.

Elle se mordit la lèvre à nouveau. Oh, il n'en fallait pas plus. Je retirai ma main de ses fesses, ce qui n'était pas simple à faire, et je la glissai le long de son dos pour l'emmêler dans ses cheveux. Il n'y avait pas beaucoup d'espace entre nous, donc il suffit d'un tout petit mouvement pour que ses lèvres se trouvent sur les miennes. Je ne réfléchissais pas, pas du tout, et au moment où elle soupira dans ma bouche, je glissai ma langue entre ses lèvres et déversai le besoin brûlant que je ressentais dans notre baiser. Elle se tendit contre moi pendant un instant, mais quand je glissai ma main le long de son dos et la fis monter sur moi, elle se détendit. Notre baiser s'enflamma. J'étais complètement déstabilisé et perdu dans mes émotions face à l'effet qu'elle me faisait, je me jetai donc dans la chaleur de notre connexion physique. Je m'accrochai à cette connexion comme si c'était l'unique chose qui pouvait m'ancrer. Pendant ce temps, j'étais comme un train qui déraillait, gardant à peine un semblant de contrôle.

La sensation de sa poitrine généreuse écrasée contre moi et de ses plis humides glissant sur ma queue – car nous étions dans une position parfaite quand ses genoux tombaient de chaque côté de moi – me fit presque oublier ma promesse de ne pas plonger en elle si vite. Quand mes pensées floues commencèrent à se tourner vers l'idée de me détourner pour trouver un préservatif, la réalité me rattrapa assez rapidement pour que je nous retourne ensemble.

Ça n'aida pas la chose. Pas du tout. Maintenant, ma queue était nichée contre son centre trempé, et la seule chose que je voulais était d'ajuster mes hanches pour plonger en elle. Préservatif ou non, il fallait que je m'éloigne de cette zone de danger. Je glissai le long de son corps, avec un toucher sans doute plus animal que nécessaire avec mes lèvres, mes dents et ma langue alors que je me dirigeais vers le bas de son corps. Mais elle ne m'aidait en aucun cas à me contrôler alors qu'elle passait ses mains partout sur moi entre deux gémissements rauques. Au moment où je pris l'un de ses tétons dans ma bouche, je réussis à ne pas penser au plaisir que ce serait de plonger à nouveau en elle. Merde. Elle avait si bon goût que quand elle plongea ses mains dans mes cheveux et se cambra contre moi, je plongeai mes dents dans sa peau avant de lever la tête pour la regarder.

Ses cheveux s'étalaient sur les oreillers, sombres et contrastés face au blanc. Ses yeux noisette étaient un mélange d'or, de vert et de marron sombre, et ses lèvres étaient rouges et gonflées. Ses tétons étaient humides et tendus après mes caresses. Sa respiration était rapide, et elle se cambra contre moi en commençant à enrouler ses jambes autour de moi. Oh, oh. Il fallait que je continue d'avancer. J'arrachai mon regard du sien et continuai mon chemin sur son corps, l'embrassant, la léchant et la mordant tout le long de son ventre.

J'écartai ses cuisses et grognai presque en la voyant. Ses plis étaient roses et gonflés. J'avais envie de lui demander si elle allait bien, mais elle plongeait ses mains dans mes cheveux. Avec son centre à quelques centimètres de moi, ma considération perdit la guerre rapidement. Je plongeai la tête et passai ma langue sur son intimité. Le goût salé de son corps était une tentation diabolique et je me perdis dans l'exploration de son corps. Je plongeai mes doigts en elle et la sentis se resserrer sur moi, et se tendre. Enfin, bordel, mon esprit réussit à hurler par-dessus la luxure qui m'assourdissait.

Je me retirai, mon souffle coincé dans ma gorge un moment. Elle était splendide. Avec sa peau rougie de partout, ces grains de beauté qui me rendaient fou comme une constellation sur son corps et ses cheveux complètement emmêlés, c'était une bonne chose que je ne sois pas debout, car elle m'aurait mis à genoux de façon très littérale. Il fallait que je secoue la tête pour me souvenir qu'elle s'était tendue. Mon doigt était encore plongé profondément en elle.

— Ça va ? réussis-je à demander, d'une voix tendue du besoin qui me secouait.

Elle écarquilla les yeux et cambra ses hanches contre mon toucher, hochant la tête frénétiquement. Elle semblait agacée plus qu'autre chose par le fait que je demande, comme si j'étais idiot. Je ne pouvais pas m'empêcher de sourire, car c'était ce que je faisais quand elle était énervée contre moi.

— Je vérifie juste, ma belle, répondis-je avant de recommencer ce que je faisais.

Avec ses jambes enroulées sur mes épaules et ses hanches qui se balançaient contre ma bouche, je la baisai avec mes doigts et ma langue pour bien moins de temps que ce que je voulais. Quelques instants plus tard, elle se tendait et murmurait mon nom dans un gémissement bruyant, alors que son canal se serrait et palpitait.

En très peu de temps, j'avais découvert que Zoe était très expressive pendant le sexe et qu'elle ne se retenait pas. Je m'écartai doucement et commençai à remonter en l'embrassant, mais elle m'écarta. Elle était assez grande pour me repousser et c'est ce qu'elle fit, décidant rapidement de me chevaucher. Et juste comme ça, je perdis tout le contrôle auquel je m'accrochais encore. Elle ne me laissa pas beaucoup de temps pour réfléchir, et avant que je ne m'en rende compte, elle embrassait mon torse et mon centre et enroulait sa main sur mon membre.

Je ne sais pas ce à quoi je m'attendais, mais je ne m'attendais pas à recevoir la meilleure pipe de ma vie par une femme qui était vierge douze heures plus tôt. Et pourtant, c'est exactement ce qui se passa. Elle avait une bouche et une langue de folie, et je m'accrochai aux draps comme si ma vie en dépendait. J'étais aussi proche de l'orgasme qu'elle, donc au moment où elle me prit entièrement dans sa bouche, je jouis presque. Avec la caresse chaude de sa langue et sa succion mouillée sur ma queue, mon orgasme me frappa de plein fouet et je me déversai dans sa bouche.

Assommé, je tombai sur les oreillers alors qu'elle

reculait doucement et essuyait sa bouche avec sa main, cette délicieuse bouche qui venait de me faire monter au septième ciel. Elle s'allongea à côté de moi et tomba sur les oreillers, à moitié enroulée sur moi. Tout du long, je me demandai si je serais un jour rassasié d'elle. J'aurais dû être épuisé, au lieu de ça, je ne pouvais pas cesser de penser à la suite.

Chapitre Quatorze

ZOE

Je regardai Jana de l'autre côté de mon bureau et retins un rire. Nous étions en téléconférence avec un autre cabinet d'avocats, le même cabinet qui défendait l'idiot qui avait frappé Ethan, et Jana faisait des grimaces au téléphone. Je me penchai en avant et appuyai sur le bouton pour couper mon micro.

— Arrête ! Tu vas nous faire rire toutes les deux, sifflai-je.

Jana leva les yeux au ciel et écarta une mèche de cheveux violets de devant ses yeux.

— Pourquoi est-ce que tu chuchotes ? Tu as coupé le micro.

Je secouai la tête et me laissai rire.

— Pas faux. Oh mon Dieu. Ted adore s'écouter parler. Je te jure, il parle depuis bien dix minutes maintenant.

Jana leva les yeux au ciel.

— C'est son truc. Tellement ennuyeux. Il m'énerve tellement. Pourquoi est-ce qu'autant de gens l'embauchent ?

— Parce qu'il sait comment se vendre, dis-je en

haussant les épaules. On pourrait sans doute s'en inspirer un petit peu.

Jana me lança un regard noir.

— Non. On ne va pas coller ta photo sur des panneaux d'affichage partout en ville. C'est tellement kitch.

Elle se tut et enroula une mèche de cheveux sur son doigt, me regardant d'un air songeur.

— Enfin, on pourrait. Tu es vraiment canon. Je parie qu'on se trouverait une tonne de nouveaux clients.

Je lui jetai un trombone, qu'elle attrapa habilement et posa rapidement sur mon bureau.

— J'ai largement assez de clients. Je n'ai pas besoin de plus de boulot. Et tu ne fais que me dire que je travaille trop.

Elle sourit.

— C'est vrai. Mais si on avait plus de clients, tu pourrais embaucher plus d'assistants juridiques, au lieu de n'avoir que moi et que je fasse aussi secrétaire. Si on trouvait quelques assistants juridiques qualifiés, ils pourraient faire le boulot qu'on n'a pas envie de faire, et tu pourrais travailler moins. En plus, tu ne peux pas me dire que tu n'es pas canon. Ethan Walsh, potentiellement le gars le plus canon de la ville, est complètement dingue de toi.

Juste au moment où j'étais sur le point de lui répondre, Ted prononça mon nom, assez fort pour que je réalise que j'avais sans doute perdu le fil de la conversation. Heureusement, avec Ted, c'était facile de se rattraper. Je cliquai sur le bouton du micro et me lançai dans une tirade juridique.

Plus tard ce jour-là, après une série interminable de rendez-vous, Jana entra dans mon bureau et s'installa sur une chaise en face de moi. Depuis des jours, dès que j'avais une seconde pour réfléchir, mon esprit se tournait directement vers Ethan. À l'instant, je regardais mon bureau et repensais à la fois où il m'avait fait jouir juste là, sur cette table, avec ses doigts de folie et sa bouche. Je secouai la tête et me concentrai sur Jana.

— Quoi de neuf ? demandai-je en envoyant un e-mail et en la regardant.

— C'est la première fois en trois jours qu'on a le temps de parler. Hier, je n'étais pas là, et aujourd'hui on n'a pas eu une seconde de repos. Raconte. Qu'est-ce qu'il s'est passé avec Ethan ? N'essaie pas de me dire qu'il ne s'est rien passé parce que j'ai vu à quoi tu ressemblais quand il est parti, l'autre semaine, et j'ai potentiellement vu un message de lui sur ton téléphone aujourd'hui.

Mes joues se réchauffèrent. J'avais envie de m'énerver contre elle, mais c'était drôle. Je me concentrai sur mon téléphone, car c'était une distraction facile.

— Depuis quand est-ce que tu fouilles dans mon téléphone ?

— Depuis que tu le poses juste devant moi quand on doit supporter un monologue de Ted, répondit-elle. Je n'ai pas vu ce qu'il disait, j'ai juste vu son nom. Qu'est-ce qu'il disait ?

Ethan avait pris l'habitude de m'écrire tout le temps. Je ne savais pas quoi en penser, mais, secrètement, ça me plaisait. Beaucoup. Il alternait entre me poser des questions sur ma journée, me demander comment j'allais et me draguer follement, au point où je mourais de chaud après un simple texto. Ce n'était pas comme si je n'étais jamais sortie avec personne. Mais ça faisait un moment, et je n'avais jamais été très douée. Je m'étais dit que perdre ma virginité serait surtout une corvée dont je ne m'étais pas occupée à temps. Je n'étais vraiment pas prête à trouver cette intimité brûlante que j'avais découverte avec lui, et c'était marqué si profondément dans mon corps, mon cœur et mon esprit que le simple fait d'y penser me donnait chaud. Je rassemblai mon courage, écartai ma gêne et regardai Jana.

Elle avait survécu à des humiliations privées et publiques avec son ancien employeur, et elle avait réussi à garder la tête haute et à continuer à avancer avec la même ténacité qu'avant. J'étais capable de supporter un peu de gêne sur le fait que je ne savais pas quoi faire d'Ethan.

— On a couché ensemble. Je ne sais vraiment pas quoi faire et il ne fait que de m'écrire et de me dire qu'il veut qu'on aille dîner ensemble, lâchai-je en une seule phrase, sans prendre le temps de respirer entre mes mots.

Jana écarquilla les yeux. Elle me regarda pendant un moment avant que sa surprise ne fonde en inquiétude.

— Vraiment, ne t'inquiète pas. C'est parfait. Tu t'es enfin débarrassée de ta virginité, et il t'aime bien. J'aurais déjà trouvé que c'était une victoire si tu avais couché avec lui une seule fois, mais on dirait qu'il en veut plus. Montre-moi les messages, dit-elle, agitant sa main devant moi. J'imagine que tu vas avoir besoin que quelqu'un les déchiffre.

Soulagée, je lui tendis mon téléphone avec joie. Elle connaissait le mot de passe, tout comme je connaissais le sien, et elle le tapa rapidement. Après une minute à parcourir mes messages, elle leva la tête. Ses yeux bleus étaient écarquillés et elle ne put s'empêcher d'ouvrir la bouche.

— Quoi ? Pourquoi est-ce que tu fais cette tête ? Je ne sais pas quoi faire et il ne fait que de m'écrire et...

Jana se remit de ses émotions et lâcha un cri de joie.

— Zoe. Il te kiffe. Il t'aime vraiment bien. C'est tellement génial.

Elle avait réellement des larmes dans les yeux en me regardant.

— Oh mon Dieu. Pourquoi est-ce que tu t'emballes autant ? Tu ne sais même pas si...

Je perdis le fil de mes pensées alors qu'un sentiment de panique confuse s'emparait de moi. Je me sentais dévorée par mes émotions, qui partaient dans tous les sens comme des feuilles perdues au vent. J'avais l'habitude de me sentir calme et contrôlée, et je n'arrivais plus à trouver un port auquel m'ancrer quand Ethan était le sujet.

Elle me lança un regard noir.

— Je suis peut-être assez bête pour être sortie avec un homme marié sans le savoir, mais à part ce désastre, on peut dire sans sourciller que j'ai plus d'expérience que toi avec les hommes. Crois-moi, un gars n'envoie pas ce genre de messages s'il ne te kiffe pas. Il t'a écrit au moins quatre ou cinq fois tous les jours pour te raconter des trucs chiants sur sa journée et te poser des questions sur la tienne. Il te drague et il ne cesse de t'inviter à dîner. Pourquoi est-ce que tu ne sors pas avec lui, au lieu de te trouver des excuses comme tu le fais ?

J'ouvris la bouche pour répondre, mais elle leva la main.

— Attends. La raison pour laquelle je me mets dans cet état est parce que tu es vraiment géniale. Tu es l'une des femmes les plus gentilles et les plus intelligentes que je connaisse. Je te respecte profondément sur le plan professionnel, et ce depuis bien avant que tu m'embauches. Tu es l'une des rares personnes de notre école d'avocats qui ne m'a pas tourné le dos quand j'ai fait l'erreur la plus bête de ma vie. Que tu le veuilles ou non, tu mérites un gars qui t'apprécie pour qui tu es. J'ai su depuis le premier jour où Ethan est venu te voir au cabinet qu'il avait le béguin pour toi. Peut-être qu'il a une réputation de tombeur, mais il ne te traite pas comme ça. C'est pour ça que ça m'émeut. Tu mérites plus qu'une super carrière. Je ne sais pas ce qu'il va se passer avec Ethan, mais ça commence super bien.

Elle fit glisser mon téléphone sur le bureau. Si je ne l'avais pas attrapé, il serait tombé au sol.

— Réponds-lui tout de suite et dis-lui oui pour vendredi.

Je restai bouche bée et la fixai du regard. Mon ventre se serra et mon pouls s'affola à nouveau. L'anxiété s'empara de ma poitrine, et je ne savais pas quoi faire. Une partie de moi était soulagée par ce que Jana venait de dire, mais j'étais également terrifiée. Je n'aimais pas me sentir aussi déchirée à l'intérieur, et rien ne semblait m'aider. Ma vie ennuyeuse me paraissait tellement agréable en comparaison à cet ascenseur émotionnel. Je me secouai.

— Jana, le truc de vendredi, c'est genre une soirée. Je ne peux pas aller passer la soirée avec ses amis, protestai-je.

— Pourquoi pas ? C'est moins intense qu'un truc en solo.

Je la regardai alors que mon ventre faisait un petit saut rien qu'en pensant au fait de revoir Ethan. J'avais envie de dire oui. Bon sang, c'était un miracle que je n'aie pas dit oui à chaque fois qu'il me l'avait demandé. Quatre jours s'étaient écoulés depuis que je m'étais réveillée à ses côtés, et il m'avait invitée à le revoir tous les jours depuis. Même si ça me stressait, Jana avait raison. Le voir en groupe serait sans doute moins stressant.

Ses grands yeux bleus étaient encore plantés sur moi alors qu'elle haussait un sourcil. Je sentais qu'elle me lançait un défi silencieux.

— D'accord. Je vais lui dire que je viendrai vendredi.

J'attrapai mon téléphone et ouvris mes messages.

— Attends, quoi ? Va le voir ce soir, pour que tu puisses le sauter comme une folle encore une fois. Tu seras bien plus détendue comme ça, lança Jana avec un sourire malin.

Il fallait que j'avoue que c'était tentant. Tellement tentant. Mais je ne savais pas à quel point j'étais capable de supporter de passer du temps avec Ethan, surtout quand je mourais d'envie de le revoir et que je mouillais rien qu'en y pensant.

Je la fixai du regard.

— Vendredi. Vendredi ce sera très bien.

— Non, Ethan sera très bien.

Je lui jetai un nouveau trombone et écrivis à Ethan alors que le rire de Jana la suivait en quittant le bureau.

La réponse d'Ethan fut rapide.

Parfait. Je te retrouverai chez toi à 18 h. Et ce soir ?

Je suis occupée.

Je n'avais jamais été très douée quand il s'agissait d'inventer des excuses. J'étais toujours capable d'être occupée, car je pouvais travailler le soir, en me concentrant sur un dossier et quelques documents juridiques. Donc ma réponse était légitime, mais elle ignorait la partie de mon esprit qui rejouait en boucle tout ce que j'avais partagé avec Ethan, quand je n'étais pas entièrement concentrée sur autre chose.

Si tu ne venais pas d'accepter de dîner avec moi demain, j'aurais commencé à me dire que tu m'évitais.

Oh, il savait parfaitement comment m'agacer.

Je ne t'évite pas !

Parfait. Dans ce cas, ça ne te dérangera pas que je passe à ton bureau. Je suis déjà dans l'ascenseur. ;-)

Rah ! Je jetai mon téléphone et me figeai. Qu'est-ce qui ne tournait pas rond chez moi ? Je résistai à mon envie de m'enfuir en courant et regardai de quoi j'avais l'air dans le miroir. La journée avait été longue, et je savais que ça se voyait sans doute sur moi. Mais je n'allais pas me mettre à me comporter comme une idiote pour un homme. Alors que je me faisais une leçon de morale, mon ventre se tendit et je rougis rien qu'en sachant que j'allais voir Ethan dans quelques secondes.

Mon téléphone vibra et j'appuyai sur l'interphone. Ce n'était peut-être pas lui, donc il fallait que je me comporte normalement.

— Oui ?

— Ethan Walsh est là pour te voir, répondit Jana joyeusement.

Je sentais le plaisir malin dans sa voix. Je me forçai à garder mon sang-froid, car je savais qu'il m'entendait sans doute.

— Merci. J'ai quelques minutes de libres, dis-je en gardant une voix calme.

L'interphone s'éteignit et je me dirigeai vers mes fenêtres, agitée et prête à m'arracher les cheveux. J'entendis la porte s'ouvrir et se refermer, mais je me forçai à regarder par la fenêtre. Je ne savais pas vraiment quoi faire face à l'effet qu'Ethan me faisait. C'était plus que ridicule, et je commençais à me sentir de plus en plus bête. J'avais l'habitude de ne pas remarquer les hommes, ce qui était bien plus simple pour moi. Sachant ce que je savais sur lui, je savais qu'il avait l'habitude que les femmes se jettent à ses pieds. Je n'avais pas envie d'être aussi consommée par mon désir pour lui que je l'étais.

Le son de ses pas était étouffé par le tapis, et je le sentis arriver derrière moi. Mon corps était attiré par le sien comme par un aimant, et je sentis sa chaleur avant même qu'il arrive à mon niveau. Je sursautai quand ses mains caressèrent mes hanches et qu'il baissa la tête pour m'embrasser dans le cou. Son toucher était comme un éclair de feu traversant mon corps.

— Donc tu ne m'évites pas, ma belle ?

Oh. Mon. Dieu. Comment pouvais-je prétendre que j'étais capable de me contrôler alors qu'il me disait bonjour de cette façon ? Sa question était un murmure contre mon cou, et le mouvement subtil de ses lèvres contre ma peau déclencha un frisson de chaleur dans mon dos.

Je déglutis, me débattant contre mon corps pour garder le contrôle. Ça ne servait à rien. Je fondis contre lui quand ses bras s'enroulèrent sur ma taille, une paume s'installant au sommet de mes cuisses. Je sentais déjà la mouille entre mes cuisses. La seule chose que je voulais vraiment, c'était de le sentir en moi encore une fois.

— J'ai dû rater ta réponse, murmura-t-il avant de mordre mon oreille, me faisant trembler.

Bon sang de bon Dieu. Il était sans doute plus simple de laisser tomber immédiatement. J'avais envie d'Ethan, au point où j'en devenais folle. Je m'accrochai au peu de contrôle que j'avais pour m'éclaircir la gorge.

— Je ne t'évite pas. Mais j'étais...

Ma voix se brisa quand il remonta la main pour prendre mon sein, passant doucement son pouce sur mon téton, qui était déjà tendu et mourant d'envie d'être caressé.

— Occupée, réussis-je enfin à dire après un soupir.

J'avais du mal à garder le contrôle de mon corps, mais il passa ensuite sa main entre mes cuisses pour attraper mon centre, exerçant une pression subtile sur mon clitoris. Un petit gémissement m'échappa, et je ne pouvais rien faire pour m'en empêcher.

— Ethan, tu ne peux pas...

Mes mots restèrent à nouveau en suspens. Vraiment, que pouvais-je faire ? Alors que ses lèvres étaient dans mon cou, ses mains m'excitaient vers une folie et sa queue dure et chaude était posée contre mes fesses. J'étais esclave de son désir, qu'il le sache ou non.

Il leva la tête.

— Je ne peux pas faire quoi ?

Avant que je ne réussisse à répondre, ce qui n'était pas facile quand mon esprit était si brouillé, il leva la main et détacha mes cheveux dans un geste de défi.

— Tu devrais te détacher les cheveux plus souvent, dit-il d'une voix rauque alors qu'il passait ses doigts dans mes boucles et me faisait tourner dans ses bras.

Je croisai son regard vert sombre, et mon cœur se serra alors que mon ventre se retournait doucement. Je réussis à lui répondre en me battant contre le désir qui s'emparait de mon corps.

Je croyais que tu avais dit que personne ne devrait me voir les cheveux détachés.

Il me lança l'un de ces sourires en coin dévastateur, qui me transperça.

— C'est vrai. Mais j'ai changé d'avis. J'aimerais te voir comme ça plus souvent, donc je veux bien partager maintenant.

Un rire m'échappa. J'aurais dû être offusquée, mais je ne l'étais pas. Pas du tout. Une joie vibrante monta en moi en me disant qu'il me remarquait autant que ça.

Son sourire s'étendit jusqu'à l'autre coin de sa

bouche, révélant sa fossette et faisant vibrer mon estomac encore une fois. Son sourire s'effaça quand il baissa les yeux et qu'il se mit à jouer avec la pointe de mes cheveux.

— Je n'ai que quelques minutes. On a un match ce soir. J'ai possiblement fait un gros détour pour venir te voir.

— Oh ? Tu n'étais pas obligé de faire ça.

Ses yeux trouvèrent les miens.

— J'étais obligé si j'avais envie de te voir.

Je ne savais pas vraiment quoi dire, donc je restai dans le concret.

— Si tu as un match, à quelle heure tu vas manger ?

Un autre demi-sourire.

— Ah. Tu es une femme de détails. La vérité, c'est que je voulais te courir après et venir t'embêter jusqu'à ce que tu dises oui. J'ai perdu la notion des jours.

Cette manière de parler, joueuse et légère, était si naturelle pour lui. Il n'était absolument pas gêné par le fait d'admettre qu'il me courait après. Étant donné que c'était un homme qui pouvait avoir toutes les femmes qu'il voulait, je ne savais pas vraiment quoi en penser. Ça me procurait un sentiment étrange à l'intérieur, et ça me donnait chaud.

— Oh. Eh bien, j'imagine que c'est mieux demain alors, réussis-je à dire malgré le battement de mon cœur dans mes oreilles.

— À moins que tu veuilles venir au match, dit-il.

Je ne savais pas pourquoi, mais cette proposition me prit de court. Ses yeux étaient pleins d'espoir, et je me retrouvai à hocher la tête.

— D'accord. Je n'ai jamais été à un match de foot anglais. À quelle heure il faut que j'y aille ?

Ma réponse sembla le surprendre autant qu'elle me surprit moi. Il écarquilla les yeux puis les plissa.

— Ça s'appelle juste du foot, ma belle.

Il semblait tellement insulté que je ne pus m'empêcher de rire, puis il passa sa main dans mon dos et la posa sur mes fesses, me collant contre lui. La chaleur dure de sa queue était impossible à ignorer. Il continua à parler comme si c'était une conversation normale, alors que j'avais l'impression de fondre sur place.

— Je te pardonne pour cette fois puisque tu es américaine. Mais le match est à 18 h. Si tu arrives vers 17 h, je peux te présenter Olivia. C'est la femme de Liam. Elle t'emmènera dans les loges avec elle. Sinon, ce sera sans doute difficile de te trouver un billet à la dernière minute.

Je levai les yeux vers l'horloge au mur, au-dessus de la porte. Il était 16 h. Encore une fois, mon corps semblait prendre toutes les décisions. J'acquiesçai avant même de m'en rendre compte.

— D'accord, où est-ce que je vais ?

— Dis-moi que tu sais au moins où se trouve le stade, dit-il avec un regard impatient dans les yeux.

— Je sais où se trouve le stade. J'ai des bases.

Il sourit à nouveau.

— Très bien. Tu vas vers l'entrée arrière. Je dirai aux agents de sécurité de t'attendre. Je ferai de mon mieux pour te retrouver là, mais ça dépendra de deux ou trois choses. Je te promets qu'Olivia sera là pour toi au minimum. Elle va te plaire, dit-il fermement.

Je savais à quoi ressemblait Olivia, car j'avais vu des photos d'elle de temps en temps dans les journaux quand elle allait à des évènements avec Liam Reed, un autre des joueurs stars de l'équipe. C'était une chirurgienne orthopédique, et les journaux s'étaient complètement enflammés quand Liam était tombé amoureux d'elle. Je ne voulais pas avoir l'air d'une idiote avec le béguin à ses yeux. Enfin, même si c'était plus une histoire de luxure qu'une histoire d'amour.

— D'accord. Je peux la trouver. Ne t'inquiète pas pour moi, répondis-je.

Ethan resta silencieux un instant, ses yeux cherchant les miens, même si je ne savais pas ce qu'il cherchait.

— Très bien. Il faut que j'y aille.

Il prononça ces mots, mais ne bougea pas. On resta là, collés l'un à l'autre alors que l'air vibrait autour de nous. Il marmonna quelque chose puis ses lèvres caressèrent les miennes. En une demi-seconde, sa langue s'emmêlait avec la mienne. J'avais appris que tout baiser échangé avec Ethan était chaud, humide et puissant. Quand il fit un pas en arrière, j'avais chaud de partout et j'étais au bord du désespoir. Je ne voulais pas qu'il parte. Pas du tout. Je me demandais s'il avait le temps de plonger en moi à la place.

Il se contrôlait bien mieux que moi et recula un peu plus. Le regard de désir dans ses yeux me rassura.

— À plus tard, dit-il poliment avant de se retourner et de sortir rapidement de mon bureau.

Chapitre Quinze

ETHAN

J'attrapai la serviette qu'on me jetait et la passai sur mon visage. Le son de la foule n'était rien de plus que du bruit sourd dans mes oreilles. Nous avions réussi à gagner ce match sur le fil, et j'étais épuisé. L'attaque de l'équipe adverse avait donné du fil à retordre à notre défense. Alex, comme toujours, avait réussi à écarter toutes leurs tentatives du filet, mais ça ne changeait rien au fait que j'étais épuisé. C'était la même équipe qui avait failli nous battre la saison dernière, et ils étaient arrivés avec une envie de revanche.

Quelqu'un me mit un petit coup dans l'épaule et je levai les yeux vers Liam.

— Bon boulot, mec. Ils vous ont fait courir. On n'avait pas beaucoup de boulot en attaque aujourd'hui, dit-il avec un clin d'œil et un sourire.

Il me tendit une bouteille d'eau que je bus rapidement. Je regardai les tribunes, mes yeux se posant sur les loges VIP, où se trouvaient Zoe et Olivia. J'adorais savoir qu'elle était là. À Londres, j'avais l'habitude que ma famille vienne me voir jouer. Lors de n'importe quel match, il y avait toujours au moins l'une de mes sœurs et mes parents. Depuis que j'avais signé chez les Stars, il était rare que quelqu'un que je connais vienne me voir jouer moi spécifiquement. Ma famille était venue me voir plusieurs fois, mais ce n'était pas la même chose. S'il fallait que je choisisse une chose qui me manquait vraiment depuis que je jouais ici, ce serait ça. Donc c'était étrangement agréable de savoir que Zoe était là. Mon cœur se serra et frappa mes côtes. J'essayai de ne pas trop réfléchir à ce que tout cela voulait dire.

J'étais complètement obnubilé par Zoe depuis cette nuit avec elle. Je n'avais jamais vraiment couru après une femme. Mais aucune femme ne m'avait jamais fait l'effet que Zoe me faisait. Je ne voulais pas trop penser à tout ça. Je voulais simplement la revoir. Encore et encore.

Alors que mes coéquipiers se rassemblaient autour de moi, je suivis le mouvement vers le couloir du stade et les vestiaires. Alex me donna un coup de coude et avant que je ne puisse refuser, je me retrouvai coincé dans une interview d'après-match avec lui. Comme notre défense avait été au centre du match et nous avait sauvés d'une défaite, nous devions répondre aux questions. Notre attaque avait marqué un but, mais à part ça, l'équipe adverse avait réussi à contrôler le match.

Je ne comprenais toujours pas les journaux sportifs aux US. Ils voulaient vous parler tout de suite après le match, avant même que vous ayez repris votre souffle. Pour les gros matchs, ils aimaient faire ce genre d'interview puis attraper un paquet de joueurs pour une interview plus longue après qu'on s'était douchés. Pour un pays qui n'avait pas vraiment de passion pour le football, contrairement au reste du monde, je trouvais ça plutôt surprenant et ça m'agaçait un peu.

Je réussis à éviter la deuxième vague d'interview, mais j'étais agacé et inquiet que Zoe soit repartie avant que je ne puisse la voir. Je pris une douche éclair et enfilai des vêtements avant de sortir. Le couloir du stade résonnait du murmure des voix qui venaient de différentes directions. Alors que je tournais vers le couloir qui abritait le bureau du coach, je souris quand j'entendis la voix de Zoe. Je m'appuyai contre l'entrée et trouvai Olivia qui tenait Bentley en laisse, et papotait avec Zoe, qui était accroupie pour caresser Bentley. Bentley était le chien pourri gâté d'Olivia et Liam. C'était un petit chien brun avec une oreille relevée. Il était si mignon qu'il était presque impossible de passer devant lui sans le caresser.

Zoe et Olivia ne remarquèrent pas que j'étais là, donc je pris un moment pour admirer Zoe. Elle s'était changée depuis que je l'avais vue plus tôt au travail. À part la fois où j'avais été complètement nu avec elle, c'était la première fois que je la voyais habillée autrement que pour le bureau, dans ses jupes droites et ses chemisiers et vestes. Et j'adorais cet uniforme. Elle avait toujours l'air si propre sur elle et sévère, ce qui me donnait envie de lui arracher ses vêtements. Mais c'était très agréable de la voir dans une tenue plus détendue. Elle portait une autre jupe en tissu lâche noir qui voletait au niveau de ses genoux. Ça me donnait envie de la remonter. Elle l'avait assortie avec une paire de bottes de cowboys noires et un chemiser en soie blanche. Bordel. J'étais complètement épuisé et mon corps se mettait quand même à vibrer rien qu'en la regardant.

Quelqu'un me mit une claque sur l'épaule, je tournai la tête et tombai sur Liam. J'étais tellement perdu dans la vue de Zoe que je ne l'avais même pas entendu arriver. Il s'appuya de l'autre côté de la porte et me fit un clin d'œil.

— Alors ? Zoe, dit-il d'une voix grave.

Liam était tombé follement amoureux d'Olivia, mais ça ne l'avait pas guéri de son attitude moqueuse. Il me lançait un sourire malin, et je savais qu'il espérait me voir réagir. Ce qui était drôle, c'était que je m'en fichais.

— Ouaip.

Son sourire s'effaça, et il regarda Olivia, Zoe, puis moi à nouveau.

— C'est pas ton genre habituel.

Cette phrase, en revanche, me fit réagir.

— Pourquoi... ? commençai-je à dire, mais Olivia nous regarda.

— Salut les gars ! lança-t-elle en lâchant la laisse de Bentley et en traversant le bureau du coach vers Liam.

Il la souleva contre lui et l'embrassa passionnément. Exactement ce que je voulais faire à Zoe. Mais nous n'en étions pas là. Si nous avions été seuls, je l'aurais peut-être fait. Bon, je serais allé bien plus loin si nous avions été seuls. Ce n'était pas que j'avais un problème avec les marques d'affection en public. C'était quelque chose qui ne me dérangeait pas du tout. Mais je n'avais jamais eu que des relations légères. Zoe ne me paraissait pas être du genre à prendre les choses à la légère, et je ne savais pas ce qu'elle penserait si je l'embrassais devant Liam et Olivia et n'importe qui d'autre qui passerait par là.

Elle se redressa et me regarda. À la seconde où ses yeux trouvèrent les miens, c'était comme si une allumette avait enflammé l'air entre nous et qu'une flamme traversait la pièce. Ses cheveux étaient détachés. Il me suffit d'un regard vers ses mèches auburn qui tombaient sur ses épaules, et mon sang se rassembla dans mon entrejambe.

— Vous faites un combat d'yeux ? demanda Liam, brisant le flou de mes pensées.

Je le regardai et vis Olivia lui mettre un coup de coude. Elle regarda Zoe.

— Ignore-le. Il ne sait pas se tenir en public.

Zoe se mordit la lèvre et sourit.

— Très bien.

Elle se redressa et s'avança vers nous, s'arrêtant juste devant moi.

— Ravie de te revoir, Liam.

Ses yeux passèrent de lui à moi.

— Beau match.

— C'est Ethan qui a fait la plupart du boulot, ajouta Liam avec un sourire. Je n'ai pas eu beaucoup de boulot ce soir.

— On fait toujours tout le boulot, contrai-je.

— Pas toujours, mec, mais ce soir, c'est sûr, me répondit Liam en levant les yeux au ciel.

Même si l'air autour de nous me semblait électrique en étant si proche de Zoe, je la sentais réservée. Il me fallut un moment pour réaliser qu'elle avait sans doute peur de l'image professionnelle qu'elle donnait. Elle ne pouvait pas se douter que ça ne faisait que m'exciter plus.

Je m'attendais à être capable de survivre à quelques minutes de conversation amicale avec Liam et Olivia, simplement parce que j'en avais l'habitude. Mais je fus soulagé quand Olivia fit signe à Liam qu'il était l'heure de partir. Même si j'avais envie de claquer la porte du bureau du coach pour plier Zoe en deux sur le bureau, je me retins. J'avais sans doute plus mes chances quelque part de plus intime. On marcha avec Liam et Olivia dans le couloir du stade. Alors que la foule se

dispersait encore, il était peu probable que qui que ce
soit remarque Zoe avec moi. Et comme je savais
qu'elle m'en voudrait si je faisais ce que j'avais envie de
faire, à savoir la tirer contre moi et l'embrasser
comme un fou en me fichant bien de qui pourrait
nous voir, je gardai mes mains dans mes poches et
restai calme.

Alors que mon désir me ravageait. Je pensais ce
que j'avais dit plus tôt sur le fait que j'aimerais la voir
avec les cheveux détachés plus souvent, mais je ne
m'étais pas imaginé l'effet que ça aurait sur moi. Entre
ça et sa jupe aguicheuse, j'exerçais un contrôle fou.
C'était une vraie bonne chose que je sois épuisé après
ce match, car j'aurais facilement craqué.

———

Un peu plus tard, je me tenais devant la porte de
l'immeuble de Zoe. Je l'avais convaincue de prendre un
taxi avec moi. Étant donné que mon appartement
n'était qu'à quelques rues du sien, j'étais monté dans la
voiture et avais payé le conducteur avant qu'elle ne
puisse me contredire. Je voyais bien qu'elle avait envie
d'argumenter, donc quand elle avait ouvert la bouche,
je l'avais simplement embrassée pour la faire taire. Ça
l'avait fait assez rougir pour qu'elle se taise et se
contente de me lancer un regard noir quand j'étais
sorti de la voiture en même temps qu'elle.

Il ne pleuvait pas ce soir, mais l'air était humide et
froid. Ses cheveux brillaient sous la lumière des lampadaires. Elle s'arrêta dans l'entrée, sa main posée sur la
poignée de porte comme si elle s'accrochait à la vie.
Quand elle me regarda, elle se mordit l'intérieur de la
joue, et je voyais bien qu'elle s'inquiétait de quelque
chose.

— Pas besoin de t'inquiéter, ma belle, dis-je sans réfléchir.

Un éclair traversa ses yeux et elle pencha la tête.

— Qu'est-ce qui te fait croire que je m'inquiète ?

C'était dingue, il fallait toujours qu'elle me contredise. Très bien. Je fis un pas vers elle et tendis la main pour passer mes doigts dans les pointes de ses cheveux qui, par un heureux hasard, tombaient sur ses seins. Je sentis son téton se tendre contre le dos de mes doigts et pris le temps de jouer avec ses cheveux pour faire durer le moment.

— Parce que tu fais ce petit truc avec ta bouche, expliquai-je.

Elle plissa les yeux et me fixa du regard, mais le sursaut de son pouls ne m'échappa pas, ni la façon dont son souffle s'accéléra. Elle resta silencieuse, assez longtemps pour que la tension monte entre nous et que l'air s'alourdisse. Je commençais à comprendre que je n'étais pas capable de lui résister et de ne pas avoir envie d'elle comme un fou. Je bandais déjà, et on ne faisait que se tenir là.

— Invite-moi à entrer, dis-je, d'un murmure rauque.

Je fis glisser mes doigts dans ses cheveux encore une fois avant de lever la main et de passer un doigt le long de sa mâchoire et dans son cou. Son regard soutint le mien pendant un instant électrique avant qu'elle n'arrache ses yeux de moi et ne sorte ses clés de son sac. En moins d'une minute, ma main était enroulée autour de la sienne alors que l'on traversait le couloir de l'étage, le bruit de nos pas résonnant sur le parquet. À la seconde où la porte de l'appartement de Zoe se ferma derrière nous, je la retournai et posai ma bouche sur la sienne.

Elle s'ouvrit à moi immédiatement, sa langue s'emmêlant dans la mienne en un gémissement grave. Je l'appuyai contre la porte et me collai à elle. J'avais besoin de bien plus que ce que j'étais capable d'imaginer, mais à cet instant précis, j'avais besoin de m'ancrer contre elle. Chaque courbe de son corps épousait le mien, et le besoin sauvage qui vibrait en moi trouva une échappatoire.

Je perdis la notion de tout, à part de la sensation de sa peau contre la mienne et de la chaleur humide entre ses cuisses, collée à ma queue palpitante. Je n'étais pas du genre à aller trop vite quand il s'agissait de sexe. Je préférais prendre mon temps et profiter du moment. Et je pouvais dire sans mentir que je n'avais jamais perdu le contrôle de cette façon. Zoe me rendait complètement fou. Toute pensée rationnelle m'échappa, et je ne poursuivais que l'appétit sauvage et le toucher.

J'arrachai mes lèvres aux siennes, uniquement car je mourais d'envie de goûter sa peau. Je tirai sur son chemisier, conscient que je déchirai la soie fine uniquement au moment où l'un de ses boutons tenta de résister à ma force. On s'éloigna de la porte dans un flou de caresses alors qu'elle remontait mon t-shirt, grognant quand il s'accrocha à mon menton. Je passai la main derrière mon cou pour m'en libérer, le jetant au sol. Elle s'occupait déjà de mon jean, plongeant sa main dans mon caleçon pour libérer ma queue.

J'ouvris les yeux et trouvai ses seins qui s'échappaient de ce minuscule soutien-gorge en soie noire transparente, et ses tétons étaient tendus et roses, me suppliant de les sucer. J'étais distrait par le fait qu'elle portait toujours sa jupe et ses bottes et je savais exactement ce dont j'avais envie. Je l'attrapai par les hanches et la retournai.

Je ne voulais pas la faire trébucher, mais ça m'alla

parfaitement quand elle se rattrapa sur le mur. Je remontai sa jupe par-dessus ses fesses, exactement comme je mourais d'envie de le faire depuis que j'avais posé les yeux sur elle ce soir. Bordel. Ses fesses rondes et généreuses étaient nues devant moi, avec rien d'autre qu'une fine bande de soie noire calée entre elles. Alors que je la stabilisais avec une main sur ses hanches, je glissai l'autre main le long de son dos, savourant le sursaut de son souffle quand elle cambra le dos. Comme si elle pouvait lire dans mes pensées, elle appuya son autre paume contre le mur. Sa jupe remontait sur ses hanches et elle portait encore ses bottes, et le simple fait de la regarder manqua de me faire jouir.

Je glissai ma main entre ses fesses, sifflant en respirant quand je sentis la mouille entre ses cuisses. Je les écartai avec mon genou et écartai la soie, plongeant un doigt profondément en elle. Elle recula contre mon toucher et je me retrouvai partagé entre l'envie de la voir jouir sur mes doigts, ce qui serait terriblement excitant, ou l'envie de plonger dans son centre mouillé le plus vite possible. C'était une chose qui ne m'était encore jamais arrivée, d'hésiter. Je retirai mon doigt et en ajoutai un autre, provoquant son centre jusqu'à ce qu'elle commence à gémir et à faire des va-et-vient sur ma main. J'avais l'intention de faire durer la chose, mais une fois encore, je découvrais que je n'avais aucune discipline quand il s'agissait de Zoe.

Alors que je la laissais encore se branler sur mes doigts, je libérai sa hanche et fouillai dans ma poche, sortant mon portefeuille d'un grand geste et utilisant mes dents pour attraper le préservatif qui y était rangé. Je jetai mon portefeuille au sol et enfilai cette capote en un temps record. Je retirai mes doigts à contrecœur et baissai les yeux. C'était la femme la plus sexy que j'aie jamais vue. Il n'y avait pas de doute là-dessus. Avec ses jambes interminables, son joli cul, ses cheveux de feu et sa chatte rose et trempée, j'étais prêt à mourir heureux rien qu'en la regardant. J'avais dû attendre une seconde de trop, car elle regarda par-dessus son épaule et mes genoux tremblèrent. Ses lèvres étaient roses et gonflées et ses joues étaient rouges. Elle se cambra, appuyant ses plis trempés contre ma queue. Le regard dans ses yeux me fit presque jouir.

J'agrippai ma queue et m'installai devant son entrée, le baiser de chaleur si tentant qu'il me fallut tout mon sang-froid pour rester immobile.

— Dis-moi ce que tu veux.

Elle appuya ses hanches contre ma queue en plissant les yeux et marmonna quelque chose que je n'entendis pas.

— Quoi, ma belle ?

— Toi. Je te veux toi !

— Il va falloir que tu sois plus précise.

Elle écarta ses cheveux et regarda par-dessus son épaule.

— Tais-toi et prends-moi.

Comment pouvais-je résister à un ordre pareil ? Je plongeai dans son centre crémeux, jusqu'à la garde. Sa tête tomba en avant, avant qu'elle ne la relève quand je me mis à me balancer. Elle était tellement mouillée et serrée que je ne savais pas combien de temps je pouvais tenir. Son canal entier pulsa et se serra autour de ma queue. Je me forçai à ralentir mes va-et-vient, savourant chaque centimètre de ses pulsations sur moi. Je m'agrippai à ses hanches et la regardai monter les fesses et limer ma queue comme si elle était faite pour ça.

L'envie de me lâcher me gouvernait, mais je me

retins, passant ma main sur ses hanches et mon pouce sur son clitoris, ce petit bouton chaud et mouillé. Elle hurla mon nom entre deux souffles courts, et je me lâchai enfin, mon orgasme me frappant comme une onde de choc. Je dus me rattraper au mur, claquant ma paume contre le papier peint. Nos souffles étaient saccadés et on resta dans cette position, ma queue profondément plongée en elle, pendant de longs moments.

Elle leva enfin la tête et me regarda par-dessus son épaule. Un simple regard, sombre et parsemé d'or et de vert, suffit à faire trembler ma queue. Le fait de me déverser en elle aurait dû me suffire. Mais non. J'étais malheureusement de plus en plus confiant du fait que je ne serais sans doute jamais rassasié d'elle. L'air était lourd et chargé de vulnérabilité.

Je ne savais vraiment pas quoi dire. D'habitude, je n'avais aucun mal à lâcher une réplique suave, mais je ne trouvais pas un seul mot. Je la fixai simplement du regard. Avec une main posée sur ses hanches, je sentis sa peau se dresser sous ma main et réalisai qu'elle avait froid. Cela suffit pour me sortir de ma stupeur teintée de passion.

Je sortis d'elle facilement et l'aidai à se relever. Je n'aimais pas m'éloigner d'elle. Pas du tout. Avant de pouvoir réfléchir, je lui demandai de retirer ses bottes, je retirai le reste de ses vêtements et la soulevai dans mes bras pour l'emmener sous la douche. Encore quelque chose que je n'avais jamais fait avant. Avec toutes mes habitudes de don Juan et d'homme qui couche avec beaucoup de femmes, je savais garder des limites claires sur certains sujets. Je ne dormais jamais chez les femmes avec qui je couchais, et je ne me douchais certainement pas avec elles. C'étaient des actes intimes que je ne recherchais jamais. Mais avec

Zoe, je n'avais même pas réfléchi à ces limites. Je me serais même battu si elle avait essayé de m'imposer cette distance.

On se doucha, et j'eus envie de la sauter encore une fois en voyant sa peau couverte de bulles et l'eau qui coulait partout. La seule chose qui me retint était la notion que ce n'était que la deuxième fois qu'elle couchait avec quelqu'un. Je n'étais vraiment pas un expert sur le sujet, mais je me disais que je ne devrais peut-être pas y aller trop fort.

Après qu'on se fut séchés et qu'on eut enfilé des vêtements, je me trouvai allongé sur les coussins de son canapé, ses jambes enroulées sur les miennes. Sa peau était rose après notre douche, et elle était délicieusement mignonne dans son pantalon de coton rose et son t-shirt trop grand. Alors que je commençais à me dire que j'avais plongé la tête la première dans cette situation, mon estomac grogna. Fort.

Zoe haussa un sourcil.

— Tu as faim ?

Mon estomac répondit de façon parfaitement claire, et elle sourit.

— Je n'avais même pas pensé au fait que tu mourais sûrement de faim après un match comme ça.

— J'ai toujours faim après avoir joué. Quel que soit le match, offris-je en haussant les épaules.

Elle retira ses jambes des miennes et commença à se lever.

— Je vais faire...

J'attrapai sa main.

— Non.

Elle me regarda.

— Non, quoi ?

— Ne pars pas. Je suis trop fatigué pour te suivre.

Je l'étais. La fatigue physique que j'avais assommée

avec la fumée de mon désir me rattrapait de plein fouet.

— Il faut que tu manges, contra-t-elle.

— On commande une pizza. Je t'invite, dis-je en désignant mon portefeuille, toujours posé au sol après que je l'avais jeté plus tôt.

Avec un drôle de sourire, elle se réinstalla sur le canapé et fit ce que je demandais. Le seul moment où elle s'éloigna de moi fut pour aller ouvrir la porte au livreur. La dernière chose dont je me souvenais était d'avoir satisfait mon appétit. Puis je m'étais réveillé en sentant une couverture posée sur moi. Ça me donna de la force. Endormi et épuisé, j'arrivais à peine à bouger, mais je m'étais redressé en marmonnant que je ne voulais pas dormir seul. Quelques instants plus tard, je soupirais dans ses cheveux contre les oreillers de son lit et tirais son corps doux contre le mien.

Chapitre Seize

ZOE

Quelques jours plus tard, j'écoutais vaguement le déroulé du tribunal. Quelques jours durant lesquels Ethan m'avait écrit presque toutes les heures. Je pouvais deviner son emploi du temps d'entrainement, car c'était la seule partie de la journée où il ne m'écrivait pas. Mon esprit revint à ce que ça faisait de l'avoir profondément en moi, l'étirement et le mouvement de sa queue si délicieuse que le simple fait d'y penser me faisait mouiller.

— Madame Lawson, dit le juge.

Je me rappelai soudainement que j'étais au tribunal. La distance entre la table devant laquelle je me tenais et le siège du juge était assez large pour me sauver, car il aurait sans doute remarqué que je rougissais autrement.

— Oui, Monsieur le Juge.

— Je vous ai demandé deux fois si vous acceptiez les conditions de votre interlocuteur. C'est votre dernière chance de me répondre.

Le juge Wilson était un juge patient habituellement, mais je voyais qu'il fronçait les sourcils et je ressentais le besoin de me concentrer. Ça ne m'était jamais arrivé avant. Je n'étais pas du genre à penser à autre chose au tribunal, même pour des affaires aussi mondaines que celle-ci. J'étais très fière de ma capacité à faire attention aux détails. Je n'avais pas réalisé que c'était parce que je n'avais jamais rien eu dans ma vie pour me distraire. Ethan était la pire distraction de tous les temps, et je pensais à lui jour et nuit.

— Excusez-moi, Monsieur le Juge. J'ai étudié les conditions proposées dans cet accord, et mon client est prêt à les accepter, répondis-je en hochant la tête.

Au moment où le juge se tourna à nouveau vers l'autre avocat pour lui demander quelque chose, Ethan s'empara à nouveau de mes pensées. J'étais foutue. De la meilleure des façons.

Je survécus au reste de l'audience et sortis du bâtiment. Même si j'aimais fantasmer sur Ethan, je commençais à m'inquiéter. J'avais complètement ignoré la barrière professionnelle que j'essayais d'établir entre mes clients et moi. Les règles sur les relations entre client et avocat étaient assez vagues. La limite principale était de savoir si le « contact sexuel » avait commencé avant la relation professionnelle ou non. Je jouais vraiment avec les limites, et je le savais. Ethan m'avait embrassée avant que je ne devienne son avocate, mais ça me paraissait idiot d'utiliser cet argument. Quelles que soient les conséquences légales de ce que j'avais fait, ce n'était jamais bien vu de sauter ses clients. Comme avec tout le reste dans la vie, les hommes s'en tiraient souvent mieux que les femmes. Je savais le genre de rumeurs qui circuleraient si l'on apprenait que j'avais couché avec Ethan alors que je le défendais.

Je détestais l'admettre, mais il m'avait complètement séduite et je m'étais laissée entrainer dans le courant du désir. J'avais réussi à ignorer mes inquiétudes un moment, mais elles me rattrapaient à toute vitesse. En partie car je ne savais pas comment définir ce qu'il se passait entre nous. Je savais que, que je le veuille ou non, c'était un homme à femmes notoire. J'aurais été surprise d'apprendre qu'il voulait plus que ça avec moi. Je me disais que la chaleur qui existait entre nous commencerait à se calmer et qu'il enchainerait avec le prochain objet de son désir.

Donc il fallait que j'arrête d'être idiote et que je commence à réfléchir clairement. La dernière chose dont j'avais envie était de salir la réputation professionnelle que j'avais cultivée pendant si longtemps. La chose la plus intelligente à faire était de mettre fin à ce qu'il se passait entre Ethan et moi. J'avais réussi à me débarrasser de ma virginité, et j'aurais sans doute plus de chances d'avoir une vie romantique normale pour une femme de mon âge maintenant. Le problème était que le simple fait de penser à coucher avec quelqu'un d'autre qu'Ethan me faisait mal au cœur.

Ça n'allait pas. Vraiment, vraiment pas. Je ne pouvais pas tomber amoureuse de lui.

Pourquoi pas ? Il t'adore. Tu n'es pas juste un numéro sur sa liste.

Ouais, c'est ça. Ne sois pas si bête. Je l'intéresse parce que je suis nouvelle. Il se lassera et où est-ce que je me retrouverai si je me laisse imaginer que je peux avoir plus qu'une aventure avec lui ?

Ce débat interne se répétait en boucle comme un combat intense. Il fallait que je me reprenne vite. Tandis que j'avançais d'un pas rapide sur le trottoir vers mon bureau, mon téléphone vibra dans ma poche. Je le sortis et vis le nom d'Ethan apparaitre dans les notifications. Un sourire germa en moi et sur mon visage. Je cliquai sur le message pour l'ouvrir.

Oh là là.

Il avait recommencé à m'inviter à chaque repas de sa journée. Et je passais mon temps à le repousser en lui disant que j'étais occupée.

Je ne pouvais pas m'en empêcher.

D'accord. Dînons ensemble ce soir.

Oui ! Super, je te retrouve chez toi à 17 h 30.

Mon cœur dansa de joie et mon ventre fit l'ascenseur. J'étais fichue, complètement fichue.

———

Je pris une gorgée de vin alors que Liam racontait une histoire drôle à toute la table, datant de l'époque où lui et Alex étaient enfants. Nous étions installés sur une grande table ronde dans le coin d'un restaurant italien qui avait ouvert récemment à Seattle. Seattle était une ville plutôt gastronomique. Il y avait toujours de nouveaux restaurants, certains survivaient après l'attention initiale, et d'autres coulaient. Je n'avais même pas retenu le nom de ce restaurant, mais la nourriture était divine. Le menu s'en tenait à des plats classiques d'Italie, avec des ingrédients frais.

Ethan était arrivé chez moi à 17 h 30 pile pour m'accompagner. J'avais compris qu'il était ponctuel. Sa réputation de charmeur apathique ne collait pas vraiment avec ce que je savais sur lui aujourd'hui. Il était toujours poli, même s'il ne manquait jamais une opportunité de lancer une vanne. Cette soirée s'était montrée plus révélatrice que je n'aurais pu l'imaginer. La table était constituée de Liam et Olivia, Tristan, le colocataire d'Ethan et joueur des Stars, ainsi qu'Harper Jacobs que j'avais rencontrée quand je défendais Alex Gordon l'année dernière, et Daisy Knight, qui était une amie proche d'Olivia et Harper.

Alex n'était pas là, ce qui m'avait surprise jusqu'à ce qu'Harper explique qu'il n'était pas là ce weekend.

Ça me faisait bizarre d'être là avec Ethan. Déjà, il y avait le fait évident que je n'avais pas été en couple, même de très loin, depuis mon école d'avocats, et même à l'époque, ça n'était pas allé loin. À part Olivia et Liam, Ethan et moi étions les seuls qui pouvaient être vus comme un couple. Malgré mes inquiétudes renouvelées sur les risques professionnels que je courais en m'approchant d'Ethan, je n'avais même pas réfléchi au fait de sortir avec lui en public jusqu'à ce que l'on arrive ici. Quand je n'étais pas plongée dans la conversation, je passais mon temps à me dire que si quelqu'un me reconnaissait, je pourrais facilement me justifier étant donné que j'étais avec un groupe, et que la plupart d'entre eux n'étaient pas avec un partenaire. La vérité était que je ne voulais pas vraiment y réfléchir, alors qu'Ethan alternait entre poser sa main sur ma cuisse et la glisser entre mes jambes. Le résultat de ces caresses était que j'avais chaud, j'étais excitée et je buvais trop de vin.

— Mec, Alex raconte cette histoire de façon complètement différente, dit Ethan avec un sourire amusé. D'après lui, c'est toi qui es tombé dans le lac.

Liam sourit. Il ne me faisait pas l'effet fou qu'Ethan me faisait, mais j'étais obligée d'admettre que Liam était terriblement beau avec ses cheveux noirs et ses yeux bleus. Il était parfaitement clair qu'il adorait Olivia, donc j'imaginais qu'il avait dû briser beaucoup de cœur.

— Ouais, mais Alex n'est pas là pour débattre, contra Liam.

Tristan, un homme plutôt silencieux, fit un clin d'œil à Ethan.

— Je parie sur la version d'Alex, mec. Il est bien plus méthodique que toi.

J'avais perdu le fil de l'histoire de Liam, mais je comprenais que l'un d'entre eux était tombé dans un lac. La conversation continua vers un autre sujet. Ce genre de groupe ne me dérangeait pas, mais j'étais plutôt du genre à écouter. Mes oreilles se dressèrent quand j'entendis quelqu'un parler des sœurs d'Ethan.

— Tu as des sœurs ? demandai-je en le regardant.

Je ne pris pas la peine de me demander pourquoi j'étais si intensément curieuse, mais je l'étais. Je voulais le connaitre et je mourais d'envie de mettre la main sur tous les petits détails de sa vie.

— Oh, ma belle, il en a quatre, glissa Liam en répondant pour lui. C'est pour ça que c'est toujours vers lui que je me tourne quand j'ai besoin d'un point de vue féminin. À la fac, c'était toujours lui qu'on allait voir quand on avait besoin de conseils. Il appelait l'une de ses sœurs et nous tendait le téléphone.

Ethan gloussa et haussa les épaules.

— J'avais oublié ça. Y avait plein de questions à l'époque sur comment courir après les filles.

— Quatre sœurs ? dit Daisy, écartant ses cheveux blonds de ses épaules.

Elle me faisait penser à Jana de plus d'une façon. Elle était audacieuse et magnifique avec ses cheveux blonds et ses grands yeux marron. Mais aucun sujet ne lui faisait peur. J'avais aussi remarqué qu'elle regardait souvent Tristan. Il était le parfait spécimen du brun ténébreux. S'il avait remarqué son intérêt, il ne le montrait pas. Revenons à la question.

— Eh oui. Quatre sœurs. J'ai trois grandes sœurs et une petite sœur, et elles me donnent toutes des ordres, répondit Ethan avec un sourire.

Liam trouva mon regard.

— Zoe, si Ethan te pose problème, il te suffit de jeter l'une de ses sœurs sur lui. Elles le remettront à sa place en un coup de fil.

Ethan me serra la cuisse alors que je riais au commentaire de Liam.

— C'est vrai. J'ai tendance à faire ce qu'elles disent.

Daisy lui lança un sourire.

— Tu es bien plus intelligent que tu n'en as l'air, Ethan.

Les blagues continuèrent, et je bus un autre verre de vin. Je n'avais pas réalisé à quel point j'étais pompette jusqu'à ce qu'on parte et que je sorte du restaurant. Je trébuchai légèrement et Ethan me rattrapa par la taille. J'étais soulagée que tout le monde soit devant nous, car je ne voulais pas réfléchir à ce dont tout ça avait l'air. Je m'appuyai contre lui, car j'étais comme un chat en manque d'affection avec Ethan. Je m'accrochais à chaque caresse et mon corps vibrait.

— Doucement ma belle. Je crois que tu as peut-être bu un ou deux verres de trop, murmura-t-il près de mon oreille, son souffle caressant mon cou.

Un frisson me parcourut. Je levai les yeux vers lui.

— C'est peu de le dire, réussis-je à répondre. Tu as bu, toi ?

Il secoua la tête, sa bouche formant l'un de ses sourires dangereux et ses yeux brillant dans la nuit.

— Non. Mon avocat m'a dit de bien me tenir.

Cette remarque aurait dû m'embêter. Au lieu de cela, j'avais envie de l'embrasser. Bon sang, aucun homme ne devrait avoir une bouche comme ça. Il avait des lèvres charnues et expressives. Je connaissais leur goût contre les miennes, et j'en avais envie. Maintenant. Au lieu de ça, je trébuchai à nouveau.

Ethan me colla contre lui et réussit à nous faire

passer la porte. Tout le monde était parti, à part Olivia et Liam. Ils nous attendaient juste devant le restaurant. Liam levait la main d'Olivia et déposait un baiser sur sa paume en la regardant droit dans les yeux. Pendant un instant, je me sentis seule. J'avais envie que quelqu'un me regarde comme ça. Le moment se brisa quand Olivia tourna la tête vers nous. Avec sa peau de porcelaine, ses boucles sombres et ses yeux verts, elle était très jolie, vraiment très jolie. Je l'aimais bien et j'arrivais facilement à m'imaginer devenir amie avec elle. Elle était brillante et très concentrée sur sa carrière de chirurgienne orthopédique. Je voulais lui demander comment elle avait réussi à trouver le temps pour un homme comme Liam dans sa vie. Mais c'était un sujet à aborder une prochaine fois.

— Zoe, je suis contente que tu sois venue ce soir. On fait ça presque tous les weekends, viens quand tu veux, dit Olivia avec un sourire chaleureux tandis qu'Ethan me tirait presque vers eux.

Je ne savais pas si elle remarquait à quel point j'étais pompette, mais elle ne dit rien.

— Je l'inviterai la semaine prochaine, dit Ethan.

Olivia nous regardait tous les deux avant de plisser les yeux vers lui.

— Je crois que Zoe est trop bien pour toi. Tu as intérêt à la traiter correctement.

Mon cœur sursauta à ces mots. Ethan resserra sa main sur ma taille et je sentis qu'il était légèrement sur la défensive.

— Je n'ai aucune intention contraire.

Liam dit quelque chose juste avant qu'un taxi arrive. Ils dirent au revoir, puis je me retrouvai sur le trottoir avec Ethan, à me demander quoi faire, l'esprit un peu flou. Je n'eus pas besoin de réfléchir trop longtemps. Il appela un taxi et m'y fit monter. Avant que je ne puisse dire quoi que ce soit, il m'accompagnait dans le couloir de mon immeuble, attrapant les clés que j'avais fait tomber au sol. Une fois chez moi, je lui sautai dessus. Je mourais d'envie de l'embrasser. Sa langue glissa contre la mienne, puis il se recula rapidement.

— Tu vas au lit, annonça-t-il.

Je n'en avais aucune intention. J'avais envie de lui. Tout entier.

— Non. Je veux...

Je me penchai vers lui pour l'embrasser à nouveau, mais mon mauvais calcul fit atterrir mes lèvres sur sa mâchoire.

Il m'attrapa et me fit tourner.

— Crois-moi ma belle, j'ai envie de toi. Comme un fou. Mais tu es saoule, et ce n'est pas mon style.

J'étais trop saoule pour débattre, donc je l'autorisai à m'emmener jusqu'à ma chambre et à m'aider à retirer mes vêtements. Ses yeux s'assombrirent, et je voyais la bosse de sa queue dans son jean, qui semblait bien trop serré. Mes genoux tremblèrent et je m'assis sur le lit avec rien d'autre qu'un string en soie. Il retira rapidement son t-shirt et le passa sur ma tête.

— Oh, ça sent comme toi, annonçai-je.

Je tendis la main vers lui.

— Depuis quand tu es aussi coincé ? marmonnai-je. Je suis sûre que tu as déjà couché après une soirée arrosée, plein de fois.

Je tendis le bras et passai ma main sur sa queue comme une brute, souriant quand son souffle s'affola.

Il était en train de retirer ses chaussures. Ses magnifiques yeux verts passèrent sur ma peau.

— Je ne veux pas coucher avec toi quand tu es saoule.

Je caressai sa queue encore une fois, mais il attrapa ma main.

Je lui lançai un regard noir.

— Pourquoi ?

Il secoua légèrement la tête, et un éclair de quelque chose traversa ses yeux.

— Parce que, dit-il fermement.

Il me paraissait étrangement protecteur. Je ne savais pas quoi en penser, et ça me faisait un drôle d'effet. Peu de temps après, il m'installait sous les couvertures et s'installait à côté de moi. Il avait retiré son jean, et je sentais la chaleur de sa queue contre ma hanche.

J'avais envie de dire quelque chose, pour essayer de le convaincre, sans vraiment avoir d'arguments, mais je m'endormis.

Des heures plus tard, je me réveillai dans l'obscurité, un peu désorientée. Je n'avais pas l'habitude que quelqu'un dorme à côté de moi, donc c'était étrange de me réveiller aux côtés d'une présence. Après un instant, je me souvins que c'était Ethan. J'aurais pu facilement m'habituer à dormir à ses côtés. J'avais souvent un peu froid la nuit, mais pas quand il était là. Il était tellement chaud que c'était comme avoir un radiateur rien que pour moi. Et apparemment, je semblais aimer m'enrouler sur lui. J'avais une jambe sur les siennes, mon pied calé entre ses mollets et j'étais allongée à moitié sur son torse. Et quel torse. Même endormi, chaque centimètre de son corps était dur, tout de muscles.

Je respirai son odeur et soupirai. Son bras s'enroula autour de moi. Sa paume remonta sur ma hanche dans une caresse endormie, et je me blottis plus près de lui, car c'était trop bon.

— Mmm... Zoe ?

— Ouais.

— Tu es réveillée ? demanda-t-il d'une voix profondément endormie.

Je ris contre son torse.

— Ouais.

— Rendors-toi, murmura-t-il avec une autre caresse paresseuse.

Mon cœur se serra et mes émotions me bercèrent. Sa main s'immobilisa après une autre caresse et sa respiration reprit sa régularité. Je m'endormis contre lui, dans sa force et sa chaleur.

Chapitre Dix-Sept

ETHAN

Je descendis une bouteille d'eau et retirai mes vêtements avant de me diriger rapidement vers les douches. Notre entrainement avait été long aujourd'hui. La direction avait signé deux nouveaux joueurs, donc le coach nous faisait travailler plus dur que d'habitude pour les aider à apprendre à connaitre le groupe. Le coach Bernie adorait les trucs en équipe. Le fait de faire partie des stars de l'équipe n'offrait aucun privilège ici. J'étais absolument certain qu'il n'y avait aucun traitement de faveur de la part du coach pour qui que ce soit. De temps en temps, je me plaignais pour me plaindre, mais ça me plaisait pour être honnête. Je jouais au football depuis que j'étais enfant au Royaume-Uni. J'avais joué dans plein d'équipes différentes. Plus le niveau était haut, plus on rencontrait de divas. Il y avait quelques idiots dans mon équipe de fac. J'avais eu la chance de me retrouver dans l'équipe de Liam et d'Alex une fois qu'on avait commencé à jouer au niveau pro à Londres. À l'époque, on avait une super équipe, mais le coach laissait passer certaines choses avec les joueurs tant qu'ils étaient en forme lors des matchs.

Alex était notre gardien remplaçant pendant un temps, mais le connard qui gardait le but de l'équipe était enfin allé trop loin dans ses habitudes de fête et s'était pointé à un match avec une gueule de bois. La plupart de mes potes et moi-même avions été complètement hors de nous de voir le temps qu'il avait fallu pour se débarrasser de ce boulet. Ce que je voulais dire, c'était que ça ne me dérangeait pas que le coach Bernie nous fasse courir un tour de plus pour l'esprit d'équipe, même si je m'en plaignais parfois. Je posai mes paumes sur le carrelage frais et laissai l'eau chaude couler sur mon corps. Les douches résonnaient de temps en temps sous les discussions d'autres joueurs, alors que nous lavions toutes les heures de sueur et de travail.

Après que je me fus douché et habillé, je me dirigeai vers le couloir du stade, m'arrêtant quand j'entendis mon nom après être passé devant le bureau du coach. Je reculai de quelques pas et jetai un œil vers le bureau. Il me fit un signe de main et je passai la porte.

— Je ferme la porte ? demandai-je.

Le coach hocha la tête.

— S'il te plaît.

Le coach nous appelait souvent pour parler un peu, donc je ne m'inquiétai pas. Je me dis simplement qu'il voulait me demander ce que je pensais des nouveaux joueurs. Je fermai la porte derrière moi et m'installai en face de lui, attrapant la mini-balle de basket qu'il venait de jeter vers le filet accroché au mur. Elle avait rebondi sur le bord du filet et était arrivée vers moi. Il sourit quand je lui fis la passe.

Un nouveau lancer vers le panier passa dans le filet. Le coach laissa la balle rouler au sol et se tourna vers moi. Il passa sa main dans ses cheveux gris toujours ébouriffés et me regarda un instant avec des yeux bleus pensifs.

— Il parait que tu sors avec Zoe Lawson, dit-il calmement.

J'ouvris la bouche avant de la refermer d'un coup. Mon esprit se mit à partir dans toutes les directions. Si je n'avais pas peur de ce que Zoe en penserait, j'aurais simplement dit la vérité.

Le coach rit et posa son menton sur sa main.

— Ah, je vois.

— Vous voyez quoi ? réussis-je à dire en espérant que ma politesse habituelle me permettrait de ne pas révéler ce que je pensais.

— Ce regard me dit que c'est un oui, ajouta-t-il.

Merde. L'envie de Zoe de rester discrets sur ce qu'il se passait entre nous n'avait clairement pas tenu. J'avais réussi à bloquer son inquiétude initiale sur le fait de s'approcher de moi. Bon sang, j'avais bloqué tout un tas de choses avec elle, y compris l'effet déconcertant qu'elle me faisait, même si elle avait clairement pris le contrôle de mon corps et de mon esprit. Je commençais à me dire qu'elle était peut-être même sur le point de voler bien plus que ça, mais je n'étais pas encore prêt à penser à ça.

J'ouvris et refermai la bouche, comme un poisson, en essayant de trouver quoi dire au coach.

Il soupira et se recula sur sa chaise.

— Ethan, je me fiche bien que tu sortes avec mademoiselle Lawson. Je dois dire que je ne pensais pas qu'elle était ton genre de femme, mais je crois que ça veut peut-être dire que tu muris un peu. La seule chose qui m'importe, c'est de m'assurer qu'on résolve cette histoire de plainte idiote. Si tu sors avec mademoiselle Lawson, je me dis qu'il faudrait peut-être qu'on discute avec elle d'un autre avocat pour toi.

Je secouais déjà la tête avant qu'il ne termine sa phrase. Il haussa un sourcil.

— Ça te pose problème ? De ce que mademoiselle Lawson m'a expliqué, ce ne sont que des formalités maintenant. Tu étais clairement au mauvais endroit au mauvais moment et dans un état d'ivresse assez marquée pour te mettre dans des histoires, mais je ne pense pas que ce soit un problème de changer d'avocat en cours de route.

Mon cœur battait fort, assez fort pour me surprendre, et j'avais la tête qui tournait. Le truc, c'était que je faisais entièrement confiance à Zoe. Je ne voulais pas que qui que ce soit d'autre s'occupe de cette situation juridique idiote. Il fallait que ce soit elle, et personne d'autre. Je regardai le coach, ma tête se secouait encore d'elle-même.

Le coach resta silencieux avant de secouer la sienne en retour.

— Écoute, évidemment, tu peux prendre ta propre décision là-dessus. Mais je suggère ça plus pour le bien de mademoiselle Lawson que pour le tien.

— Pardon ?

Le regard perspicace du coach soutint le mien pendant quelques instants, et ça me mit mal à l'aise. Il était parfois très intelligent socialement, enfin la plupart du temps de ce que je pouvais voir. Je ne pouvais pas dire que j'appréciais sentir qu'il m'observait.

— J'imagine que mademoiselle Lawson n'appréciera pas l'attention qu'elle s'attirera en sortant avec toi. Surtout si elle te représente aussi. Si la situation autour de ta plainte n'était pas si simpliste, j'insisterais plus.

Je savais qu'il avait raison. Après toutes les années que j'avais passées sous le microscope des médias, j'avais attiré cette attention. Et quand je voyais ce qui se disait sur moi, ça m'amusait plus qu'autre chose. Les surnoms et les photos bêtes ne valaient pas la peine de m'énerver. Mais je n'avais jamais pensé aux effets que ça pourrait avoir sur quelqu'un de plus proche de moi. J'avais vu Liam et Alex naviguer sur ce terrain compliqué en se lançant dans des relations sérieuses, ou du moins, c'était comme ça que les journaux à potins les décrivaient. Je pouvais dire clairement que je n'avais jamais eu de relation sérieuse, encore moins avec une femme qui s'inquiéterait peut-être de ce qui se dirait dans les journaux.

Je ne savais pas comment définir ce qu'il se passait entre Zoe et moi. Mais je savais sans l'ombre d'un doute qu'elle ne voulait pas avoir à gérer l'avis des médias et les questions qui apparaitraient si notre rela-tion venait à se savoir. À chaque fois que j'essayais de réfléchir à ce qu'elle représentait pour moi, c'était comme des interférences dans mon esprit. Le son de la balle de basket qui traversa le filet à nouveau me fit comprendre que j'avais perdu le fil.

Je regardai le coach. Comme c'était un homme bien, il m'avait laissé le temps de tourner en rond dans mon esprit. Il me regarda en haussant un sourcil.

— Je vais lui parler, dis-je enfin.

Il jeta la balle une fois de plus et se tourna vers moi.

— Fais donc.

Il se tut et réfléchit à ses mots.

— Tu as l'air un peu perdu dans tout ça. Si j'étais un homme présomptueux, je dirais que mademoiselle Lawson compte plus pour toi que tu ne le réalises. Il ne faut pas que ça te fasse peur.

Les interférences dans mon cerveau reprirent de

plein fouet. Après un instant, je secouai la tête. Sans trop savoir quoi dire, je retombai sur des banalités.

— Je vais y réfléchir.

Le coach ne sourit pas, mais ses yeux se mirent à briller.

— Je comprends. Tiens-moi au courant demain quand tu lui auras parlé.

Je réussis à sortir poliment et à me diriger vers chez moi. Il fallut que je me retienne de courir jusque chez Zoe. J'entrai dans l'appartement que je partageais avec Tristan en me demandant s'il était là. J'avais de la chance. Il se tenait devant le frigo, regardant les étagères.

— Salut mec, lança-t-il par-dessus son épaule en laissant la porte se refermer avant de se tourner vers moi. Il fit quelques pas et posa son pied sur la barre d'un tabouret en s'asseyant.

— Je vais sûrement commander une pizza. Tu en veux ? demanda-t-il.

— Parfait. J'ai oublié de faire les courses cette semaine.

Tristan haussa un sourcil et sourit.

— J'ai remarqué. Tu as oublié souvent ces dernières semaines.

Avant que je n'aie le temps de me défendre, il cliquait sur l'écran de son téléphone et commandait des pizzas. Je retirai mes chaussures et m'avachis sur le canapé. Après qu'il eut raccroché, Tristan me rejoignit et me tendit une bouteille d'eau en s'asseyant.

Il savait que j'en buvais plusieurs après les entrainements. Je vidai rapidement la bouteille avant de la poser sur la table basse en le regardant.

— Comment ça, j'ai oublié souvent ces dernières semaines ?

Tristan me regarda droit dans les yeux.

— C'est ce que je viens de dire. Si tu veux mon avis, Zoe t'a retourné la tête. Ce qui n'est pas une mauvaise chose.

Mon cœur sursauta alors que je le fixais du regard.

— Je n'ai pas la tête à l'envers. C'est juste que...

Je me tus, car je ne savais pas quoi dire d'autre. Je ne voulais pas l'admettre, mais il avait mis le doigt exactement sur ce qui me dérangeait. Je ne m'étais jamais torturé à propos d'une femme dans ma vie ou ce qu'elle représentait pour moi. J'étais le roi des plans légers. Je n'étais pas un connard, pas comme beaucoup d'autres gars qui traitaient les femmes comme des objets et se servaient d'elles. Mais j'étais vraiment dans une veine de plans d'un soir et d'aventures courtes. J'étais toujours parfaitement honnête et je prenais toujours mes distances quand je sentais que quelqu'un voulait plus que ça.

Cette histoire avec Zoe m'avait pris de court. Ça avait commencé simplement, elle était magnifique et coincée et j'avais envie de l'embêter. La première fois où je l'avais rencontrée, quand elle s'occupait des problèmes d'Alex, je n'avais pas réfléchi tellement plus loin que le fait que j'avais envie d'elle. C'était un challenge et je voulais gagner. Mais à l'époque, mes interactions avec elle étaient si brèves que je n'avais pas eu l'occasion d'en vouloir plus. Je ne pouvais pas savoir que me rapprocher d'elle me ferait perdre le nord comme ça.

Tristan coupa court au mélange de mes pensées.

— Arrête de réfléchir autant. C'est clair qu'elle te plait. Alors, pourquoi ne pas juste profiter ?

Je le regardai et haussai les épaules, complètement secoué et agacé.

— C'est comique que tu me donnes des conseils amoureux, dis-je en levant les yeux au ciel.

Il me rendit mon haussement d'épaules.

— Eh mec, c'est pas mon truc. Je préfère garder la tête sur les épaules. Et le sexe, c'est ça. J'ai pas besoin de m'inquiéter de quoi que ce soit d'autre. Je vois que Zoe t'affecte parce que je ne suis pas toi. Et tu ne peux pas être objectif avec toi-même.

Mon agacement disparut, car je savais que j'étais plus énervé par ma situation que par Tristan.

— Bien sûr. Peut-être qu'elle me plait, mais ça ne veut pas dire que je suis dans tous mes états.

Il me lança un sourire au moment où le livreur sonna à la porte.

— Comme tu veux, mec.

Je décidai de laisser tomber le sujet. Tristan était bien trop proche de la vérité pour que je sois à l'aise dans ce moment. On dévora nos pizzas, puis il sortit son ordinateur et se mit à réviser.

J'hésitai à rester à la maison ce soir, mais je mourais d'envie d'aller parler à Zoe, donc je lui écrivis et me dirigeai vers son bureau.

Chapitre Dix-Huit

ZOE

— Laissez-moi vérifier mon emploi du temps, dis-je en me tournant pour jeter un œil à mon ordinateur.

Je terminais un rendez-vous avec un autre avocat, Mark Smithson. Il m'avait demandé de consulter son dossier et de le représenter dans une dispute domestique avec son ex. Mark était un avocat du droit des entreprises bien connu à Seattle. Il gagnait sans doute plus d'argent en une semaine que moi en un an. J'avais été surprise quand il m'avait appelée. Je n'avais pas encore accepté de prendre le dossier et je voulais lire les rapports avant de prendre une décision.

— Mercredi prochain à 10 h? demandai-je en jetant un œil vers lui.

Mark était l'incarnation du suave. Il portait toujours des costumes noirs, qui coutaient sans doute tous une petite fortune. Il avait des cheveux noirs lisses et des yeux sombres. Objectivement, je voyais qu'il était beau, mais il ne me faisait aucun effet. Il était trop apprêté et se baladait avec un air qui disait qu'il savait que les femmes le regardaient. Il n'avait cessé de me faire des compliments depuis qu'il était arrivé aujourd'-

hui, en disant qu'il n'avait entendu que du bien sur mon travail. J'appréciais le compliment, mais ça ne servait à rien. Il y avait quelque chose qui me mettait mal à l'aise chez lui, et je n'arrivais pas à mettre le doigt dessus.

Mark jeta un œil à son téléphone et cliqua sur l'écran plusieurs fois.

— Je vais m'arranger, répondit-il avec un sourire.

Je supposai que ce sourire était censé me donner l'impression que j'étais unique. Il maintenait un contact visuel permanent qui me paraissait trop calculé. Pendant un bref instant, il me fit penser à Ethan. Il avait cette façon intense et directe de vous regarder. Mais avec Ethan, ça ne paraissait pas calculé. C'était simplement qui il était. Il était toujours direct à propos de tout. Je le secouai hors de mon esprit et hochai la tête vers Mark avant de me lever pour le raccompagner.

Alors que j'ouvrais la porte de mon bureau, j'entendis la voix d'Ethan, cet accent anglais distinct et son ton joueur. Mon ventre se mit à danser et une chaleur monta en moi, ainsi qu'un petit air de joie. Je n'aurais pas dû m'exciter autant rien qu'en sachant qu'il était là, mais il n'y avait rien de normal à propos de ce que je ressentais pour Ethan. Distraite, je ne remarquai pas que Mark s'était approché un peu trop près de moi pendant qu'on marchait vers l'accueil, quelque chose qui m'aurait normalement mise un peu mal à l'aise.

Ethan nous regarda alors que Mark passait sa main sur ma taille et déposait un baiser sur ma joue. J'étais si surprise que mon corps entier fit un bond de côté.

Mark, toujours propre sur lui, sourit à peine.

— Je vous dis à bientôt. Merci, Zoe.

La familiarité et la chaleur dans son ton me firent

grincer des dents et me rendirent confuse. Je ne savais pas ce qu'il voulait dire, mais ça ne me plaisait pas vraiment. J'étais très tentée de lui dire immédiatement que je ne défendrais pas son dossier, mais je me forçai à me taire. La dernière chose dont j'avais besoin était d'énerver un avocat qui pourrait me donner une réputation misérable. Je trouverais une raison professionnelle de refuser son cas et je lui expliquerais calmement au téléphone.

Ethan plissa les yeux et serra la mâchoire en regardant Mark puis moi. Il resta là où il était, à côté du bureau de Jana. Jana nous regarda aussi, et un éclair de colère traversa son regard. Elle m'avait immédiatement dit qu'elle pensait que Mark était un connard arrogant avant de l'escorter vers mon bureau pour son rendez-vous. Je savais qu'elle avait remarqué qu'il me mettait mal à l'aise en s'approchant si près de moi et qu'elle aurait envie de me défendre. Avant que quoi que ce soit d'autre ne puisse se passer, je m'écartai de Mark et me dirigeai vers le bureau.

Je fis semblant d'être concentrée sur le calendrier sur le bureau de Jana et parlai par-dessus mon épaule.

— Merci, Mark. Je vais jeter un œil et vous dire ce que j'en pense, réussis-je à dire.

Il quitta le bureau. Quelques secondes s'écoulèrent après que la porte se fut refermée et avant que Jana ne parle.

— Oh mon Dieu. Qu'est-ce que c'était que ce bordel ? demanda-t-elle en faisant rapidement tourner un stylo entre ses doigts.

— Je n'en ai aucune idée. Il m'a complètement prise de court, marmonnai-je en haussant les épaules.

Jana regarda Ethan, puis moi. L'air était tendu, et je ne savais pas vraiment quoi faire.

— Tu ne vas pas prendre son dossier, n'est-ce pas ? demanda Jana.

Je secouai la tête rapidement.

— Bien sûr que non. Il faut juste que je trouve une excuse pour ne pas l'énerver.

Je regardai enfin Ethan. Ses yeux étaient sombres et il était plus immobile que d'habitude. Une pointe de gêne me traversa.

— Salut, je ne savais pas que tu passais, dis-je en essayant de garder un ton léger.

— Je t'ai écrit, mais on dirait que tu étais occupée. On peut parler ? dit-il sèchement.

Avant que je n'aie le temps de répondre, Jana se leva.

— Vous pouvez parler, mais moi je dois partir. Je me suis promis de ne pas manquer ma séance de sport aujourd'hui.

Elle attrapa son sac à main et son manteau avant de partir presque en courant.

— Je ferme puisqu'il est 18 h passées, dit-elle rapidement avant de disparaitre.

Le verrou de la porte fit un bruit lourd derrière Jana. Je me tenais au coin de son bureau, Ethan à quelques mètres de moi. Il me fixait du regard, les muscles de sa mâchoire clairement tendus. L'air était lourd, tendu de quelque chose que je ne reconnaissais pas vraiment. Ça se mélangeait à la vibration habituelle qui existait entre nous. Je semblais incapable de me tenir dans la même pièce qu'Ethan sans que mon corps s'enflamme de désir.

Après quelques secondes, il parla.

— C'était qui ça ?

— Mark Smithson. C'est un gros avocat d'entreprise, qui m'a demandé si je voulais bien le défendre dans une dispute domestique. Je ne l'avais jamais rencontré avant aujourd'hui. Je ne vais pas prendre son dossier parce que... Eh bien, parce qu'il me met mal à l'aise. Il faut juste que je trouve une bonne raison de dire non. Je ne peux pas vraiment lui dire que je ne veux pas de son dossier parce qu'il me fait me sentir bizarre.

Ethan hocha la tête sèchement. Après un autre silence lourd, il s'approcha de moi. Je sentais la chaleur et la force qui émanaient de lui une fois qu'il se trouvait juste devant moi. Ses yeux se baladèrent sur mon visage avant qu'il ne baisse la tête. C'était comme s'il me touchait. Partout où se posaient ses yeux, je sentais des étincelles naitre sous ma peau. Après un instant, il leva la main et attrapa les pointes de mes cheveux entre ses doigts, les entortillant.

J'avais pris l'habitude de me détacher les cheveux plus souvent qu'avant. Je ne voulais pas vraiment m'admettre que c'était parce qu'Ethan me l'avait demandé, mais c'était la seule raison.

— J'avais tort, dit-il d'un ton rauque.

— Sur quoi ?

— Je n'ai pas le droit de le dire, mais je ne veux plus que tu te détaches les cheveux. Je ne suis pas égoïste d'habitude, mais quand il s'agit de toi, on dirait que je le suis.

— Oh.

Je ne pus rien dire d'autre. J'aurais dû penser que c'était ridicule qu'il ait une opinion sur qui avait le droit de me voir les cheveux détachés, mais non. Au lieu de ça, le fait d'y penser faisait couler un désir liquide dans mes veines.

Son regard s'assombrit et il passa ses doigts dans mes cheveux pour attraper la base de mon cou. Un frisson parcourut mon dos. J'ouvris la bouche pour dire quelque chose, rien d'intelligent, mais sa bouche se colla à la mienne.

Son baiser était dur, chaud et puissant. Sa langue s'emmêla brutalement avec la mienne alors qu'il s'approchait de moi, nous propulsant contre le bureau derrière nous. Il arracha ses lèvres aux miennes et déposa une trainée brûlante le long de mon cou, m'embrassant, me mordant, me léchant jusqu'à arriver à la vallée entre mes seins. Tout ce qu'il faisait était plus brutal que d'habitude, et j'adorais ça. Il tira sur mon chemisier, déchirant le coton fin qui entourait les boutons.

Il s'arrêta un instant, se forçant à détacher ses lèvres de ma peau, et leva la tête. Ses yeux trouvèrent les miens avant de redescendre. Mes tétons étaient déjà si tendus qu'ils me faisaient mal. Il détendit sa main dans mes cheveux et passa un doigt le long de mon cou avant d'aller chercher l'un de mes tétons puis l'autre. Un gémissement brisé m'échappa. J'étais déjà trempée, la soie entre mes cuisses complètement mouillée et j'avais envie de lui en moi. Tout de suite.

Même si j'étais vierge avant Ethan, j'avais quand même un peu d'expérience. J'étais sortie avec quelques gars et j'avais embrassé assez de monde à la fac pour savoir qu'avant Ethan, aucun homme ne m'avait fait l'effet qu'il me faisait. Quelques minutes seulement s'étaient écoulées depuis que Jana avait refermé la porte derrière elle. Je n'avais pas imaginé que ma journée se terminerait en partie de jambes en l'air. Mais maintenant, le fait qu'il léchait l'un de mes tétons, mouillant la soie fine et me rendant folle, n'était pas suffisant. Mes hanches se balançaient contre lui, j'étais impatiente que la chaleur de sa queue me remplisse.

— Ethan, ne...

Quoi que j'eus eu l'intention de dire se perdit dans le gémissement de plaisir qui m'échappa quand il suça l'un de mes tétons et le mordit légèrement. Il recula et leva la tête.

— Quoi, ma belle ?

Je réussis, avec beaucoup d'effort, à ouvrir les yeux.

— Ne me fais pas attendre, crachai-je quand il se cambra dans le creux de mes hanches.

Ses yeux s'assombrirent encore, et il glissa ses mains vers les bords de ma jupe moulante. En un éclair, il la remonta jusqu'à mes hanches et il retira ma culotte de soie. Je l'aidai à l'écarter avant qu'il ne me soulève sur le bureau. Ses yeux descendirent, et il passa un doigt dans mes plis.

— J'adore à quel point tu es mouillée, murmura-t-il d'une voix rauque.

Comme presque tout ce qu'il faisait, cela ne fit que monter la température en moi. Je n'en pouvais plus, j'avais besoin de l'avoir en moi le plus rapidement possible. Je passai la main entre nous et ouvris sa braguette en une seconde, soupirant en touchant sa queue chaude et sa peau de velours après avoir baissé son jean et son caleçon juste assez pour la libérer. Je commençai à le tirer vers moi, mais il écarta mes mains et plongea la sienne dans sa poche arrière.

Je secouai la tête et écartai sa main.

— Je veux te sentir, murmurai-je.

Quand il se figea, plantant ses yeux dans les miens, je ressentis une vraie gêne. Je ne lui avais pas dit que je prenais la pilule depuis tout ce temps. Jana m'avait forcée à m'occuper de ça, des mois plus tôt. Elle m'avait dit qu'elle pensait que c'était idiot que je ne prenne pas la pilule au cas où. Elle avait eu peur d'être tombée enceinte des années plus tôt après qu'un préservatif s'était déchiré pendant l'acte, donc elle approchait ça avec beaucoup de pragmatisme. Elle voulait s'assurer que je ne laisserais pas mon absence de contraception m'empêcher de perdre ma virginité pour toujours. J'avais fait mes recherches sur les athlètes professionnels, et j'avais appris qu'ils se faisaient régulièrement tester. Entre ça et le fait qu'Ethan utilisait absolument toujours un préservatif, je me disais qu'il n'y avait pas de risque à s'en passer. Ce qui me donnait envie de grimacer était que je mourais d'envie de le sentir sans rien pour nous séparer.

Ethan resta silencieux, ses yeux plantés sur moi. L'air s'alourdit encore, pesant d'une émotion que je ne comprenais pas vraiment. Mon cœur rebondit contre mes côtes alors que je le fixais du regard.

— Je prends la pilule, donc je me suis dit que peut-être...

J'arrêtai de parler quand il secoua rapidement la tête.

— Bien sûr que ce n'est pas un problème. Je me suis fait tester, au cas où tu te demanderais. Je me fais tester tous les quelques mois. Comme nous tous.

— C'est ce que je me suis dit, marmonnai-je, de plus en plus gênée.

Étrangement, demander ce que je voulais et l'absence de barrière entre nous me paraissait énorme, et je ne savais pas vraiment quoi en penser.

— Je suis clean aussi, ajoutai-je, me rendant compte un peu tard qu'il n'y avait sans doute aucune raison de le dire, étant donné que j'étais vierge avant de le rencontrer et que je n'étais sortie avec personne d'autre récemment. Intellectuellement, je savais qu'il y avait d'autres choses dont on pouvait s'inquiéter, mais je n'arrivais pas à penser de façon très rationnelle à l'instant.

Sa bouche s'arrondit en un demi-sourire et il baissa enfin la main qu'il avait accrochée à sa poche arrière, avant de la relever pour écarter mes cheveux de mon visage. Des frissons me parcoururent après son passage, quand ses doigts caressèrent mon oreille.

Ses yeux ne quittèrent jamais les miens alors qu'il passait sa main entre nous pour poser sa queue devant mon entrée. Il resta immobile un instant avant de plonger en moi, fermant les yeux et lâchant un grognement grave.

Je manquai de jouir immédiatement. J'étais tellement à fleur de peau que je dansais déjà au bord du gouffre. Il ne m'en fallait pas beaucoup avec lui. C'était tellement bon de le sentir nu en moi. Je sentais chaque détail de sa queue dure. Mon corps s'ajusta à l'espace qu'il prenait en moi. Je n'avais pas réalisé que j'avais fermé les yeux avant qu'il ne parle.

— Zoe.

À travers un flou de besoin, je trouvai son regard. J'avais l'impression d'être saoule, c'était délicieux d'être avec lui de cette façon.

Il me regarda longuement, ses yeux cherchant quelque chose, mais quoi, je ne savais pas.

— Je ne pense pas que je puisse supporter de voir un autre homme te toucher. J'ai cru que j'allais devenir complètement fou quand je l'ai vu t'embrasser.

Ses mots étaient sauvages.

Ma réponse fut rapide et honnête.

— Je le connais à peine. Je ne voulais pas qu'il me touche. Je ne sais pas pourquoi il l'a fait.

— Je sais, murmura-t-il, ses lèvres si proches des miennes que je les sentais bouger. Ce n'était pas de ta faute, mais ça ne change rien au fait que ça m'a donné envie de lui mettre un pain.

Ça n'aurait pas dû autant me plaire, mais je savourais ses mots. C'était étrangement bon de sentir sa possessivité. Je voulais dire autre chose, mais il enroula ses mains sur mes hanches et me tira vers le bord du bureau, baissant les yeux en se mettant à bouger.

Mon regard suivit le sien. Je le regardai reculer et plonger en moi, encore et encore. La vue de sa queue, mouillée de mes fluides, glissant dans mes plis gonflés, me tua presque. C'était tellement canon.

Chapitre Dix-Neuf

ETHAN

Je perdis presque le contrôle à la seconde où je plongeai en Zoe. Pendant toutes mes années de libertinage, j'avais eu beaucoup d'aventures légères, mais je n'avais jamais couché avec qui que ce soit sans protection. S'il y avait eu une religion dédiée aux rigueurs de la contraception, j'en aurais été un fervent adepte. Comme je ne voulais pas m'engager, je ne pouvais pas attendre de mes conquêtes qu'elles le soient. Donc à trente ans, je n'avais jamais fait l'amour sans préservatif. Bon sang, je ne savais pas ce que je ratais.

Mon contrôle tenait à un fil depuis que ce connard, Mark Je-Ne-Sais-Pas-Qui, avait posé ses mains moites sur sa taille et lui avait embrassé la joue. Elle ne l'avait peut-être pas remarqué, mais je savais exactement ce qu'il faisait. Je n'étais pas un connard, mais je savais les reconnaitre. Il était comme un chien qui pissait sur un arbre, en essayant de marquer son territoire. Zoe, pour toute sa brillance et son assurance professionnelle, n'avait pas nécessairement remarqué l'ampleur de ses manigances.

Le centre de Zoe était chaud et mouillé. Je l'attrapai par les hanches et plongeai en elle jusqu'à la garde, encore et encore. Son canal commença à vibrer sur mon membre, que c'était bon. Et ces petits gémissements qu'elle lâchait emplissaient la pièce. J'avais l'impression qu'elle était au bord de l'orgasme, donc je passai la main entre nous, passant mon pouce sur son clitoris gonflé et trempé. Elle cria mon nom d'une voix brisée, et les parois de son corps pulsèrent sur ma queue. J'entendis sa tête renverser quelque chose de loin tandis qu'elle essayait de se rattraper avec ses mains sur le bureau. Mon orgasme me traversa avec une telle force que je dus me tenir à elle de toutes mes forces.

J'étais certain que c'était l'orgasme le plus long et fort que j'aie jamais eu. Quand j'eus terminé de me déverser en elle, le brouillard de mon esprit se dégagea et je remarquai mes doigts profondément plongés dans ses hanches généreuses. Je relâchai ma prise et enroulai mon bras sur le sien, la tirant vers moi. Je ne savais pas vraiment quoi faire de l'émotion qui rageait en moi, donc je m'accrochai à Zoe et respirai son odeur.

Après quelques minutes, sans rien d'autre que le son de son souffle dans cette pièce silencieuse, Zoe leva la tête qu'elle avait posée contre mon épaule. J'ouvris les yeux et mon cœur fit un grand bond. Ses yeux noisette trouvèrent les miens. Pendant un instant, j'eus un doute, puis je vis une inquiétude similaire dans son regard, et la tension qui vivait en moi disparut. Je lissai ses cheveux vers l'arrière, comptant les grains de beauté qui coloraient son nez.

Elle lâcha un cri quand la poignée de porte de la porte d'entrée bougea. Je ne pus m'empêcher de sourire. Ses yeux passèrent de la porte à moi plusieurs fois.

— Ils peuvent nous entendre ? siffla-t-elle.

— Peut-être, murmurai-je en retour, incapable de résister à l'envie de la taquiner un petit peu.

Comme si l'univers entier essayait de m'aider, la poignée de porte bougea à nouveau, et la personne qui se trouvait de l'autre côté frappa plusieurs fois.

— Oh mon Dieu ! dit Zoe alors qu'elle commençait à s'éloigner de moi.

Étant donné que je venais de découvrir le fait qu'être en elle était réellement la meilleure sensation du monde, je n'avais aucune intention de la laisser partir. Je passai mes mains sur ses hanches et la maintins sur place.

— Oh, je ne crois pas, ma belle. La porte est verrouillée, donc personne ne va entrer. Calme-toi, d'accord ?

Ses yeux se plantèrent dans les miens, et l'air de colère dans ses yeux marron s'allégea doucement.

— Peut-être qu'ils peuvent nous voir à travers la fenêtre.

Je jetai un œil par-dessus mon épaule. L'accueil n'avait qu'une seule porte et des panels de verre teinté qui l'encadraient de chaque côté. Je me retournai vers elle et haussai les épaules alors qu'on entendait des bruits de pas s'éloigner.

— Même si j'aimerais beaucoup te taquiner à ce sujet, la seule chose qu'on voit à travers ça, c'est des formes floues.

Elle se mordit l'intérieur de la joue et soupira. Je sentis son corps se détendre maintenant que ce visiteur inconnu était parti.

— Tu me fais faire des choses folles, marmonna-t-elle.

Ma poitrine était serrée et mon cœur s'écrasa contre mes côtes. Elle n'avait aucune idée de l'effet fou qu'elle me faisait, mais je décidai de ne pas m'attarder là-dessus à l'instant. Je réussis à respirer et baissai les yeux vers elle.

— Oh, ne commence pas à me dire que tout ça est de ma faute, ma belle. Tu étais tout aussi impatiente que moi.

Ses joues prirent une teinte cerise et elle se mordit la lèvre. Ma queue, toujours plongée en elle, vibra à nouveau.

— Je ne disais pas que c'était de ta faute. C'est juste que je n'arrive pas à croire qu'on en soit là, murmura-t-elle.

Le téléphone du bureau sonna et elle sursauta un petit peu. Elle me regarda à nouveau.

— Tu vas me laisser bouger à un moment ?

Même si je ne voulais pas qu'elle bouge et que je tenais fermement ses hanches, intellectuellement, je savais qu'on ne pouvait pas rester là toute la nuit. Avec un sourire, je me retirai d'elle. Je l'aidai à remettre ses vêtements en place et remontai mon caleçon et mon jean.

Je ne savais pas quoi faire des sentiments qui couraient en moi. L'idée de sortir d'ici sans passer le reste de la soirée et de la nuit avec Zoe me mettait mal à l'aise. Je ne savais peut-être pas vraiment quoi faire de ce que je ressentais, mais le seul refuge face à cette confusion était Zoe elle-même.

J'attendais qu'elle aille éteindre son ordinateur dans son bureau et ranger quelques dossiers. Je ne pus m'empêcher de savourer la vue de ses longues jambes alors qu'elle marchait de son bureau à son armoire dans le coin. Bordel. Cette femme me tenait par les couilles et je n'avais aucune idée de comment réagir.

Le connard qu'elle avait vu plus tôt me revint à l'esprit quand elle écarta ses cheveux de son épaule. Je n'avais jamais été jaloux d'un autre homme de ma vie. Il m'avait suffi d'un coup d'œil pour remarquer la façon dont il traitait Zoe, ce qui me donna envie de lui éclater le visage, et de la baiser comme un fou. Je supposais que j'avais de la chance de ne pas avoir agi sur mon envie de le frapper. Je ne pouvais qu'imaginer les gros titres si j'avais fait ça.

Ce train de pensée me ramena au sujet qui m'avait poussé à venir voir Zoe ce soir. J'étais censé lui parler de mon dossier. Je savais que ça la dérangerait, et je ne voulais pas l'inquiéter. Mais j'avais promis au coach que je le ferais.

Elle verrouilla l'armoire et enfila son manteau, puis me regarda d'un air entendu en se dirigeant vers moi, là où j'étais installé, contre la porte.

— Tu n'avais pas besoin de m'attendre, dit-elle doucement.

— Je te raccompagne.

Nous n'avions pas vraiment parlé de ce que j'avais décidé pour cette soirée. J'allais la raccompagner et passer la nuit chez elle, car je commençais à comprendre que dormir avec Zoe était bien mieux que de dormir seul. C'était ce que je me disais. C'était vrai, et c'était aussi une façon d'éviter la vague d'émotions qui me traversait. L'intimité que je ressentais avec Zoe était en train de devenir un besoin vital. Ça me donnait envie de m'enfuir, mais j'en avais besoin. J'avais besoin d'elle. Plus que de n'importe quoi d'autre dans ma vie.

— Oh. Tu es sûr ? Je veux dire, je ne veux pas que tu penses...

J'attrapai sa main, la tirant vers moi pour l'embrasser. Je me forçai à rester bref. Une tâche difficile étant donné que ses lèvres étaient sublimes.

— J'ai envie de te raccompagner.

À ce moment-là, son estomac grogna. Elle claqua sa main dessus.

— Ah !

— Et si on prenait à manger en passant ? N'essaie pas de me dire que tu n'as pas faim.

Elle sourit.

— Je ne vais pas faire semblant. Tu es sûr que tu n'as rien d'autre de prévu ? Je peux vraiment me nourrir toute seule.

Bon sang. Pourquoi fallait-il qu'elle soit si indépendante ? Elle me forçait sans cesse à dire à voix haute les choses qui me mettaient mal à l'aise dans ma tête.

— Je n'ai rien d'autre de prévu, et je meurs de faim, contrai-je.

Tout cela était vrai. J'avais mangé juste avant de venir ici, mais le fait de devenir follement jaloux et de la baiser sauvagement sur ce bureau m'avait ouvert l'appétit.

Ignorant tout mon processus de pensée, elle finit par hocher la tête et attrapa son sac à main sur la table.

— D'accord, qu'est-ce que tu veux manger ?

Je passai ma main sur la sienne et marchai à ses côtés alors qu'elle éteignait les lumières du bureau. Une fois qu'on se retrouva dans le couloir et que la porte était fermée, elle commença à faire une liste de propositions de restaurants. Je n'avais jamais été difficile et j'étais toujours prêt à manger n'importe quoi, donc je dis oui à quelque chose sans trop réfléchir.

Quand on sortit du bâtiment sous la pluie froide, j'appelai un taxi et la fis monter dedans. Quelques heures plus tard, je m'allongeai au lit avec elle, sa peau soyeuse et chaude contre la mienne et j'écoutai le son de sa respiration alors qu'elle dormait. Elle était toujours tendue, à part quand elle était perdue dans la folie de nos baisers ou quand elle dormait, donc je savourais la sensation de ses courbes détendues contre moi. Je m'endormis dans un monde où tout allait bien, à part pour le fait que je n'avais aucune idée de comment gérer cette histoire avec Zoe qui n'avait rien de léger.

Chapitre Vingt

ZOE

— Quoi ?! lâchai-je en crachant mon café sur le comptoir.

Ethan attrapa rapidement une serviette sur le porte-serviette posé à côté du mur et essuya le café. On était assis sur les tabourets de ma cuisine. Il était assis à côté de moi, tourné vers moi, nos genoux collés l'un à l'autre. Ce matin avait été si agréable que ça faisait presque mal d'y penser. Me réveiller aux côtés d'Ethan était une tranche de paradis que je n'aurais jamais pu imaginer. Il avait toujours chaud, donc j'avais toujours chaud quand il était à côté de moi. Je m'étais réveillée sous les caresses de ses lèvres et ses mains qui exploraient mon corps vers le bas. Il avait ensuite décidé de me faire perdre la tête avec ses doigts et sa bouche. Je n'avais jamais beaucoup réfléchi au sexe oral. D'ailleurs, le peu d'hommes qui s'étaient embêtés à m'en proposer m'avait fait penser que ça ne servait pas à grand-chose. Avec Ethan, je montais au septième ciel et mon corps atteignait des sommets de plaisir que je n'avais jamais imaginés. Avant que je n'arrive à reprendre mon souffle, son poids s'était posé sur moi, et sa queue avait glissé en moi facilement.

Alors que mon corps vibrait encore des échos de mon premier orgasme, je m'étais lancée dans un second quand il avait commencé ses allers-retours. Il m'avait emmenée jusque dans la douche avec lui, et maintenant nous partagions un café avant qu'il ne parte. On pouvait dire que j'étais parfaitement détendue. Jusqu'à ce qu'Ethan me dise que le coach Hoffman lui avait demandé de me parler sur le fait de changer d'avocat pour s'occuper de sa défense de plainte. J'avais craché mon café et maintenant mon estomac tournait.

Ce n'était pas que j'avais oublié mes inquiétudes. C'était simplement que je les avais écartées de mon esprit, car tout ce qu'il se passait avec Ethan était si tentant et bon. Je fermai les yeux et pris une profonde inspiration, avant de sentir sa main s'enrouler sur la mienne. Sa chaleur et sa force me donnèrent soudainement envie de pleurer. Je n'étais pas censée tomber amoureuse de lui. Mais je l'étais. Profondément. J'étais complètement éprise, et je ne savais pas comment me raisonner.

J'ouvris les yeux et trouvai son regard inquiet sur moi.

— Je lui ai dit que je ne voulais pas d'un autre avocat, donc c'est ce qu'on va faire, dit-il fermement.

Je secouai la tête.

— Non, non, non. Ça parait à des années-lumière, mais c'est pour ça que j'ai essayé de te dire que je ne pouvais pas me lancer là-dedans. C'est de ma faute, pas la tienne. Je vais appeler le coach Hoffman aujourd'hui et lui donner des recommandations. Ton dossier est très simple. On attend simplement que le juge annule les plaintes.

Il secoua la tête fermement.

— Je ne veux pas d'un autre avocat.

Son accent anglais arrogant lui donnait un air stupidement hautain quand il disait ça. Comme s'il pouvait simplement résoudre ce problème en disant ça.

— Ethan, l'erreur est déjà faite. C'est extrêmement gênant que le coach Hoffman soit au courant pour nous. Je peux survivre sans les contrats de l'équipe, mais je ne veux pas que ça se sache. Ce serait vraiment dur pour ma réputation.

— Bon sang. Pourquoi est-ce que tu t'inquiètes de ça ? Le coach ne dira rien. Tu vas tout arranger sur le plan légal et on continuera, et ça n'aura plus aucune importance, dit-il, si simplement que mon cœur se serra.

Je pris une gorgée de café pour me donner du courage puis je le regardai.

— Ethan, il faut que tu comprennes. Si ça s'apprend, si quoi que ce soit s'apprend, que je suis sortie avec l'un de mes clients, ça aura un impact terrible sur ma carrière. Crois-moi, on me trainera dans la boue. Ça aura un impact certain sur mon boulot, et je ne peux pas prendre ce risque. Je peux passer quelques appels, et je mettrai ton dossier entre des mains sûres très vite.

Il marmonna quelque chose d'autre dans sa barbe, puis me regarda en serrant ma main.

— Ça ne me plait pas.

— C'est soit ça, soit on arrête de se voir. Dès maintenant.

Je n'arrivais pas à croire que j'avais dit ça, mais c'était la seule option.

Ethan écarquilla les yeux puis les plissa.

— Non.

Je ne pus retenir la joie qui se répandit en moi. Je

n'étais pas censée me lancer là-dedans, mais je ne voulais pas arrêter. Pas du tout.

— D'accord, dans ce cas il va falloir que tu acceptes de prendre un autre avocat.

Il me fixa du regard avant de prendre une gorgée de café.

— D'accord. C'est complètement débile, mais si c'est la seule façon pour que l'on continue à se voir, je vais le faire.

Je commençai à libérer ma main de la sienne pour appeler Jana et lui demander de passer quelques coups de fil pour moi. Je me disais qu'il serait plus simple d'éviter les questions sur pourquoi je transmettais ce dossier si je ne passais pas ces coups de fil à des collègues moi-même.

— Tu me laisses passer un appel ? demandai-je en souriant un peu quand il resserra sa prise sur ma main.

Ses yeux étaient devenus noirs. En un éclair, l'air de la pièce devint lourd.

— Dans une minute, dit-il avant de réduire la distance qui nous séparait pour m'embrasser comme un fou.

———

Le lendemain, je traversais le couloir du stade pour aller voir le coach Hoffman. Il était mon contact principal chez les Seattle Stars. J'avais beaucoup de respect pour lui, pour la façon dont il s'impliquait dans la vie de ses joueurs. Je l'avais vu faire de grands efforts pour transmettre les valeurs qui manquaient à certains de ses joueurs. J'avais hésité à accepter ce contrat, en partie parce que je ne voulais pas être le larbin de qui que ce soit. Il y avait de très nombreux exemples de sportifs professionnels qui étaient de vrais connards et qui s'en sortaient sans souci, car le système judiciaire laissait tout passer à condition qu'on ait assez d'argent et le bon avocat. Le coach Hoffman n'attendait pas ça de moi.

Et c'était en partie pour ça que je n'étais pas fière de m'être laissée aller avec Ethan de cette façon. Pour ma défense, très peu de femmes étaient capables de résister à Ethan. Je croyais simplement que j'avais plus de discipline que ça, mais j'avais perdu le contrôle. J'avais déjà transmis son dossier à un autre avocat qui était ravi de prendre le relais. Jana m'avait assuré qu'elle avait fait croire que j'étais trop occupée avec d'autres clients pour pouvoir prendre le temps que cette affaire nécessitait.

J'arrivai devant la porte du coach Hoffman et frappai doucement. Quand il me dit d'entrer, je passai la porte et le vis assis derrière son bureau.

— Est-ce que je ferme la porte ? demandai-je.

Quand il hocha la tête, je fermai la porte et m'installai sur la chaise qu'il me désignait, en face de son bureau. Il termina un appel puis se tourna vers moi.

— Bonsoir Zoe. Vous n'étiez pas obligée de venir en personne. De ce que je comprends, tout est réglé, dit le coach Hoffman avec un petit sourire.

— Oui. J'ai parlé à Sarah Dutton ce matin. On lui a envoyé le dossier, et elle s'occupera de tout clôturer. Honnêtement, il ne reste pas grand-chose à faire, répondis-je.

Je me forçai à prendre une respiration lente et à dire ce que j'étais venue dire.

— Je sais que je n'étais pas obligée de passer, mais je voulais m'excuser. Je n'aurais pas dû m'impliquer avec Ethan de cette façon pendant que je le défendais, et j'en suis vraiment désolée. Si vous pensez qu'il faut que je parle à la direction de l'équipe pour savoir s'ils veulent mettre fin à mon contrat, vous pouvez me le dire. Je...

Je commençai à dire autre chose, mais le coach Hoffman secouait la tête, donc je me tus.

Il se recula sur sa chaise et plissa les yeux. Il avait un air pensif et mesuré.

— Zoe, je me fiche de ce qu'il s'est passé. J'en ai parlé à Ethan simplement parce que j'avais peur de l'impact que ça aurait pu avoir sur votre carrière, si les journaux avaient appris que vous sortez ensemble. Ethan est parfaitement capable de supporter le retour de bâton. Mais vous êtes une très bonne avocate, et je sais que les journalistes sont capables de tourner ça de façon très négative, même s'il ne s'est rien passé de mal. Et vous n'avez pas besoin d'aller parler à la direction de l'équipe. Je les ai prévenus du changement d'avocat pour ce dossier, et il n'y a rien d'autre à voir. Si vous avez peur que tout cela change l'image que j'ai de vous, ce n'est pas le cas.

Un soulagement s'empara de moi. Je m'étais préparée à gérer n'importe quelle réaction de sa part, mais c'était sans nul doute la meilleure option.

— Merci.

Je pris une inspiration pour me donner du courage.

— Je peux vous assurer que je n'ai pas l'habitude de ce genre de chose.

Le regard perspicace du coach Hoffman soutint le mien avant qu'il ne hoche doucement la tête.

— J'en suis conscient.

Il se tut et attrapa une petite balle sur son bureau, qu'il se mit à faire rebondir entre ses mains.

— Vous savez, ce ne sont pas mes affaires, mais pour ce que ça vaut, il est évident qu'Ethan tient beaucoup à vous. Et de ce que je vois, vous lui faites du bien. D'ailleurs, si j'étais du genre à prendre des paris, je dirais qu'Ethan est sans doute amoureux de vous. Je ne pense pas qu'il l'ait compris pour l'instant, mais voilà.

Ses mots me frappèrent de plein fouet et mon cœur battit avec une chaleur qui s'empara immédiatement de tout mon corps. Je n'arrivais pas vraiment à croire ce qu'il venait de dire. Je n'avais aucune idée de quoi en penser, et j'avais envie de faire des bonds de joie. Mais bien sûr, je me retins. Ça aurait été ridicule. Je fixai le coach Hoffman du regard et essayai de contrôler mes pensées sauvages.

— Euh, je... Eh bien, je ne sais pas vraiment quoi dire, dis-je enfin.

Le coach Hoffman me fit un sourire chaleureux en posant ses coudes sur le bureau, posant la balle pour la faire rouler entre ses mains.

— Je vous prends sans doute au dépourvu. Vous savez, j'ai eu beaucoup de chance dans ma vie, mais la meilleure chose qui me soit jamais arrivée a été de rencontrer ma femme. J'étais un peu plus jeune qu'Ethan et je vivais la belle vie ; en tant que star du foot, je voyageais dans le monde entier. C'est le genre de vie qui ne permet pas vraiment de garder les pieds sur terre. C'est tout l'inverse même. La famille d'Ethan le soutient beaucoup, donc il s'en est tiré mieux que d'autres. Avant que je n'entende les rumeurs sur vous deux, je me demandais ce qui lui arrivait. Je me disais simplement que son petit problème avec la police l'avait calmé et qu'il essayait de rester discret. Avec le recul, je pense que c'était à cause de vous. Sinon, il aurait sans doute fait des blagues tous les jours sur le fait qu'il détestait ne pas pouvoir sortir dans les bars. Mais il ne s'en est pas plaint une seule fois, et il est plus calme et plus concentré que d'habitude. Étant donné que c'est l'un de mes meilleurs joueurs défensifs, ce n'est pas peu dire. Ce que je veux dire, c'est qu'une relation saine est une bonne chose. Ma femme me manque encore tous les jours. Donc en soi, je comprends que vous ayez eu envie de vous excuser pour la façon dont les choses sont arrivées, mais il y a un bon côté à tout.

Je réussis à acquiescer, mais mon cerveau était encore coincé sur le fait qu'il ait dit qu'Ethan était amoureux de moi. Je ne savais pas vraiment ce qui avait été dit depuis. Mes habitudes de conversations polies me permirent de m'en sortir. Je fus sauvée quand quelqu'un frappa à la porte du coach. Je lui dis au revoir et traversai le long couloir.

Rien de tout cela n'avait été prévu. Ça me terrifiait d'y penser, mais je ne pouvais plus m'arrêter. Je n'avais jamais imaginé tomber amoureuse. De qui que ce soit. Encore moins d'un homme comme Ethan. Il était bien plus que l'image que les journaux donnaient de lui. Mon esprit se tourna vers les premières fois où je l'avais rencontré. Son attitude joueuse, coquine, son arrogance, son insouciance si puissante que c'était comme s'il ne faisait tout ça que pour m'embêter. Il était encore cet homme, mais maintenant je savais qu'il était drôle et généreux. Il parlait souvent de sa famille, pas pour prouver quelque chose, juste comme ça.

Après qu'on avait couché ensemble sans préservatif pour la première fois – dans mon bureau ! – il m'avait expliqué plus tard dans la soirée, alors qu'on mangeait ensemble, que sa sœur ainée lui avait promis de lui botter les fesses s'il n'était pas respectueux et ne se protégeait pas à chaque fois. Il avait dit qu'il avait prévu de l'appeler pour lui en parler et je l'avais supplié de ne pas le faire. Le simple fait d'y penser maintenant me faisait rougir et mon cœur se serra alors que je marchais vers mon bureau sous une petite pluie froide.

Je ne savais pas si ce que je ressentais pour lui était de l'amour, mais c'était terriblement proche de ce que je m'étais imaginé en pensant à l'amour. Mes parents étaient toujours mariés. Ils avaient déménagé vers une petite ville en Oregon quand mon père avait pris sa retraite d'un prestigieux cabinet d'avocats. Il travaillait encore, mais à plus petite échelle. Ma mère avait été son assistante juridique presque toute ma vie. Ils s'étaient rencontrés en école d'avocats, et elle avait terminé sa formation d'assistante juridique alors qu'elle était enceinte de moi. Je secouai la tête en pensant à eux. Depuis des années, ils ne cessaient d'insister pour que j'arrête de travailler autant. Mais ils avaient créé ce modèle que je suivais. Comme ils travaillaient ensemble, ils n'avaient jamais eu besoin de travailler moins pour passer du temps ensemble.

Je traversai le couloir qui menait à mon bureau, me demandant quand je reverrais Ethan. Il était un peu grognon que je passe son dossier à un autre avocat. Depuis qu'on se voyait, nous n'avions jamais prévu de nous voir à l'avance. J'avais envie de le voir ce soir, et je me demandai s'il avait un match. Sans prendre le temps de réfléchir, je sortis mon téléphone pour lui écrire.

Qu'est-ce que tu fais ce soir ?

J'ai un match. Viens.

Je souris à mon téléphone puis explosai de rire en voyant son prochain message :

De plus d'une façon. ;-)

La porte de l'accueil était ouverte et Jana passa sa tête par l'ouverture.

— Qu'est-ce qui te fait rire comme ça ? demanda-t-elle avec un sourire.

Je rougis et rangeai rapidement mon téléphone.

— Rien, répondis-je alors que je passais devant elle pour entrer dans le bureau.

Elle ferma la porte derrière nous.

— D'accord, qu'est-ce qu'il se passe ? demanda-t-elle alors qu'elle s'avançait vers moi et appuyait ses hanches sur son bureau.

Même si je ne voulais pas me ridiculiser, je savais que la seule personne qui pouvait m'aider à garder les pieds sur terre était Jana. Mon manque d'expérience avec les relations amoureuses n'aidait pas. Même si une partie de moi était au paradis après ce que le coach Hoffman avait dit sur Ethan, une grosse partie de moi était inquiète. Je n'avais pas prévu de mettre ma réputation professionnelle en danger, mais c'était la partie facile de cette histoire. Et c'était déjà réglé. Si les choses continuaient comme ça avec Ethan, et que ça venait à se savoir, il y aurait peut-être quelques commentaires sur le fait que je l'avais défendu à une époque. Mais la chose sur laquelle je n'avais aucune réponse était les sentiments que j'avais pour lui et ce qu'il voulait. Mon téléphone vibra dans ma poche et je l'ignorai. Il continua de vibrer.

Les yeux de Jana tombèrent sur la poche de mon manteau puis revinrent vers moi. Je sentis mes joues rougir à nouveau.

— Quelqu'un a envie de papoter. Peut-être que tu devrais répondre, dit-elle avec un sourire coquin.

Comme je savais que c'était Ethan, et que j'étais incapable de résister, je sortis mon téléphone et regardai l'écran. Il me suffit d'un regard pour sentir la chaleur se répandre dans mes veines et sentir mon intimité vibrer.

Je t'ai fait rougir, ma belle ? Super. Après ça, je veux te faire mouiller. Viens au match ce soir, s'il te plait. J'ai déjà demandé à Olivia et Harper de te garder une place. Dis-moi que tu seras là.

Je n'avais même pas envie d'imaginer dire non.

Je serai là.

Je ne trouvai pas la force de répondre à ses autres commentaires. Avant que je ne réussisse à remettre mon téléphone dans ma poche, il vibra dans ma main.

Super. Porte ta jupe évasée, sans culotte.

Des papillons explosèrent dans mon ventre, et mon visage devint si rouge qu'il me fallait quelque chose pour me rafraichir.

Depuis quand tu me dis quoi porter ?

Plus tu fais ta mégère, plus ça m'excite.

Oh. Mon. Dieu. Il était incorrigible.

Très bien. Peut-être que je porterai cette jupe. Mais je porterai une culotte, il n'y a pas de débat là-dessus, donc tu peux oublier ça tout de suite.

La seule réponse que je reçus fut un smiley clin d'œil. J'étais coincée entre un désir brûlant et une joie idiote.

J'étais tellement absorbée par ma conversation avec Ethan que j'avais oublié que je me tenais juste à côté de Jana. Quand je levai les yeux, elle me fit coucou. Je rougis encore plus.

— Je reviens tout de suite, dis-je avant de me précipiter vers les petites toilettes que nous avions à l'accueil.

Je fermai la porte derrière moi et me jetai de l'eau froide sur le visage et les poignets. Bon sang de bon Dieu. Ethan allait me rendre folle. C'était déjà fait. Je sentais la mouille entre mes cuisses. J'avais tellement chaud et j'étais tellement excitée que je me demandais s'il ne fallait pas que je m'occupe de moi tout de suite. À la seconde où cette pensée me vint en tête, je l'écartai brutalement. Je ne pouvais pas me toucher ici. J'étais capable de me contrôler. Un peu plus d'eau froide sur mon visage et je passai mes poignets sous l'eau gelée assez longtemps pour avoir froid. Cela calma le besoin galopant dans mes veines. Quand je revins à l'accueil, Jana était assise à son bureau, à tapoter sur son clavier.

Je m'assis en face d'elle et attendis qu'elle me regarde.

— Ethan me rend folle, et je ne sais pas quoi faire, lâchai-je.

L'une des choses que j'adorais chez Jana, c'était sa concentration. À la seconde où je parlai, elle éteignit son écran d'ordinateur et se tourna entièrement vers moi.

— C'est une bonne ou une mauvaise chose ? demanda-t-elle.

— Je ne sais pas, je ne sais pas comment faire la différence.

Elle pencha la tête sur le côté et me regarda.

— C'est une bonne chose si c'est si bon que ça te fait peur. Mais tout parait juste, et il n'y a rien de bizarre qui se passe. Mais c'est une mauvaise chose si tu laisses simplement les choses se faire, que tu n'es pas vraiment à l'aise tout le temps, et que l'autre personne joue à des jeux qui te donnent envie de t'arracher les cheveux. Mais le pire, c'est quand tu crois que c'est une bonne chose qu'il te rende folle, et qu'au final c'était la seconde version. J'ai beaucoup d'expérience avec cette situation.

Elle leva les yeux au ciel et haussa les épaules.

— Bref, il te rend folle comment ? J'ai ma propre idée.

— Il me rend folle, mais c'est une bonne chose, dis-je, regrettant de ne pas être capable d'empêcher ma peau de rougir.

Je regrettais d'avoir une peau si blanche, et pas pour la première fois de ma vie.

Jana sourit doucement.

— C'est ce que je me disais. J'aime bien Ethan. Mon instinct me dit qu'il n'est pas du genre à te faire tourner en rond. Il est trop direct pour ça. Bref, comment ça, tu ne sais pas quoi faire ?

Je levai les mains en l'air.

— Bah, ça. Qu'est-ce que je fais ? Je n'ai pas... Arf.

Je soupirai et jouai avec le cordon élastique qui pendait de mon gilet.

Jana me regarda un long moment d'un regard pensif.

— Je dois admettre que quand je t'ai poussée à te lancer avec lui, je me suis dit que tu allais enfin te débarrasser de ta virginité, Dieu soit loué, mais je pensais que ce serait une aventure très courte. Ethan est bien plus intéressant qu'au premier regard. Il a une réputation de don Juan, mais c'est un gars sympa. Je m'en suis rendu compte rapidement, mais il y a plein de gars sympas qui veulent juste s'amuser un peu. Il a l'air de vraiment tenir à toi.

Je continuai de jouer avec le cordon élastique, l'étirant un petit peu.

— Alors qu'est-ce que je fais ?

Jana soupira et s'appuya sur ses coudes, posant son menton sur sa main.

— Étant donné qu'il est plutôt clair qu'il te plait, pourquoi ne pas te détendre et profiter ?

— Parce que je suis incapable de faire ça ! C'est tellement plus que ce que j'avais prévu, et je ne sais pas quoi en faire. J'aime savoir ce qu'il va se passer, dis-je, mes mots se transformant en grognement.

Jana sourit.

— Oui, tu es du genre à tout prévoir. Mais tu ne peux pas prévoir quand tu tombes amoureuse.

Mon cœur sursauta, me coupant presque le souffle. Entre le coach Hoffman qui parlait d'amour, et maintenant Jana, je ne savais pas quoi penser.

— Je ne suis pas sûre que je suis prête à parler d'amour encore.

— Non, tu as peur de parler d'amour, c'est tout, contra-t-elle.

Quand je la fixai du regard en silence, en essayant d'écarter la tempête dans mon ventre, elle arrêta de sourire et prit une longue inspiration.

— Ce que je veux dire, c'est que tu ne peux pas planifier comment tu vas réagir dans la vie. Si quelqu'un compte pour toi, ne pars pas en courant juste parce que tu as peur de ce qui pourrait mal se passer. Quand je vois la façon dont Ethan te regarde, je suis plutôt certaine que c'est réciproque.

Elle s'arrêta et me regarda.

— Arrête, arrête de stresser pour quelque chose que tu as complètement inventé. Ethan te plait, et tu lui plais. Profite. Quand est-ce que tu vas le revoir? demanda-t-elle d'un ton pragmatique.

Jana me connaissait bien, et elle savait que quand j'étais coincée dans un problème psychologique, il fallait m'en sortir vite. Me concentrer sur quelque chose de concret m'aidait à échapper aux mécanismes de mon cerveau.

— Je lui ai dit que j'irais voir son match ce soir.

Elle sourit.

— Parfait. Tu pourras être sa pom-pom girl dédiée.

— Je ne crois pas qu'ils aient de pom-pom girls dans ce sport, marmonnai-je, retenant le rouge de mes joues encore une fois.

— Exactement. C'est pour ça qu'il faut absolument

que tu sois là. Maintenant, va bosser. Mark Smithson a encore rappelé, et je lui ai dit que tu étais occupée jusqu'à la fin du monde. Tu ferais mieux de transmettre son dossier à quelqu'un rapidement, sinon je vais lui dire d'aller au diable.

Elle réussit à me faire penser à autre chose qu'à Ethan rapidement.

— Ne fais pas ça, s'il te plait. J'ai déjà demandé à Dan Connors s'il voulait bien prendre le dossier. Je l'ai croisé au tribunal hier. Dan a plus de poids que moi dans cette ville, donc je suis sûre que ça plairait à Mark. Je vais appeler sa secrétaire aujourd'hui.

Jana fit pivoter sa chaise et ralluma son écran d'ordinateur.

— Et si tu faisais ça tout de suite, pour que je n'aie pas à entendre sa voix de serpent encore une fois ?

— Ça marche !

Je la laissai faire ce qu'elle faisait et me dirigeai vers mon bureau. Quand j'attrapai mon téléphone dans la poche de mon manteau accroché au mur, je réalisai que je n'avais pas vu le dernier message d'Ethan.

Je ne sais pas pourquoi tu insistes pour porter des sous-vêtements alors qu'ils finissent toujours trempés. Simplifie-toi la vie, ma belle.

Cette petite remarque suffit à faire vibrer mes cuisses de besoin à nouveau. Je sentis la soie mouillée entre mes jambes et gémis presque.

Chapitre Vingt-Et-Un

ETHAN

Je quittai le terrain aux côtés d'Alex qui était d'une humeur de chien, car nous avions perdu. Sur un seul tir cadré. C'était son premier arrêt manqué de la saison, et je savais qu'il s'en voulait beaucoup. Je restai silencieux parce que je connaissais Alex depuis assez longtemps pour savoir qu'il n'aimait pas les discours d'encouragement. Je n'étais pas plus heureux que lui, mais j'étais capable de prendre un peu plus de recul sur la situation. De mon point de vue, c'était mieux qu'on perde au moins une fois avant de se lancer dans nos matchs de qualification. J'avais vu de nombreuses équipes prendre la grosse tête quand elles ne perdaient pas un seul match de la saison. J'attrapai une bouteille d'eau qu'on me jetait en passant devant le banc et je levai les yeux vers les loges de l'équipe. Je ne voyais personne d'ici, mais j'étais heureux de savoir que Zoe était là. Maintenant que je pouvais me concentrer sur autre chose que le jeu, je ne pensais qu'à prendre une douche rapide pour aller la voir.

J'étais allé un peu trop loin dans mes plaisanteries plus tôt dans la journée. Je m'étais mis à bander dans les vestiaires à cause de ça. Dieu merci, personne n'était là pour le voir.

Alex se fit entrainer dans l'une de ces interviews d'après-match idiotes. Je faisais partie de l'équipe principale, mais ça ne me dérangeait vraiment pas de jouer une position moins centrale que celle d'Alex ou Liam. Je savais que le coach me corrigerait en disant que chaque joueur jouait une partie importante du puzzle. Mais je savais aussi comment les médias voyaient la chose. À l'instant, ils voulaient interroger Alex et son esprit de gardien sur le but qui lui avait échappé. Si on voulait mon avis, il fallait surtout parler à l'attaquant de l'équipe adverse qui avait fait un croche-patte à notre défenseur, l'empêchant de bloquer l'attaque. Je savais qu'ils parleraient de ça à un moment, mais Alex devrait quand même disséquer ses sentiments. Que c'était bête.

N'étant pas pris dans la joie d'une victoire, j'étais encore plus impatient que d'habitude de voir Zoe. Même s'il n'y avait rien d'habituel à propos d'elle. Quand je n'étais pas à l'entrainement ou en plein match, elle occupait mon esprit. Je me dépêchai de prendre une douche, écartant toute pensée cochonne qui s'emparait de mon esprit. Je n'avais pas honte de l'amour que je portais aux femmes, mais je n'avais jamais eu à m'inquiéter d'avoir la gaule dans les vestiaires. Ça ne m'avait jamais traversé l'esprit. Pourtant, mon esprit était en ébullition. Depuis que j'avais demandé à Zoe de ne pas porter de culotte, c'était la seule chose à laquelle je pensais quand j'avais un instant de libre. Je n'avais pas eu l'occasion de la voir avant le match, donc je ne savais pas si elle portait la jupe que je mourais d'envie de revoir. Je n'avais jamais demandé à une femme de porter quelque chose de précis juste pour moi. D'ailleurs, je n'avais jamais vraiment pensé à ce qu'une femme portait. Avec Zoe, je remarquais tout.

J'enfilai des vêtements et attrapai mon téléphone pour y jeter un œil alors que j'allais retrouver Zoe. Et je découvris un SMS de sa part.

Je me suis simplifié la vie.

Pendant un instant, j'étais confus. Elle s'était simplifié la vie ? Comment ? Puis je me souvins de mon dernier message lui disant de se simplifier la vie, sans porter de culotte. Bordel. Il n'en fallait pas plus pour que tout mon sang se dirige vers mon entrejambe. Zoe me menait par le bout du nez, et elle n'avait aucune idée du pouvoir qu'elle avait sur moi.

Je courais presque dans le couloir quand j'entendis mon nom. Je me retournai et trouvai Tristan derrière moi. Il me rattrapa rapidement.

— Qu'est-ce qui presse autant, mec ? demanda-t-il.

J'étais trop fier pour admettre que je courais pour retrouver Zoe le plus vite possible, donc je haussai les épaules.

— Liam veut qu'on aille dîner ensemble. Il pense qu'Alex a besoin de quelques bières, continua Tristan.

Bon sang. Je ne pouvais pas refuser cette invitation. On sortait souvent tous ensemble après les matchs. D'habitude, je disais oui avec plaisir. Mais j'avais envie de voir Zoe. Tout de suite. Et je voulais être seul avec elle. Je cherchais une excuse quand j'entendis mon nom et vis Zoe arriver entre Olivia et Harper, de la direction vers laquelle je courais.

Elle portait cette jupe noire qui flottait au-dessus de ses genoux avec ses longues bottes noires. Bordel. Maintenant que je savais qu'elle ne portait rien sous cette jupe, je voulais simplement trouver un coin où la plier en deux pour me la faire. Mais j'étais dans le couloir du stade, et des voix arrivaient de l'autre côté aussi. Je me fis un petit discours rapidement dans ma tête pour que ma queue retombe un peu. Je ne pouvais pas aller en dessous d'une demi-molle pour l'instant.

Avant que je ne puisse dire quoi que ce soit, on se dirigeait en groupe vers un restaurant non loin. Harper avait annoncé qu'Alex aimait bien ce resto, donc c'était là que nous allions. Alors que Zoe marchait à côté de moi, il me fallait tout mon contrôle pour ne pas glisser ma main sur ses fesses. Si je m'étais laissé faire, j'aurais sans doute perdu le contrôle. Je me contentais de tenir sa main, comme si ma vie en dépendait.

Elle ne semblait pas en être dérangée, et parlait normalement avec Harper et Olivia d'un sujet qui avait dû commencer bien plus tôt. Je n'avais aucune idée de ce dont elles parlaient, car j'essayais de contrôler ma queue. D'habitude, j'étais le roi des jeux et je ne perdais jamais le contrôle, mais avec Zoe, je m'effondrais complètement.

Je soupirai de soulagement une fois qu'on s'installa à table, sur deux grandes banquettes dans un coin du restaurant, avec Zoe collée contre moi. Parfait. Tristan était en face de moi, son regard perspicace passant de Zoe à moi, mais sans faire de blagues. Il finit par se retrouver absorbé par Daisy, qui était coincée entre lui et Olivia. Je me demandai de loin ce qu'il se passait entre eux, mais n'en pensai pas grand-chose. Daisy était parfaitement jolie avec ses cheveux blonds, ses grands yeux marron et ses courbes à n'en plus finir. À une époque, je m'étais dit que je devrais essayer de la draguer. Mais il n'y avait aucune étincelle entre nous. D'ailleurs, Daisy m'avait annoncé que j'étais comme le frère qu'elle n'avait jamais eu. Étant donné qu'elle me donnait l'impression d'être ma cinquième sœur, ça nous avait fait beaucoup rire, et nous étions amis depuis lors.

Une fois que le serveur nous apporta nos verres et que la conversation commença, je ne pus résister à l'envie de glisser ma main entre les cuisses de Zoe. Je retins un sourire quand j'entendis son souffle se couper. Bien. Elle avait le droit de souffrir autant que moi. Ce n'était pas que je ne la croyais pas quand elle avait suggéré qu'elle ne portait pas de sous-vêtements, mais j'étais tout de même secoué en remontant le tissu de sa jupe et en la trouvant nue. L'intérieur de ses cuisses était humide.

J'écartai ses genoux juste assez pour passer un doigt entre ses plis. Je m'attendais à ce qu'elle me repousse, mais elle ne fit rien. La sentir me fit bander si dur que j'arrêtai presque. Presque. Comme on était installés dans un coin et que la table cachait complètement mes mains, je décidai de jouer un peu. Le fait que sa jupe cache complètement ma main, même si quelqu'un la regardait directement, était parfait.

— Oh, bah, c'est Ethan qui s'est pris cette contravention pour excès de vitesse, dit Liam, ses yeux trouvant les miens en un clin d'œil.

Je savais qu'il valait mieux que j'arrive à faire la conversation, car sinon le fait que je tripotais Zoe deviendrait plus évident.

— Je ne conduisais pas vraiment si vite, contrai-je avec un sourire.

Pour être honnête, je n'avais aucune idée de ce dont Liam parlait. Mais je m'étais pris quelques contraventions dans ma vie, donc je pouvais suivre le mouvement de la conversation.

Olivia sourit et donna un coup de coude à Liam.

— Arrête de changer de sujet. Je parie que tu t'es pris plus de contraventions qu'Ethan. Ce que je veux dire, c'est que notre mensualité d'assurance a encore augmenté parce que tu allais trop vite. C'est tout, dit-elle avec un rire grave en levant les yeux au ciel.

— Je comprends, ma belle. Je disais juste que je ne suis pas le seul mec qui va trop vite, dit Liam avec un autre sourire vers moi.

Je haussai les épaules en plongeant un doigt profondément en Zoe. Liam dit autre chose, et je réussis à répondre. Je fus soulagé quand il se concentra sur Tristan et lui fit la morale pour le temps qu'il passait à réviser. Je regardai Zoe et vis que ses joues étaient roses. J'adorais quand elle rougissait, car ça faisait ressortir ses taches de rousseur. Son canal palpita sur mes doigts, et je retins l'envie de la faire jouir à table. J'en mourais d'envie, mais je voulais surtout l'exciter jusqu'à ce qu'elle perde la tête.

Le dîner continua. De temps en temps je jouais avec Zoe, l'étirant et savourant sa mouille chaude avec mes doigts. Je faisais de petits cercles sur son clitoris avec mon pouce et j'adorais la regarder rougir. De temps en temps, son souffle s'affolait. À un moment, elle baissa la main pour essayer de m'écarter. C'était en plein milieu d'une petite dispute amusante entre Daisy et Tristan.

Quand je sentis sa main contre la mienne, je l'attrapai et l'immobilisai. Je savais qu'elle ne voulait pas que ça se voie et donc qu'elle n'allait pas se mettre à se battre avec moi sous la table. Je me penchai vers elle, juste assez près pour qu'elle seule puisse m'entendre.

— Je veux que tu te touches.

Ses yeux trouvèrent les miens puis se détournèrent.

— On est en public. Non, chuchota-t-elle méchamment.

Je regardai la table. Personne ne faisait attention à nous du tout. Le serveur était arrivé pour empiler les assiettes vides. Liam faisait un monologue sur quelque chose, Alex avait l'air épuisé et Tristan était complètement absorbé par sa conversation avec Daisy. En gros, c'était comme si nous étions seuls.

Le pouls de Zoe vibrait dans son cou, et son souffle était court. Même si elle venait d'essayer de me décourager, elle n'avait pas retiré sa main.

— Tu es tellement mouillée. Je suis sûre que tu t'es touchée plus tôt, murmurai-je.

J'avais complètement perdu la tête et je m'en fichais. J'avais envie de savoir qu'elle était tombée aussi loin dans cette folie que moi.

Je me forçai à retirer mes doigts d'elle. C'était presque douloureux, mais je réussis. Je la regardai. Voir ses joues roses et savoir à quel point elle était mouillée me faisait bander dur. Ce qu'elle fit ensuite me brisa. Je sentis sa main bouger et ses doigts glisser dans ses plis. Elle se mordit la lèvre et un petit soupir lui échappa. Elle retira rapidement sa main et me regarda.

— Je ne peux pas. Je suis sur le point... murmura-t-elle.

— Sur le point de quoi ?

Elle me jeta un regard noir. Je regardai le reste de la table à nouveau. Alex se levait et disait quelque chose à Liam.

— Sur le point de quoi ? répétai-je.

— Oh mon Dieu. Tu sais exactement de quoi je parle, dit-elle en soufflant.

Puis elle repoussa ma main et ferma les genoux d'un coup sec.

Oh oui. Que la partie commence.

Chapitre Vingt-Deux

ZOE

La porte de mon appartement claqua après notre passage. J'étais dans un brouillard de besoin. Mon corps entier vibrait d'envie et ça faisait des heures. C'était un miracle que je n'aie pas un orgasme au beau milieu du restaurant. Je réussis à marcher presque normalement à travers la pièce et à allumer une lampe. Je sentis Ethan arriver derrière moi. Ses mains caressèrent mes hanches. Un frisson de chaleur parcourut mon dos. Ses lèvres se posèrent sur mon cou avec des baisers chauds et il remonta ma jupe.

Je sentais sa queue dure et brûlante à travers son jean, pressée contre mes fesses nues. La friction du tissu râpeux contre ma peau était terriblement excitante. Mon pouls était sauvage et je n'arrivais pas à reprendre mon souffle.

— J'avais envie de faire durer, mais je ne pense pas en être capable.

Ses lèvres caressèrent mon oreille, son souffle frappant ma peau sensible. Son murmure rauque était suffisant pour me faire presque exploser. Nous nous tenions au bout du salon, là où j'avais allumé la lumière. Heureusement qu'il y avait un mur à côté de nous, car je manquai de m'effondrer quand il écarta mes fesses pour plonger un doigt entre mes plis.

Je grognai, et mes genoux tremblèrent, ma paume s'écrasant contre le mur pour que je reprenne mon équilibre. Tout devint flou. J'entendis de loin le son de sa braguette puis sentis la peau de velours de sa queue contre moi. Il me provoqua, passant son gland d'avant en arrière dans ma mouille. J'étais trempée depuis des heures, sur les nerfs alors que mon contrôle partait en miettes.

— Ethan, s'il te plait... murmurai-je d'une voix suppliante.

Je ne me reconnaissais même plus. Hors de contrôle, habitée par un désir brutal, tout se resserrait sur l'intensité de ce moment. Je criai quand il plongea en moi. Il fit des va-et-vient rapides et puissants, me remplissant complètement tout d'un coup. Je posai mes deux mains contre le mur et me cambrai alors qu'il commençait à se balancer en moi. L'une de ses mains serrait ma hanche, ses doigts plongeant dans ma peau. L'autre caressait mon dos chaudement. Il finit par attraper mes cheveux dans sa main pour les tirer doucement, m'attirant dans chaque coup de reins. J'étais au bord de l'orgasme, et il ne fallut que quelques secondes pour que le plaisir s'empare de moi, de plein fouet, me frappant si fort que je me serais effondrée au sol si Ethan ne m'avait pas retenue.

J'entendis son cri rauque se mélanger au mien alors que la chaleur de son explosion me remplissait. Nos souffles ralentirent ensemble. Mon cœur se calma peu à peu, et il relâcha sa prise dans mes cheveux. Il se retira et me retourna, me pressant contre le mur pour m'embrasser. Ce n'était pas un baiser comme les autres. Oh, il était mouillé et profond, mais c'était comme s'il plongeait en moi. Il m'embrassa lentement, avec de petites morsures et des baisers doux sur mon visage avant de revenir à mes lèvres. De petits frissons me secouèrent, des échos de mon orgasme. Quand il recula, ses yeux trouvèrent les miens. Ce que je vis dans son regard me coupa le souffle et ranima mon cœur. Il écarta une mèche de cheveux de mon front.

Sans un mot, il me souleva dans ses bras et m'emmena jusqu'à la salle de bain. Je n'avais pas l'habitude d'être portée. Comme j'étais aussi grande que la plupart des hommes, ce n'était pas surprenant. Je n'avais jamais imaginé que ça me plairait, mais comme c'était avec Ethan, j'aimais ça. Il le faisait si simplement, et il me tenait près de lui. J'aurais été heureuse de rester comme ça, mais ça ne me dérangeait pas non plus qu'il me retire mes vêtements avant de jeter les siens au sol et de m'entrainer sous la douche avec lui.

Me laissant aller au sommeil plus tard, j'aurais dû me poser tout un tas de questions, mais non. C'était trop bon d'être enroulée contre sa chaleur et sa force, et de sentir ses doigts passer dans mes cheveux.

Chapitre Vingt-Trois

ETHAN

— Pardon ? demandai-je à Sarah Dutton.

Sarah leva les yeux du document qu'elle lisait sur son bureau.

— Je ne sais pas pourquoi, mais Ted Duncan dit qu'il veut un autre rendez-vous. Il sera là dans une minute.

— Ne m'avez-vous pas dit que la plainte avait été officiellement annulée hier ? contrai-je, immédiatement agacé qu'elle considère qu'il était utile de se taper un autre rendez-vous.

Elle hocha la tête et ajusta ses lunettes.

— Si, mais c'est un protocole poli d'avoir un rendez-vous après l'audience s'il est réclamé, donc c'est ce qu'on va faire.

Sarah était ma nouvelle avocate, celle que Zoe m'avait forcé à accepter. Je n'étais toujours pas heureux de toute cette histoire. Sarah était plutôt gentille, et même jolie avec ses cheveux blond brillant. Objectivement, je me disais qu'elle m'aurait sans doute intéressé à une époque. Elle n'était pas discrète comme avocate. Comme depuis la première fois où j'avais embrassé

Zoe, aucune autre femme ne me faisait de l'effet. Je pouvais simplement les admirer sans passion. J'étais presque certain qu'une femme pourrait se balader nue devant moi sans que je sois tenté. À moins que la femme en question soit Zoe. Elle aurait pu porter un sac poubelle, j'aurais quand même eu envie d'elle.

Je m'étais dit que j'allais venir ici ce matin et que je pourrais repartir en ayant enfin mis cette histoire derrière moi. Maintenant, Sarah me disait qu'il fallait que je parle à l'avocat de l'autre gars. J'étais pressé que tout cela soit terminé.

Quelques minutes plus tard, Ted Duncan débarquait dans le bureau de Sarah. J'avais déjà eu le malheur de le rencontrer une fois. C'était un sacré spécimen de bourrin, qui parlait fort avec beaucoup de gestes. Nous étions assis à une petite table ronde dans la salle de conférence du cabinet de Sarah. Ted s'installa en face de moi en faisant bien plus de bruit qu'imaginable. Il jeta sa mallette sur la table et ajusta plusieurs fois la hauteur de sa chaise avant de réussir à coincer sa manche dans le bras de la chaise. Sarah resta silencieuse, les yeux posés sur les papiers devant elle. De ce que je voyais, elle ne lisait rien du tout. Je supposais qu'elle connaissait bien la routine de Ted et qu'elle attendait qu'il ait terminé son bazar.

Heureusement, Ted finit par s'adosser à sa chaise et nous regarder tous les deux.

— Merci de prendre le temps de me recevoir.

Sarah leva enfin la tête et ajusta ses lunettes sur son nez.

— Bien sûr, Ted. La juge a officiellement annulé la plainte hier. Donc je ne suis pas sûre de ce qu'il nous reste à voir ensemble.

Ted toussa et me regarda.

— Peut-être que monsieur Walsh peut vous mettre au courant.

Mon ventre se serra. J'avais une petite idée d'où il voulait en venir, et ça ne me plaisait pas. Pas du tout.

— Pardon ? demandai-je.

— J'imagine que vous ne pensez pas ça problématique d'avoir entretenu une relation romantique avec mademoiselle Lawson alors qu'elle vous représentait, dit Ted, tentant à peine de cacher le regard satisfait dans ses yeux.

J'avais fait mes recherches et je savais que le petit détail qui protégeait Zoe et nous assurait qu'on était du bon côté des règles éthiques était le fait que je l'avais embrassée avant qu'elle ne devienne mon avocate. Bon, je savais que nous n'avions pas de « relation » à l'époque, mais de mon point de vue, ce baiser suffisait à démarrer un rapport romantique et sexuel avant qu'elle ne commence à me défendre. Dans n'importe quel autre contexte, j'aurais sans doute ri. Mais pas maintenant. J'étais absolument furieux. J'ouvris la bouche pour dire quelque chose, mais me tus quand Sarah prit la parole.

— Ted, ça n'a absolument rien à voir, dit-elle d'une voix claire et cassante. La plainte a été écartée par le juge, car votre client a frappé le mien le premier. La police a été très claire après avoir étudié les vidéos des caméras de surveillance, la plainte contre monsieur Walsh n'avait aucun fondement puisque votre client a initié l'interaction. Et en ce qui concerne votre menace sous-entendue, je connais très bien madame Lawson. Elle et monsieur Walsh étaient...

J'entendis une pointe d'hésitation et je l'interrompis.

— Nous étions déjà en couple avant qu'elle n'ac-

cepte mon dossier, dis-je fermement, me laissant aller
à l'arrogance de mon propre accent.

J'étais tellement en colère, j'avais envie de me
pencher au-dessus de la table et de secouer Ted
Duncan par les cheveux, avec son air de limace.

Sarah semblait sentir que j'étais énervé et plaça sa
main sur mon bras.

— Merci, Ethan. J'allais dire la même chose.

Elle serra légèrement mon avant-bras. C'était sans
doute sa manière polie de me dire de la fermer. Donc
je le fis.

Elle regarda Ted droit dans les yeux.

— Rien d'inapproprié. Comme vous le savez, un
avocat peut représenter quelqu'un avec qui il entre-
tient une relation personnelle, du moment que la relation est antérieure à l'affaire. Donc à quoi ça sert d'en
parler ici, Ted ?

Il ajusta sa veste et grogna.

— Que ça rentre dans ces standards idiots ou non,
ça ne change rien au fait que ça ait l'air inapproprié. Et
c'est pour ça que j'en parle. Si vous voulez que ça reste
secret, il va falloir reconsidérer la proposition d'accord
à l'amiable de mon client.

Bordel de merde. Je vis rouge. J'étais sur le point de
me lever pour faire le tour de la table et tirer ce putain
de Ted Duncan de sa chaise. Sarah posa sa main sur
mon bras à nouveau, et bon sang qu'elle avait une
poigne de fer.

— Ted, c'est de l'extorsion, ça, il me semble, dit-
elle d'une voix claire et autoritaire.

Le visage de Ted devint tout rouge.

— Alors Sarah, ce n'est pas comme ça que je l'entendais. Je dis simplement que ça n'aiderait personne
s'il y avait confusion autour de la relation de Zoe avec
monsieur Walsh.

— Il n'y a pas de confusion à avoir, espèce de con, dis-je, intervenant même si je savais que Sarah préférait que je me taise. Tu peux faire comme si tu n'essayais pas de nous faire chanter, mais tu sais très bien ce que tu fais. Si tu racontes des saloperies sur Zoe, je ferai de ta vie un enfer.

Je n'attendis pas d'entendre ce qu'il répondit et écartai la main de Sarah de mon bras avant de partir de la salle de conférence en furie. C'était soit ça, soit écraser le visage de Ted avec mes poings.

J'étais hors de moi alors que je sortais de l'immeuble et courais presque jusqu'à la rue du cabinet de Zoe. Je ne savais pas ce qu'elle voudrait faire à propos de ce que ce connard venait de suggérer, mais je me disais qu'elle voudrait être au courant.

Je ralentis ma course quand j'entrai dans l'accueil de son cabinet. C'était étrange, mais je me détendis à la seconde où je passai la porte. Uniquement parce que je savais que j'étais sur le point de voir Zoe. Jana leva les yeux de son bureau et tint un doigt en l'air.

Elle hocha la tête en réponse à la personne qui lui parlait au téléphone et dit :

— Madame Lawson est occupée avec des rendez-vous pour le restant de la journée. Elle a déjà clarifié sa décision à propos de votre dossier, mais je lui transmettrai votre message.

Elle cliqua sur un bouton et mit fin à l'appel avant de me regarder en levant les yeux.

— C'est ce connard de Mark. Il n'est pas content que Zoe ait refusé son dossier. Il s'en remettra, dit-elle en haussant les épaules.

Je m'approchai de son bureau.

— Dis-moi une chose, tu penses que Zoe réagirait comment si elle apprenait que tout le monde sait qu'on sort ensemble ?

— Je ne savais pas que c'était un secret, dit Jana avec un regard confus vers moi.

Je lui racontai rapidement ce qui venait de se passer pendant mon rendez-vous avec Sarah et Ted. Il ne fallut qu'une minute pour que Jana ait l'air furieuse.

— Ce fichu Ted Duncan. C'est vraiment un rat. Évidemment que c'est du chantage. Ted est un vrai con, et il trouve toujours des façons de lancer des rumeurs dans tous les cas.

Elle me fixa du regard pendant quelques instants.

— Tu penses qu'il faut que tu en parles à Zoe, n'est-ce pas ?

— Bien sûr.

Je m'arrêtai et retins un grognement. C'était exactement le genre de choses dont Zoe avait peur, et je pensais que ce n'était pas un problème. La vérité était que je pouvais faire tout ce que je voulais, car tout le monde s'en fichait. Je ne pouvais pas savoir que lui courir après serait plus qu'une aventure d'un soir. Je ne pouvais pas savoir ce que j'allais ressentir — cette inquiétude pour elle, et l'envie d'aller botter les fesses de quelqu'un. Ma poitrine se serra et mon cœur me fit mal.

Jana soupira et passa une main dans ses cheveux sauvages. Je ne savais jamais à quoi m'attendre avec elle, et aujourd'hui elle avait des mèches bleues en plus des mèches violettes qu'elle avait déjà.

— Zoe va flipper, mais il vaut mieux que tu lui dises. Si tu ne lui dis pas, ce sera encore pire quand elle l'apprendra.

— Je sais, je sais. Merde.

Je tapai le bout de ma chaussure contre le bord de son bureau et la regardai.

— Tu viens de dire qu'elle était prise toute la journée. Quand est-ce ...?

Jana me lança un sourire.

— Oh, c'était juste pour Mark. C'est un connard, donc elle est toujours occupée quand il appelle. Ce n'est pas elle qui m'a demandé de faire ça. Mais je prends des initiatives quand il s'agit de cons comme lui. Bref, tu peux y aller.

J'entrai dans le bureau de Zoe, m'arrêtant après avoir fermé la porte derrière moi. Elle avait le dos tourné et regardait quelque chose sur son écran d'ordinateur. Ses beaux cheveux auburn étaient remontés en un chignon. Il lui suffisait d'attacher ses cheveux comme ça pour me donner envie de les détacher et de les ébouriffer de toutes les façons possibles.

— Tu as eu une réponse de… ?

Sa question resta en suspens lorsqu'elle fit pivoter sa chaise et me vit. Je supposai qu'elle s'attendait à voir Jana. Sa surprise se transforma en un petit sourire. Bon sang. Cette femme allait me tuer. Un sourire. Rien qu'un sourire me faisait bander. Même si je mourais d'envie de verrouiller la porte derrière moi pour un nouveau petit interlude cochon dans son bureau, il fallait que je lui annonce une mauvaise nouvelle en espérant que ça ne la fasse pas paniquer.

— Hé, je ne savais pas que tu avais prévu de venir, dit-elle.

J'avançai rapidement et m'installai sur une chaise en face d'elle. Je n'étais jamais du genre à attendre, donc je lâchai :

— Ted Duncan sait qu'on se voit, et que c'était déjà le cas quand tu me défendais.

Je décidai de ne pas ajouter le détail de sa menace sous-entendue à propos de l'accord financier avec son client. Je me dis que je pouvais parler de ça avec Sarah d'abord avant qu'on s'en inquiète plus.

Zoe écarquilla les yeux et pâlit. Elle resta complètement immobile un moment puis secoua la tête rapidement.

— Oh mon Dieu. C'est ce dont j'avais peur.

Elle attrapa un stylo et se mit à le faire tourner dans sa main.

— Ne le laisse pas t'intimider, Zoe. Laisse-moi m'en occuper, dis-je.

Je n'avais aucune idée de ce que je pouvais faire, mais j'étais prêt à me jeter sous un train pour la protéger. Et je détestais Ted Duncan.

Zoe resta silencieuse. Trop silencieuse. Ses joues étaient un peu rouges. Toutes les fois où j'avais savouré la voir rougir n'avait rien à voir avec cet instant. Elle était clairement stressée, et j'avais envie de l'aider. Maintenant.

Je me levai et commençai à faire le tour du bureau. Elle me fit signe de m'écarter.

— Non, non. Je... Laisse-moi réfléchir.

Elle prit son visage dans ses mains et une inspiration tremblante.

Je ne pus m'empêcher de faire un pas vers elle. Elle baissa les mains et me lança un regard noir.

— Arrête. C'est comme ça que tout a commencé. Je t'ai dit que je ne pouvais pas me lancer dans un truc comme ça, mais tu n'as pas laissé tomber.

Ses mots me frappèrent en plein cœur. Ça faisait mal. Oh, elle disait la vérité, mais la façon dont elle la disait gâchait tout. Je la fixai du regard. Je devais admettre que je n'étais pas dans l'état le plus calme du monde. Bon sang, je flottais encore dans la colère que Ted Duncan avait déclenchée et ça me mettait hors de moi de faire ça à Zoe. Intellectuellement, je savais qu'elle n'avait pas tort. J'avais insisté. Parce que je la voulais trop. Mais c'était plus que ça. Je le savais, et j'espérais qu'elle le savait aussi.

— Zoe, ça ne s'est pas passé comme ça. Tu sais...

— Si, ça s'est passé comme ça ! Je t'ai dit exactement pourquoi je ne devrais pas sortir avec toi. Je ne suis pas fâchée contre toi. Je suis fâchée contre moi-même. Je savais que c'était une bêtise, et je l'ai fait quand même.

Elle se leva d'un coup.

— Il faut que tu partes.

— Pourquoi est-ce qu'il faut que je parte ?

J'avais l'impression que ma tête allait exploser. J'étais incapable de supporter l'air sur le visage de Zoe. Ses yeux étaient tremblants, et elle avait l'air d'avoir peur et d'être en colère en même temps. J'essayai de tendre le bras vers elle quand elle passa devant moi.

— Zoe, ma belle. Laisse-moi t'aider. Tu n'as pas à...

Elle se retourna d'un coup, les yeux pleins de colère.

— Tu ne peux pas m'aider. Tout ira bien pour toi dans tous les cas. Mais moi je ne peux pas me permettre de laisser courir des rumeurs comme quoi je saute mes clients. Sur ce genre de sujet, c'est à sens unique. Les hommes s'en tirent bien, mais ça peut ruiner la carrière d'une femme. J'aurais dû mettre fin à tout ça il y a longtemps, bon sang, je n'aurais jamais dû commencer. Pour l'instant, je ne peux plus te voir. Il faut que tu partes et que tu me laisses gérer ça toute seule. Si j'ai une chance de tuer ça dans l'œuf, je ne peux pas être encore liée à toi.

Il y avait comme des interférences dans mon esprit. Je n'arrivais pas à réfléchir par-dessus ce bruit blanc. Pendant ce temps, mon cœur battait si fort qu'il m'en faisait mal. Elle n'attendit pas pour se retourner et passer rapidement sa porte. Je voulais la suivre et lui dire qu'elle ne pouvait pas faire ça. Je me fichais bien de ce que Jana entendrait ou verrait. Mais quand je sortis vers l'accueil, je vis Ted Duncan qui se tenait là avec son sourire de renard. Je ne réfléchis même pas et me dirigeai droit vers lui pour lui coller mon poing sur le nez. Je n'avais aucune idée du moment où Tristan avait débarqué, ni comment il savait que j'étais là, mais il arriva juste après que j'eus frappé Ted en plein visage.

Le visage de Zoe était tout blanc.

Tristan me plaqua au mur de toutes ses forces.

— Arrête, mec. Qu'est-ce qui te prend ?

Ted marmonnait des injures et parlait d'appeler la police. Jana se leva et se planta juste devant lui.

— À quoi tu joues bordel, Ted ? Tu crois que tu peux juste faire chanter Zoe et Ethan ? C'est ça, essaie.

Zoe, Tristan et moi fixâmes Jana du regard. Jana ne quitta pas Ted des yeux. C'était une sacrée image, elle avec ses cheveux fous et son air toujours chaleureux dans un tel état de colère.

Jana attendit quelques instants avant de me regarder, puis de regarder Ted.

— Laisse-moi deviner, tu aimerais bien créer plus d'ennuis dans le doute où tu pourrais forcer quelqu'un à te payer pour te faire taire ? C'est risible que tu parles d'éthique. Tu oublies tout ce que je sais sur toi, grâce à mon ancien boulot. Je ne suis pas parti de la meilleure des façons, mais je sais exactement qui appeler si je veux faire remonter certaines histoires. Voilà ce que je te propose : tu fermes ta gueule et tu te casses, ou je passe quelques coups de fil. Tout de suite. Maintenant.

Le silence était lourd. Après un moment tendu, Ted hocha la tête. Il ne dit pas un mot, fit demi-tour et partit.

Zoe regarda Jana.

— Qu'est-ce que c'était que ça ?

— Avant de lancer son propre cabinet, Ted bossait dans la même compagnie que moi. Il est parti après s'être fait surprendre en train de sauter l'une des stagiaires. Elle était majeure, mais à peine. Ça ne parait pas grand-chose, mais son ex-femme s'est vraiment fait avoir pendant leur divorce parce qu'il a réussi à garder ça secret, en même temps que plusieurs comptes en banque. Il n'a pas envie que ça se sache.

Jana retourna à son bureau et s'assit, regardant Zoe puis moi, avant de se tourner vers Tristan.

— Bonjour Tristan, merci d'être venu, dit-elle chaleureusement.

— Qu'est-ce que tu fous là ? lui demandai-je.

— Ta sœur a débarqué et je lui ai dit que j'essaierais de te trouver, dit-il en haussant les épaules.

— Quoi ? Laquelle ?

— Belle, dit-il simplement.

Je ne savais pas ce que Belle faisait là. C'était ma sœur cadette et elle était plutôt du genre pétillante, sans un souci. Ce n'était pas choquant qu'elle débarque sans prévenir, mais ce n'était pas commun non plus.

— D'accord, dis-je doucement. Tu veux bien lui dire que j'arrive bientôt ?

Je ne voulais pas partir d'ici sans parler à Zoe. Je la regardai sans prendre le temps d'attendre la réponse de Tristan.

Elle se détournait déjà.

— Il faut que j'y aille, dit-elle en retournant rapidement dans son bureau.

J'étais juste derrière elle.

— Zoe, on peut parler ?

J'essayai d'attraper sa main, mais elle me repoussa.

— Pas maintenant. Je ne peux pas parler là, Ethan. Tu viens de frapper l'un de mes collègues. Peut-être que Jana a raison et qu'elle peut le convaincre de ne rien dire, mais il n'est pas le seul dont j'ai besoin de m'inquiéter. Je ne peux pas continuer.

Ses mots étaient coupants et saccadés. Elle ne me regarda même pas en attrapant son sac et son manteau. J'arrivais à peine à réfléchir face aux interférences dans mon cerveau et au battement de mon cœur.

Avant que je n'aie le temps de former une phrase, elle quittait le cabinet. Je me mis à lui courir après, mais la voix de Jana m'arrêta.

— Laisse-la partir pour l'instant, Ethan.

Je me retournai dans l'embrasure de la porte ouverte.

— Mais je...

Elle me coupa la parole.

— Je vois bien que tu veux lui parler. Bon sang, je vois bien que tu es amoureux d'elle. Mais crois-moi. Zoe est têtue. Elle ne réagit pas bien quand on lui met la pression. Laisse-la se calmer d'abord. Je lui parlerai. Peut-être que tu ne le vois pas, mais elle a raison de s'inquiéter du fait que votre histoire devienne publique de la mauvaise façon. J'avoue que je lui ai dit de se lancer, mais je suis aussi quelqu'un qui a foutu sa carrière en l'air après être sorti avec le mauvais homme. Je ne pense pas que tu n'es pas le bon, mais je suis une romantique. Va voir ta sœur, et essaie demain avec Zoe.

Je fixai Jana du regard. J'avais l'impression que ma tête était sur le point d'exploser et que mon cœur allait sortir de ma poitrine. La voix de Tristan brisa la tourmente de mon esprit.

— Elle a raison, mec. Laisse-lui du temps. Tu peux en parler à Belle, et elle te dira quoi faire, dit-il avec un sourire malin.

Comme je ne savais pas quoi faire d'autre, je suivis

Tristan jusque chez nous, oubliant presque que je venais de frapper un homme pour Zoe. Je ne réussis même pas à voir à quel point j'avais perdu le contrôle. À cause d'une femme. Au lieu de m'inquiéter de tout ça, la seule chose à laquelle j'arrivais à penser était l'expression de détresse sur le visage de Zoe.

Chapitre Vingt-Quatre

ZOE

Il pleuvait fort alors que je marchais rapidement dans la rue, cachée par mon manteau de pluie, regrettant de ne pas pouvoir oublier tout ce qu'il s'était passé cet après-midi. Un klaxon me fit lever la tête, et je réalisai que j'étais sur le point de passer l'entrée du cabinet de Sarah. Depuis qu'Ethan avait lâché cette bombe, à savoir que Ted était au courant, mes pensées tournaient dans tous les sens. J'étais tellement en colère contre moi-même pour m'être laissée aller avec lui. Je savais que c'était bête. Quand j'avais encore un peu de volonté, j'aurais dû m'accrocher. Mais je m'étais laissée entrainer dans le vortex qu'était Ethan. Et une fois que j'avais passé les limites, j'avais arrêté de freiner. Le résultat : j'étais humiliée. La certitude immédiate d'Ethan qu'il pouvait trouver une façon d'arranger les choses n'avait fait que m'énerver encore plus. Il ne pouvait rien faire. J'avais travaillé si dur pour en arriver où j'étais professionnellement, et maintenant je risquais de tout perdre. Pour du sexe. C'est tout. Pour du sexe et rien de plus. Je ne savais pas ce qui m'avait pris, mais j'étais complètement folle de penser qu'il y avait quoi que ce soit de plus entre Ethan et moi.

Arrête de te flageller et de lui en vouloir pour tout ça. Bon sang, n'empire pas les choses en le disant à tout le monde. Tu es amoureuse d'Ethan, et il y a une vraie forte chance qu'il t'aime aussi.

C'est ça. Ne sois pas bête.

Des versions de ce petit débat tournaient en rond dans mon cerveau depuis que j'avais quitté le cabinet. Il y avait mon idiot de cœur. Mon cœur parfaitement stupide qui était plongé joyeusement dans cette histoire avec Ethan, sans prendre le temps de réfléchir, pompant un désir qui m'avait attirée dès le début. Puis il y avait mon esprit. Mon esprit qui m'avait aidée à avancer dans la vie en planifiant et en me protégeant des relations romantiques et de leur chaos. Mon esprit s'était révélé être un faux ami faible face au désir puissant et aux envies de mon cœur devant Ethan. Tout aurait été tellement plus simple s'il avait été l'homme qu'il semblait être au premier abord, un don Juan superficiel, insouciant qui ne cherche qu'à s'amuser.

Mais il était tellement plus que ça. Mon cœur souffrait, et je ne savais pas quoi faire. Donc je fis ce qui était le plus sensé. J'allais être honnête avec quelques collègues à qui je faisais confiance et trouver une solution. Peut-être que ce qu'il s'était passé entre Ethan et moi n'était pas très éthique, mais j'avais transféré son dossier, comme il le fallait, et je mettais fin à notre histoire maintenant.

Je retirai ma capuche après avoir passé les portes de l'immeuble et secouai mon manteau. Quelques instants plus tard, je passais les portes de l'ascenseur et j'entrais dans le bureau de Sarah. Sarah et moi étions camarades de classe en école d'avocats, en même temps que Jana, avant qu'elle ne fasse une pause dans ses études pour s'occuper de sa sœur. Sarah était une très bonne avocate, et je lui faisais confiance. Je savais qu'elle serait honnête avec moi sur ce qu'elle pensait, mais qu'elle n'irait pas en parler autour d'elle.

Sa secrétaire prit mon nom et je m'assis pour attendre. Trouvant mon téléphone dans ma poche, je regardai l'écran et vis un mur de messages de la part d'Ethan. Mon cœur se serra. Je ne voulais pas les lire, mais je ne pouvais pas m'en empêcher.

Jana m'a dit de te laisser tranquille pour l'instant. Mais si tu veux le savoir, je n'en ai vraiment pas envie. Quand est-ce que je peux te voir ? Il faut qu'on parle.

Dix minutes plus tard.

Ma sœur Belle veut te rencontrer. Où es-tu ?

Dix minutes plus tard.

Je suis sûr que tu flippes, mais ça va bien se passer. Jana dit qu'elle peut gérer Ted, et je lui botterai le cul s'il le faut. Encore une fois.

Je ne pus m'empêcher de rire un petit peu, un petit rire triste et amer. Je savais que Jana était prête à tout pour moi. Je ne savais pas trop quoi penser du sentiment de chaleur qui embrasait mon cœur en sachant qu'Ethan voulait me protéger aussi. J'avais l'habitude de me défendre toute seule. Éternellement seule. Je ne m'étais jamais vraiment sentie seule avant maintenant.

Dix minutes encore avant les prochains messages.

Ma belle, tu me tues là. S'il te plait, dis-moi où tu es pour que je n'aie pas à venir te chercher. Belle et Tristan sont inquiets aussi maintenant.

Dix minutes de plus.

Je sais que tu n'es pas dans la même position que moi, donc tout a l'air différent, mais ça va bien se passer.

Quelques minutes de plus.

Bon sang. Où es-tu ?

C'était son dernier message, envoyé quelques

minutes plus tôt. J'avais complètement oublié l'arrivée inattendue de sa sœur et je me demandais quel en était le sujet. J'avais envie de la rencontrer. Pour toutes les mauvaises raisons. J'avais envie de connaitre cette partie de sa vie, car il était clair que sa famille comptait beaucoup pour lui. Mais ce n'était pas la relation que nous avions. Je ne pouvais pas continuer à laisser mon idiot de cœur et mon corps me tirer sur le chemin de la folie. Je devais déjà gérer les conséquences professionnelles de m'être rapprochée de lui. Ce qui était déjà assez bête.

— Zoe, viens.

Je levai les yeux et vis Sarah qui se tenait dans l'entrée de son bureau, me faisant signe de la suivre. Une fois là, je m'installai sur une chaise en face d'elle, un peu fatiguée et comme un chien mouillé. Ma jupe était humide et mon manteau de pluie laissait des gouttes au sol.

— Je voulais t'appeler, dit Sarah, un regard inquiet scannant mon visage.

Pendant un instant, j'étais perdue, puis je compris la logique. Ethan était dans son bureau quand Ted avait lâché sa bombe.

— Je suppose que tu te dis que je suis une idiote, dis-je enfin.

Sarah secoua rapidement la tête.

— Pas du tout. Ted Duncan est un connard. Ethan est parti, donc je n'ai pas eu l'occasion de le lui dire, mais j'ai été très claire avec Ted sur le fait que s'il essayait de répandre des rumeurs, j'allais porter plainte contre lui devant le parquet des avocats. Donc ne t'inquiète vraiment pas, d'accord ?

Je me forçai à prendre une profonde inspiration. Ma poitrine était serrée et j'avais mal à la tête. Je détestais le fait que toute cette situation m'ait complètement fait perdre le contrôle. Rien de tout cela ne serait jamais arrivé si je n'étais pas sortie avec Ethan. Je regardai Sarah dont le visage n'était empli que de douceur.

— C'est facile à dire. Mais je me suis mis dans un sacré bazar. Je sais que je n'aurais jamais dû en arriver là. Et c'est vraiment horrible de savoir que Ted est au courant. Il est tellement...

— Zoe, arrête de te faire du mal. Ethan a dit que vous étiez ensemble avant que tu ne prennes son dossier. J'ai cru qu'il allait monter sur la table pour botter les fesses de Ted.

Je levai les yeux au ciel.

— Oui, bah quand Ted s'est pointé à mon bureau, Ethan lui a mis un coup de poing.

Sarah écarquilla les yeux.

— Oh merde. Ted a appelé la police ?

Je secouai la tête et lui résumai ce que Jana lui avait dit.

— Tu connais Jana, elle pense qu'elle a géré le truc. Mais dans tous les cas, Ted pourrait me rendre la vie difficile.

Sarah secoua la tête doucement.

— Arrête. Ted a une réputation de merde parce que c'est le pire genre d'avocat, qui exploite la misère des gens. Et alors, si les gens apprennent que tu sors avec Ethan ? Tu as transféré son dossier. Techniquement, tu n'étais pas obligée, mais tu l'as fait quand même. Si tu penses à tout ça, tu vas te rendre folle.

— Crois-moi, je sais que j'aurais dû être plus maligne, mais c'est arrivé et j'essaie de rectifier la situation. Je sais comment ça se passe. Si ça s'apprend que je suis sortie avec un client, ça fera mauvais genre, marmonnai-je, mes joues s'enflammant.

Sarah se recula sur sa chaise et écarta ses cheveux

de ses épaules. Tout comme moi, Sarah avait investi beaucoup de sa personne pour construire sa carrière. Elle était intelligente et vive d'esprit. La grande différence entre nous deux était qu'elle avait épousé son amour de jeunesse avec qui elle avait déjà deux enfants. Elle tapota des doigts sur la table.

Je pris une inspiration et soufflai, anxieuse, car elle ne disait rien de plus.

— J'aurais dû transférer le dossier plus tôt, mais il n'y avait pas grand-chose à faire pendant un moment. Je, enfin, je n'avais clairement pas la tête sur les épaules.

Sarah sourit.

— Un peu dur de garder la tête sur les épaules face à un homme comme Ethan Walsh. Il est tout droit sorti d'un rêve avec son accent british tout sexy. Et il est clair qu'il t'adore.

Quand je ne répondis pas à son sourire, elle pencha la tête avec un air sérieux.

— Dis-moi qu'il n'a pas parlé de nous, s'il te plait.

— Oh non, rien de tout ça. Avant toute cette histoire avec Ted, il ne faisait que de répéter que tu étais une super avocate et qu'il espérait que je ferais un aussi bon boulot. Je n'avais pas grand-chose à faire, donc je lui ai promis que tout irait bien. Il n'a pas dit grand-chose, c'était surtout la façon dont il parlait de toi, c'était très clair qu'il te trouvait géniale. Et comme c'était toi, et que je ne me doutais de rien, je me suis juste dit qu'il avait le béguin pour toi, rien d'autre, donc...

Elle haussa simplement les épaules.

J'étais tellement mordue que cette petite anecdote m'offrit un tour complet dans le monde des fantasmes. Je me secouai et regardai Sarah. Je ne pouvais pas me laisser penser comme ça.

— C'est chouette, mais qu'est-ce que je fais à propos de Ted?

— Rien. Ne mords pas à l'hameçon. Que Jana réussisse à le faire taire ou non, je ne pense pas que tu aies besoin de t'inquiéter autant que tu le fais. Si j'entends quoi que ce soit, je le signalerai au parquet pour les menaces qu'il a formulées contre toi. Je sais que tu as peur des retours sur ta réputation, mais Ted essayait d'extorquer un paiement de la part d'Ethan. C'est un vrai problème juridique. Toi, tu es peut-être sortie avec un client, mais lui, il a fait un truc qui pourrait mettre fin à sa carrière. En plus, il n'y a qu'Ethan qui pourrait vraiment te poser un problème juridiquement, et il dit que votre relation a commencé avant que tu ne défendes son affaire. Je crois que tu devrais arrêter de t'inquiéter. Je suis de ton côté, comme plein d'autres gens.

Je n'aimais pas sa réponse, surtout parce que je détestais le sentiment qu'elle me laissait. J'étais extrêmement gênée de me retrouver dans cette situation, car ce n'était pas le genre de chose que je faisais. Bon sang, avant de rencontrer Ethan, j'étais vierge. Donc ce genre de chose était bien loin de mon radar. Je regardai Sarah en soupirant.

— J'espérais que tu aurais une meilleure idée.

Sarah sourit, amusée.

— Je crois que tu t'inquiètes plus que ce qu'il faut.

— D'accord.

Je me levai et ajustai mon manteau de pluie. Je commençai à partir quand Sarah appela mon nom.

— Quoi?

— C'est du sérieux avec Ethan? demanda-t-elle.

Mon cœur se serra et mon esprit revint à l'autre soir, quand il m'avait embrassée contre le mur. J'avais eu l'impression que nous étions seuls au monde, pris dans une toile de vulnérabilité vibrante, où chaque fibre de mon cœur se rapprochait un peu plus de lui.

Je ne savais pas ce que Sarah vit sur mon visage, mais ses yeux s'adoucirent et elle se leva, faisant le tour de son bureau pour me prendre dans ses bras. Elle recula, posant sa main sur mon bras et le serrant.

— Dans tous les cas, ça va aller. S'il compte à ce point-là pour toi, ne rate pas ta chance.

J'ouvris la bouche avant de la refermer rapidement.

— Je n'ai pas dit ça, lâchai-je.

Sarah sourit doucement et recula.

— Le regard dans tes yeux a tout dit.

Elle se tut, elle avait un air pensif.

— Tu m'as dit il y a longtemps, quand j'ai épousé Jack, que j'étais une romantique. C'est peut-être vrai, mais la vérité est qu'on n'a pas toujours la chance d'être avec une personne qu'on aime. Je sais que tu es une pragmatique, et je te respecte profondément. Mais si tu aimes ce gars, et mon instinct me dit que tu l'aimes, ne laisse pas quelque chose d'aussi idiot se mettre en travers du chemin.

Tombée du ciel, sa secrétaire frappa à la porte et passa la tête par l'entrebâillement.

— Ton rendez-vous de 17 h est là, dit-elle.

Sarah hocha la tête et je m'enfuis. Il y avait plein de choses auxquelles je ne voulais pas penser tout de suite. Et réfléchir à l'ampleur qu'Ethan avait prise dans ma vie et dans mon cœur en même temps qu'à l'énormité de mon manque de jugement était trop pour moi. Je fis un petit signe de main et retournai sous la pluie de ce début de soirée.

Un peu plus tard, j'arrivai devant l'entrée de mon immeuble et j'hésitai. Ethan m'avait écrit quelques fois de plus, son dernier message sous-entendant qu'il avait prévu de venir me trouver. Je ne savais pas quoi y faire, mais je savais que si je le voyais, ça ne ferait qu'ajouter à ma confusion. L'attirance que j'avais pour lui était trop puissante, et j'avais besoin de me vider la tête pour réfléchir calmement. Au lieu de monter chez moi, je fis le tour de l'immeuble vers un parking couvert et montai dans la voiture que j'utilisais rarement.

Chapitre Vingt-Cinq

ETHAN

— Oh mon Dieu ! Tu es amoureux ! cria Belle.

Elle passa de moi à Tristan, ses yeux marron pétillant de joie.

— C'est génial, non ?

Tristan, bon ami qu'il était, hocha à peine la tête et semblait complètement absorbé par le film de science-fiction à la télé. Belle était assise entre nous sur le canapé d'angle et se tourna vers moi.

— Il était temps. Je suis vraiment heureuse pour toi. Il faut que tu fasses quelque chose d'énorme maintenant, déclara-t-elle, sa queue de cheval couleur miel se balançant de haut en bas.

Je ne savais pas vraiment comment ma petite sœur en était arrivée à cette conclusion, mais elle y était. Le truc, c'était que j'étais de mauvaise humeur, et ce depuis hier, quand Zoe était partie de son bureau. Je ne savais toujours pas vraiment pourquoi Belle était arrivée sans prévenir. Elle m'avait raconté rapidement que je lui manquais, étant son seul frère, et qu'elle avait besoin de changer de décor. Dans des circonstances normales, j'aurais voulu en savoir plus, mais j'étais complètement absorbé par le fait que je n'avais pas de nouvelles de Zoe. Elle avait ignoré tous mes messages et n'était pas chez elle. J'avais à peine dormi la nuit dernière. Ce matin, Belle n'avait cessé de me demander pourquoi j'étais accroché à mon téléphone, donc je lui avais enfin parlé de Zoe. Belle ne lâchait jamais le morceau quand elle trouvait quelque chose d'intéressant, donc elle avait continué d'insister jusqu'à ce que je lui raconte le fiasco de la veille.

Apparemment, toute cette histoire l'avait convaincue que j'étais amoureux. Le simple fait de penser à ce moment agitait mon cœur. Je déglutis face à la pression sur ma poitrine et me demandai où Zoe pouvait être. Je n'arrivais pas à réfléchir à mes sentiments alors que Zoe avait disparu et qu'il fallait que je m'assure qu'elle reprenne ses esprits et ne coupe pas les ponts. Quand j'aurais résolu ce problème, je pourrais me poser des questions sur l'amour.

— Belle, de quoi tu parles ? demandai-je.

Elle plia sa jambe, passa son pied sous son genou et soupira.

— On dirait qu'elle flippe et ne sait pas si tu vaux la peine de tout risquer. Donc il faut que tu le lui prouves.

Tristan jeta un œil à Belle.

— De tout risquer ? demanda-t-il avec un ton moqueur.

Belle souffla, écartant une mèche de cheveux de devant ses yeux.

— Oui, tout risquer. Je veux dire, sa carrière est en jeu, là.

— Sa carrière n'est pas en jeu, bon sang, marmonnai-je.

Belle avait tendance à être dramatique. Elle était profondément romantique. La plupart du temps, c'était amusant. Mais à l'instant, ça ne me faisait pas rire.

Elle dut sentir que je n'avais pas la patience pour ce genre de choses, car son regard s'adoucit. En entourant le bout de sa queue de cheval entre ses doigts, elle me regarda.

— Peut-être pas, mais on dirait qu'elle est inquiète. Je crois que tu devrais appeler Jana pour t'assurer que ce con de Ted ne va rien faire. Puis on trouvera Zoe.

— Ce n'est pas une mauvaise idée, dit Tristan en hochant sagement la tête.

Je le regardai, puis regardai Belle.

— On ?

Elle hocha la tête, un peu trop enthousiaste.

— Oui, je suis là pour t'aider.

— Donc c'est pour ça que tu es là, hein ? contrai-je en levant les yeux au ciel. Mais je vais suivre la première partie de ton plan.

Je sortis mon téléphone et appelai le bureau de Zoe. Je ne pus m'empêcher d'espérer que Jana me dise que Zoe était là aujourd'hui. Quand elle répondit, je me lançai.

— Tu ne sais pas où est Zoe par hasard ? demandai-je.

— Ethan, oh mon Dieu. Je suis tellement contente que tu aies appelé. Elle m'a demandé de te faire passer un message, mais elle a oublié de me donner ton numéro. Si jamais tu avais peur que l'administration de l'équipe divulgue ton numéro trop facilement, crois-moi, tu n'as vraiment pas à t'inquiéter. Je les ai appelés et ils m'ont complètement rembarrée, dit Jana, un peu agacée.

— Est-ce que Zoe est là ?

Mon cœur se mit à battre contre mes côtes et ce

nœud de tension dans mon ventre se détendit un peu. Jusqu'à ce que Jana réponde.

— Non, désolée. Elle n'est pas là. Elle m'a dit de te dire de ne pas t'inquiéter, et qu'elle est chez ses parents pour un jour ou deux.

Je restai ainsi en silence, résistant à un mélange de déception, colère et frustration. J'avais besoin de voir Zoe, et elle me rendait la tâche très difficile.

— J'imagine que tu ne peux pas me dire où habitent ses parents ?

Jana soupira dans le téléphone.

— Je ne peux pas. J'en ai envie, mais j'ai promis à Zoe que je ne te le dirais pas, et c'est ma meilleure amie.

— Merde.

— Oh, Ethan. Elle reviendra bientôt, et vous pourrez arranger les choses.

Même si j'avais envie de harceler Jana jusqu'à ce qu'elle me dise comment trouver Zoe, je comprenais bien que ça ne servirait à rien. Je me concentrai donc sur la chose que je pouvais encore influencer.

— Bon, comme je ne peux rien faire là-dessus, occupons-nous au moins de la situation qui la stresse. Est-ce qu'elle a raison d'être aussi inquiète qu'elle l'est ?

— Oui et non. Non, car techniquement, elle n'a rien fait de mal. Les avocats qui sortent avec leurs clients, ce n'est pas un problème juridique. Et si la relation a commencé avant la représentation, ce n'est même pas un problème éthique.

Je ne pus m'empêcher de l'interrompre.

— Et c'est le cas.

Jana rit doucement.

— J'imagine que oui si tu comptes la fois où tu l'as embrassée.

— Je la compte, dis-je fermement.

J'avais été complètement obsédé par Zoe depuis ce baiser, donc en ce qui me concernait, c'était la vérité.

Jana continua :

— Ça ne veut pas dire que les gens ne jasent pas sur ce genre de choses. Elle est inquiète parce qu'elle a une très bonne réputation professionnelle, et elle a l'impression d'avoir tout gâché. Et c'est pour ça qu'elle a transféré ton dossier. Mais elle a peut-être raison de s'inquiéter, car on ne sait jamais comment l'histoire va être tournée. Ted Duncan est un connard de première catégorie. J'ai parlé à Sarah aujourd'hui. Entre les trucs que je sais de son passé et Sarah qui peut l'attaquer pour tentative d'escroquerie, je ne pense pas qu'il faille s'inquiéter.

J'avais tout un tas de choses à dire, mais la plupart d'entre elles ne servaient à rien à l'instant. Je posai la question principale :

— Tu es certaine qu'il ne va pas utiliser ça contre Zoe pendant les années à venir ?

— Non. Je parie simplement qu'elle va en parler aux gens qui doivent le savoir, d'après elle.

Exactement ce qui m'inquiétait.

— Si tu lui parles, dis-lui de ne pas faire ça.

Jana rit doucement.

— Mon gars, t'es vraiment mordu. Je lui ai déjà dit, mais je lui dirai que tu l'as dit aussi.

Je retins un soupir et fixai le plafond.

— J'imagine que tu n'as pas changé d'avis sur le fait de me donner l'adresse de ses parents ?

— Absolument pas, mais tu gagnes des points en demandant, dit Jana joyeusement.

On raccrocha et je me levai du canapé. Agité, je fis les cent pas devant les fenêtres. J'étais un homme d'action. J'aimais avoir un plan et l'achever. Ça m'aidait beaucoup quand je jouais au foot. Mais à l'instant, j'étais simplement perdu.

— Alors ? demanda Belle.

Je me tournai vers elle en haussant les épaules.

— Jana s'est occupée de toute l'histoire avec l'autre avocat. Zoe est chez ses parents, mais Jana refuse de me dire où.

Tristan leva les yeux et scanna mon visage de son regard perspicace.

— Belle a raison, dit-il platement.

Belle sourit et le regarda.

— À propos de quoi ? demanda-t-elle avant que je n'aie le temps de le faire.

Tristan ne me quitta pas des yeux.

— Tu es amoureux.

Venant de lui, il n'y avait pas la même excitation pétillante que quand Belle l'avait dit. Et ça me frappa bien plus fort, en plein cœur. Je fixai Tristan du regard. Ma respiration était coincée dans ma gorge comme un caillou, forçant mon cœur à louper un battement.

Chapitre Vingt-Six

ZOE

Je regardai ma mère, assise de l'autre côté de la table de la cuisine. Ses cheveux auburn étaient tirés vers l'arrière en un chignon propre, les mèches argentées contrastant avec le reste. Elle prit une gorgée de café en tournant les pages de son journal. Après une gorgée de ma propre tasse, pour me donner du courage, je pris une longue inspiration et posai les yeux sur elle.

— Maman, j'ai besoin de ton avis.

Elle plia le journal et me regarda.

— Sur quoi ?

J'étais arrivée deux nuits plus tôt, et mes parents m'avaient accueillie avec plaisir. Je venais les voir tous les quelques mois. D'habitude, je les prévenais à l'avance, mais ils avaient été assez généreux pour ne pas m'assaillir de questions. Sur le plan des parents, j'avais vraiment eu de la chance dans la vie. Mis à part le fait qu'ils étaient tous les deux accros au travail, un trait dont j'avais hérité, ils étaient aimants et présents. Leur travail avait été le centre de tellement de choses pour eux, la famille et mon éducation passant un peu au second plan, mais ils avaient fait de leur mieux, avec beaucoup d'amour. Je me sentais également chanceuse d'avoir des parents qui s'aimaient réellement. Leur tendance à ne pas trop se concentrer sur moi avait été un cadeau du ciel quand j'avais débarqué l'autre nuit. Je savais qu'ils avaient remarqué que quelque chose n'allait pas, mais ils n'avaient pas insisté.

Une autre profonde inspiration.

— J'ai entamé une relation avec l'un de mes clients. J'ai transféré son dossier, mais maintenant plusieurs choses m'ont fait penser que je devrais peut-être, je ne sais pas... Euh.

Je fis une pause et pris une gorgée de café. C'était le nœud du problème. Je n'avais pas de façon facile de mettre les choses à plat. J'étais ma propre patronne. J'avais peut-être attendu un peu trop longtemps, mais j'avais transféré le dossier d'Ethan. Mais je me sentais mal et je n'aimais pas savoir que tout cela me pendait au-dessus de la tête.

Je regardai ma mère qui avait l'air, eh bien, surprise. Mais pas choquée ou inquiète comme j'en avais peur. Quand je ne dis rien de plus parce que je ne savais pas quoi dire, elle se lança.

— Donc c'est ça qui t'a mise dans cet état-là ? Si tu as transféré le dossier à quelqu'un d'autre, je ne sais pas vraiment de quoi tu t'inquiètes, dit-elle doucement.

Ma mère était profondément pragmatique et ne cherchait pas les ennuis.

Je passai un doigt le long du bord de ma tasse.

— Bah, ce n'est pas le genre de chose que je fais. Je n'avais jamais imaginé que je laisserais quelque chose comme ça m'arriver, donc...

Je ne voulais pas lui expliquer l'histoire avec Ted Duncan. En soi, ce n'était pas ce qui me bouffait le plus.

— Non, ce n'est pas le genre de chose que tu fais,

mais tu ne sors jamais avec qui que ce soit. Jamais. Tu le vois toujours ? Enfin, je ne devrais pas supposer que c'est un homme, dit-elle avec un petit sourire.

— C'est un homme, marmonnai-je. Tu pensais vraiment que je ne m'intéressais pas aux hommes ?

Elle haussa les épaules doucement.

— Ça ne change rien bien sûr, mais tu n'as jamais ramené qui que ce soit à la maison. Je ne me suis jamais posé la question parce que tu travailles tellement. Tu es vraiment comme ton père et moi là-dessus. Je m'inquiétais que tu ne trouves pas le temps pour ta vie personnelle. Même si on travaillait toujours beaucoup, on travaillait ensemble, donc c'était quelque chose qu'on partageait. Puis on t'a faite, toi. Bien sûr, on t'emmenait au bureau avec nous, donc c'est entièrement de notre faute si tu as suivi la même route que nous. Mais ce n'est pas ce que je veux dire. Ce que je veux dire c'est que j'espérais que tu finirais par trouver quelqu'un. Parle-moi de lui. J'imagine qu'il compte beaucoup pour toi, parce que tu ne sortirais pas avec lui sinon, étant donné que c'était l'un de tes clients au début.

Je ne sais pas pourquoi la façon dont elle dit ça me frappa si fort, comme un éclair en plein cœur. Ma poitrine se serra et je déglutis une vague soudaine d'émotions. Ma mère avait posé le doigt en plein sur la chose qui me tourmentait. Ethan me manquait follement. J'avais quitté mon bureau simplement parce que j'étais surpassée par mes émotions. Entre les conseils pragmatiques de Sarah et maintenant l'avis de ma mère, il était douloureusement clair que même si je voulais régler cette situation professionnelle que je m'étais créée avec mon manque de jugement temporaire, j'avais déjà fait la seule chose que je pouvais faire, soit transférer le dossier d'Ethan à un autre avocat. Le bazar dans lequel je me trouvais maintenant était entièrement entre mes mains.

Ma mère toussa et je réalisai qu'elle attendait. Après une profonde inspiration, je continuai :

— Oui, sans doute. Je ne sais pas vraiment quoi faire. Ce n'est pas un gars ordinaire.

Elle pencha la tête et me fit un signe de main.

— Raconte.

— Il s'appelle Ethan Walsh. Il...

Elle m'interrompit.

— Des Seattle Stars ?

Quand je hochai la tête, elle sourit.

— Ton père est un grand fan.

— Depuis quand vous regardez le football avec papa ? demandai-je, choquée.

— Depuis que les Seattle Stars ont mis le paquet. Maintenant qu'il ne travaille plus autant, il a beaucoup de passe-temps. Il va être ravi !

— Maman, est-ce que tu peux te calmer ? Je ne sais même pas où j'en suis avec Ethan. Ne partons pas trop vite sur des plans de rencontre avec les parents.

Son grand sourire s'adoucit. Elle tendit le bras et me serra la main.

— Bien sûr. Mais vu le regard sur ton visage, je dirais qu'il compte beaucoup pour toi. Qu'est-ce que tu fais à te cacher ici ? Retourne à Seattle et va le voir !

———

Le restant de ma matinée et de mon après-midi se passa en silence. Ma mère partit faire des courses, et j'aidai mon père à bouger des meubles dans son bureau. Quand la soirée s'annonça, je mourais d'envie de retourner à Seattle. Je n'avais pas vraiment répondu aux questions que j'avais, mais Ethan me manquait et j'avais l'impression d'essayer de gagner du temps plus qu'autre chose. Je montai dans ma voiture et me dis que je pouvais rentrer assez tôt pour le voir ce soir.

Environ deux heures plus tard, de l'eau s'écrasait sur ma voiture, au bord de la route, alors que j'étais à moitié coincée dans un fossé. Je regardai à travers la fenêtre embuée et retins mes larmes. Mon espoir de rentrer rapidement avait été écrasé par une forte pluie. C'était passé de quelques gouttes à des seaux d'eau. J'avais roulé dans une flaque et ma voiture s'était mise à glisser jusqu'à atterrir dans le fossé. J'étais juste assez loin pour ne pas pouvoir m'en sortir sans un peu d'aide.

— Merde, merde, merde, marmonnai-je, frappant mon poing contre le pauvre volant, de frustration.

Mes seules options étaient d'appeler un dépanneur ou d'appeler Jana. Mes parents étaient deux bonnes heures derrière moi maintenant, et je ne voulais pas leur demander de venir si loin pour m'aider.

Je sortis mon téléphone et trouvai plusieurs autres messages d'Ethan. Le dernier me fit fondre en larmes.

Allez, Zoe. Je ne fais plus ça pour t'embêter, là. Je m'in-quiète. Jana refuse de me dire où te trouver. Appelle-moi s'il te plait.

Je pris une respiration tremblante et réussis à arrêter de pleurer. Sur le plan émotionnel, je partais dans tous les sens. Un instant, j'avais envie d'oublier Ethan et de reprendre ma petite vie professionnelle et ennuyeuse. L'instant d'après, je mourais d'envie de le voir. Sans réfléchir, je décidai de l'appeler. Il répondit immédiatement.

— Bon sang, Zoe. Je me fais un sang d'encre. Quand est-ce que tu reviens ?

Sa réponse me frappa de plein fouet et je fondis en larmes à nouveau.

— Hé, Zoe, OK, OK. Calme-toi. Je ne voulais pas te faire peur comme ça. C'est juste que tu...

— C'est pas grave, je...

Je m'arrêtai sur un hoquet en essayant de reprendre mon souffle. J'avais l'impression de ne plus savoir parler, un sentiment que je n'avais pas souvent.

— Où es-tu ? demanda-t-il d'un ton plus doux.

— Sur le bord de la route.

— Répète.

Je pris une inspiration et lui expliquai rapidement où j'étais.

— D'accord, je viens te chercher. Belle va vouloir venir avec moi, et je ne sais pas si je peux l'en empêcher. Ça te dérange ?

Je me mis à rire. C'était soit ça, soit les larmes.

Ethan attendit en silence que je réussisse à me calmer.

— Belle peut venir, mais tu as plutôt intérêt à lui dire que je ne suis pas complètement ridicule d'habitude.

— Tu n'es jamais ridicule, dit-il d'un ton doux et saupoudré de quelque chose que je ne savais pas vraiment comment interpréter.

Ça me serra le cœur.

Chapitre Vingt-Sept

ETHAN

La route sous la pluie me parut durer une éternité même si ça ne dura sans doute qu'une heure. Belle était bavarde, comme toujours. Elle avait insisté pour que Tristan vienne avec nous aussi.

— Parce que ce sera bizarre si c'est juste moi. Je suis ta sœur, et tu ne nous as jamais présenté qui que ce soit. C'est un gros pas, Ethan, expliqua Belle alors que je conduisais.

J'avais prévenu Zoe que Belle voudrait venir, mais je n'avais pas réfléchi à la façon dont Belle verrait cette rencontre. Depuis qu'elle avait annoncé que j'étais amoureux, elle mourait d'envie de rencontrer Zoe. J'étais un peu soulagé qu'elle veuille que Tristan vienne, car il était toujours une influence calme sur tout le monde. Il connaissait toutes mes sœurs plutôt bien et il s'assurerait que Belle reste sage. Du moins, je l'espérais. Zoe n'avait pas l'air d'aller bien quand on s'était parlé. Elle était toujours si maitrisée que je ne savais pas vraiment quoi faire quand elle pleurait. Avec quatre sœurs, j'avais déjà vu des femmes pleurer, donc ça ne me secouait pas autant que d'autres gars. Mais je ne m'attendais pas à ce que mon cœur se torde de douleur face à l'inquiétude que je ressentais pour Zoe.

Je continuai de conduire et Belle continua de parler. Pour essayer de me distraire de l'inquiétude que je ressentais pour Zoe, je revins sur une conversation que j'avais essayé de mener avec Belle plus tôt.

— Je sais que tu vas parler de ma vie romantique toute la nuit, mais si tu m'expliquais un peu plus ce que tu fais là ? Tu es toujours la bienvenue, mais d'habitude tu me préviens, dis-je en regardant dans le rétroviseur central.

Je vis le sourire de Tristan du coin de l'œil. Il était à l'avant, car il avait des jambes trop longues pour être à l'aise à l'arrière.

Je croisai le regard de Belle dans le miroir avant de me concentrer sur la route. Des deux jours qu'elle avait passés ici, elle était surtout restée à l'appartement, mais elle était également sortie prendre un café ce matin et était revenue pas dans son assiette. Je fixai mon regard sur l'autoroute pluvieuse devant moi, illuminant la pluie de mes phares en avançant. Après un moment de silence, Belle soupira lourdement. Elle marmonna quelque chose dans sa barbe.

— Répète ? insistai-je.

— Je suis venue voir quelqu'un, dit-elle enfin.

— Quelqu'un ?

— Ouais.

Enfin. Je pouvais me concentrer sur autre chose que Zoe.

— Qui ? Et pourquoi est-ce que tu ne m'en as pas parlé avant maintenant ?

— Oh mon Dieu. Ne fais pas ton grand frère !

— Si tu ne veux pas que je fasse mon grand frère, il ne faut pas débarquer à l'improviste, répondis-je. Qui est-ce que tu viens voir ?

Elle marmonna encore une fois, ce qui fit rire Tristan.

Belle donna un coup dans l'épaule de Tristan.

— Oh, tais-toi ! Très bien. Je suis venue voir Mack.

— Mack ? Mack Dawson ?

Mack était un joueur des Seattle Stars, l'un des Américains qui venaient de Seattle même, donc c'était un des préférés des locaux. Il jouait dans l'offensive, et c'était un très bon attaquant. Je l'aimais bien. Il était facile à vivre, et drôle. Mais à l'instant, je ne l'aimais plus du tout.

— Qu'est-ce qu'il lui prend de sortir avec toi sans que je ne sois au courant ? lui demandai-je, la regardant dans le rétroviseur à nouveau, la trouvant tournée vers la fenêtre.

Tristan trouva mon regard alors que je me tournais à nouveau vers la route et il secoua la tête. Je ne pensais pas qu'il en sache plus que moi, mais étant donné que j'avais été de mauvaise humeur et distrait par autre chose depuis que Belle était arrivée, il avait sans doute remarqué plus de choses dans son comportement.

Belle me surprit par sa réponse.

— Il ne savait même pas que j'étais là avant que je le voie ce matin, donc ne commence pas à te dire qu'il faisait quelque chose dans ton dos.

Je ne savais vraiment pas quoi dire. Je fus sauvé de cette conversation sortie de nulle part quand Tristan me montra quelque chose devant nous. Je regardai vers le fossé et vis une voiture à moitié sortie de la route sur le bord de l'autoroute. Je ne savais pas quel genre de voiture Zoe conduisait, car on marchait partout où on allait en ville. Tristan, bien sûr, m'avait fait demander des coordonnées GPS à Zoe pour savoir où elle était d'après la carte de son téléphone. J'aurais dû me douter qu'il surveillerait sa position sur son téléphone alors que l'on conduisait dans la nuit pluvieuse. Nous avions quitté l'autoroute I-5 une demi-heure plus tôt, nous engageant sur une plus petite voie. Il y faisait plus sombre, les routes étaient plus étroites, et je n'aimais pas me dire que Zoe nous attendait seule, assise dans sa voiture sous la pluie.

Je m'arrêtai juste derrière elle en espérant vraiment que ce soit sa voiture, je descendis rapidement, me retrouvant immédiatement trempé quand une voiture passa et m'éclaboussa. Je courus jusqu'au côté conducteur de la voiture et frappai à la fenêtre, soulagé d'y voir Zoe. La faible lumière des éclairages intérieurs de la voiture éclairait son visage à travers la fenêtre embuée. Mon cœur se serra fort puis se mit à battre sauvagement.

Ces deux derniers jours avaient été un enfer. Je ne m'inquiétais même plus de savoir ce que ces sentiments signifiaient. Quand j'entendis le petit clic de déverrouillage, j'ouvris la porte et me penchai dans la voiture. Je voulais dire quelque chose, mais je ne savais pas quoi. À la seconde où je vis ses yeux et l'intensité des sentiments qu'ils traduisaient, je passai ma main dans ses cheveux et l'embrassai. Elle gémit puis me tira plus près d'elle, glissant sa main dans mon cou. Je me fichais bien de me retrouver trempé et que ce soit le pire angle du monde – penché dans sa voiture, tombant presque sur elle –, je me fichais bien qu'on soit sur le bord de l'autoroute et que Tristan et ma sœur puissent nous voir, la seule chose qui comptait était que Zoe était enfin à portée de main. Elle était devant moi, en chair et en os, elle était mienne.

J'arrachai mes lèvres aux siennes et déposai des baisers partout sur son visage, murmurant à quel point elle m'avait manqué. Au milieu de tout ça, je murmurai :

— Je t'aime.

Ça sortit si facilement, si naturellement, que ça ne m'arrêta même pas. Zoe se figea et je reculai légèrement, ses grands yeux lumineux étaient écarquillés.

— Qu'est-ce que tu viens de dire ? demanda-t-elle d'une voix grave et essoufflée.

Je sentais son pouls s'emballer sous mon pouce alors que je caressais la peau douce de son cou. Je me rendis soudain compte de mes mots, et je me figeai autant qu'elle. Un grand doute me traversa. Je n'avais aucune idée de ce qu'elle ressentait, ni de si ça s'approchait de près ou de loin de mes sentiments. Pendant un instant, je me demandai si j'avais complètement perdu la tête. Puis une certitude s'empara de moi. Je pensais ce que je venais de dire, donc ça n'avait aucun sens de tergiverser.

— J'ai dit, je t'aime.

Elle continua de me fixer du regard, si longtemps que je commençai à me demander si je me ridiculisais. Puis sa main descendit de mon cou et vint se poser sur mon cœur.

— J'ai pris un peu peur. Je ne m'enfuis pas comme ça d'habitude, dit-elle.

Je réussis à hocher la tête, car je ne savais pas quoi faire d'autre. Depuis toutes ces années, j'avais toujours eu la chance d'avoir toutes les cartes en main avec les femmes. Je n'avais jamais vu ça comme ça, mais dans cet instant, je savais que c'était vrai. Je n'avais jamais été du genre à offrir mon cœur de cette façon. Car personne n'avait jamais compté autant que Zoe. À cet instant précis, alors que j'attendais sous la pluie sur le bord de la route, elle tenait mon cœur entre ses mains, qu'elle le sache ou non.

Tout d'un coup, ses yeux s'emplirent de larmes et elle dit quelque chose, mais je ne pus l'entendre à cause de la pluie, du bruit des voitures qui passaient et de ses larmes.

— Répète, ma belle ?

Ses yeux se rivèrent brusquement aux miens.

— J'ai dit, je t'aime !

Très bien. Bon sang. Tout allait bien dans le meilleur des mondes.

Je plongeai la tête et l'embrassai à nouveau.

Juste au moment où quelqu'un me donna une tape dans le dos. Je me redressai et trouvai Tristan qui se tenait là.

— Si vous ne revenez pas dans la voiture, Belle va vous rejoindre, dit-il avec un sourire malin. La seule raison pour laquelle elle n'est pas déjà là, c'est parce qu'elle a oublié son manteau de pluie.

Zoe se pencha par-dessus mon épaule.

— Salut Tristan, merci d'être venu me chercher avec Ethan.

Il hocha la tête poliment.

— C'est normal. Donne-moi une minute et je pense qu'on peut sortir ta voiture du fossé. Vous pouvez prendre ta voiture et moi je vous suis avec Belle ?

Je remerciai les cieux de m'avoir envoyé Tristan. Il était toujours pragmatique et organisé. S'il pensait qu'on pouvait s'occuper de la voiture de Zoe, il avait sans doute raison.

———

Peu de temps après, je conduisais vers le nord, Zoe à mes côtés. Belle avait accepté à contrecœur de prendre ma voiture avec Tristan. La seule raison pour laquelle elle avait accepté était sans doute parce qu'elle voyait bien que je voulais être seul avec Zoe. Elle avait également pu parler à Zoe dans ma voiture pendant que Tristan et moi nous étions occupés de sortir la voiture de Zoe du fossé. Ce n'était pas trop difficile. Je m'étais porté volontaire pour rester dehors et pousser la voiture puisque j'étais déjà trempé.

C'était une voiture de ville, une citadine ou un truc du genre. J'avais proposé de conduire, car elle avait l'air fatiguée, et je savais qu'elle avait déjà passé plusieurs heures à conduire sous la pluie. Le fait qu'elle accepte sans débattre me dit qu'elle était vraiment fatiguée. J'avais ma main sur sa cuisse parce que je ne pouvais pas m'empêcher de la toucher. Il n'y avait que quelques centimètres entre nous sur les sièges, mais j'avais l'impression que c'étaient des kilomètres.

Le soulagement que je ressentais en étant proche d'elle était incroyable, et si j'avais eu la tête sur les épaules, ça m'aurait dérangé. Mais c'était Zoe, et je n'avais pas été le même depuis la première fois où je l'avais embrassée, donc ça ne me dérangeait pas du tout. Le seul problème était le fait que je conduisais, distrait par ma queue si tendue que j'étais obligé de m'ajuster sur mon siège. Elle m'avait manqué et mes nerfs étaient à vif. Le fait d'être trempé par la pluie ne faisait qu'ajouter à ce sentiment.

Je la regardai et elle me coupa le souffle. Elle était tellement belle. Les lumières des voitures qui passaient illuminaient ses cheveux auburn. Ses boucles étaient mouillées et commençaient à sécher follement sur ses épaules. Je me sentis plonger plus profondément dans le désir qui me traversait. J'avais besoin de me reprendre, donc je débutai une conversation.

— J'espère que Belle ne t'a pas trop harcelée de

questions pendant qu'on s'occupait de ta voiture, commentai-je.

Zoe me regarda avec un petit sourire.

— Oh, non. Elle a été gentille. J'étais contente d'enfin la rencontrer. Elle n'a cessé de me dire que tu étais un grand frère génial.

Je gloussai. Évidemment, c'était bien le genre de Belle.

— Ah oui ? N'écoute pas tout ce qu'elle dit sur moi, surtout si elle se met à te raconter les blagues que je faisais quand on était petits.

Zoe rit doucement et enroula sa main sur la mienne, posée sur sa cuisse, et la serra. Une vague de besoin s'écrasa en moi. Je la regardai, croisant son regard brièvement. Ça ne fit qu'empirer les choses. Bordel. Je n'avais pas envie d'attendre que cette route interminable soit passée. J'avais déjà dit à Belle que je ne rentrerais que demain matin. Quand elle avait essayé de convaincre Zoe de venir dormir chez nous, Tristan l'avait fait taire d'un seul regard.

Je vis une sortie d'autoroute devant nous et la pris. Quelques secondes plus tard, nous étions sur une route parallèle, sous la pluie et dans la nuit profonde.

— Où est-ce que tu vas ? demanda Zoe d'une voix légère dans la voiture silencieuse.

— Là, dis-je au moment où je vis un signe vers un parc.

J'avais commencé à retenir que l'État de Washington adorait les parcs. Il y en avait partout. Je laissai ma main sur la peau froide de la cuisse de Zoe et m'engageai sur une route courte qui se transforma en parking, un parking désert entouré d'arbres. Je m'arrêtai soudainement et me tournai vers elle.

Quoi qu'elle pense avant cela, elle semblait avoir trouvé la même page que moi. Ses yeux brillaient de désir sous la lumière douce d'un unique lampadaire dans le coin du parking. Je n'avais pas particulièrement envie de parler. Je passai mes mains entre ses genoux et me dis encore une fois que j'adorais son penchant pour les jupes. Même pour une soirée froide et pluvieuse, elle portait une jupe, l'une de ses jupes de boulot. Parfait pour moi, je la remontai et passai un doigt sur la soie entre ses cuisses.

Elle était chaude et mouillée. À son gémissement, je la tirai vers moi. C'était maladroit et pas du tout élégant, mais elle se retrouva à califourchon sur moi en riant doucement. Une fois la difficulté de la faire monter sur moi passée, je la regardai. Nos yeux se trouvèrent et elle se tut. Elle s'installa sur moi, et je sentais l'humidité chaude de son corps contre ma queue, à travers mon jean.

Mon cœur me donnait l'impression d'être sur le point d'exploser, mais c'était tellement bon d'être là avec elle que je ne m'en inquiétai pas. L'air qui nous entourait était chaud, électrique et lourd de senti-ments que je n'avais jamais ressentis auparavant. Je pris une inspiration et plongeai la tête pour la goûter. Sa peau était salée et sucrée avec un goût de pluie. Je me baladai dans son cou avec des baisers et des morsures. À la seconde où nos lèvres se trouvèrent, je perdis tout le contrôle qui me restait. Je déversai tout ce que je ressentais dans notre baiser, des journées d'absence et de désir, le manque et l'incertitude de ce que je devais faire de mes sentiments.

C'était chaud, sauvage et excitant. Elle cambra ses hanches contre moi, avec de petits gémissements et soupirs dans ma bouche, jusqu'à ce que j'aie l'impres-sion que j'étais sur le point d'exploser du besoin d'être en elle. Je passai la main entre nous et écartai sa culotte. Ses plis étaient trempés. Je plongeai deux doigts en elle d'un coup, grognant quand elle arracha ses lèvres aux miennes pour hurler. Maladroitement, elle passa la main entre nous et arracha les boutons de mon jean. J'avais envie de savourer le moment, mais j'avais trop envie d'elle.

Mon désir était pur et incontrôlable, féroce et profond. Quelques secondes plus tard, elle libéra ma queue, écartant mon caleçon. Elle me caressa une fois, mais je ne pouvais pas attendre, je passai la main entre nous, soulevai ses hanches de l'autre et positionnai ma queue devant son entrée. Sa chaleur mouillée embrassa ma queue, et je levai les yeux pour la voir.

Elle bougea impatiemment.

— Zoe, murmurai-je.

C'était un miracle que je réussisse à parler par-dessus le battement fou de mon cœur et le désir qui se déversait en moi.

Elle ouvrit les yeux et trouva les miens. Je restais immobile même si ça me demandait tout mon courage.

Tout se resserra sur ce moment. Avec rien d'autre que le bruit de la pluie qui tombait et tambourinait sur le toit de la voiture, c'était comme si nous étions seuls au monde. Mon cœur battait fort et le désir me fouettait, mais je restai figé.

— Je le pense.

Elle se mordit la lèvre et pencha la tête sur le côté.

— Quoi ?

— Je t'aime.

Elle prit une respiration tremblante avant d'acquiescer.

— Moi aussi.

Le fil de discipline qui me tenait encore se brisa. Je cambrai mes hanches et la fis descendre sur moi en même temps, plongeant en elle. Elle hurla, sa tête tomba en avant, et elle colla son front contre le mien. Alors que nos souffles se mélangeaient, on commença à se balancer ensemble. Son intimité pulsa sur moi, un poing de velours mouillé qui me rendait fou.

Ce n'était pas doux. C'était brutal, chaud, mouillé et brouillon. Quelques secondes plus tard, elle hurlait de plaisir, son centre pulsant sur moi. Mon orgasme fut un fouet de plaisir, me secouant profondément. Je me déversai en elle et laissai ma tête tomber contre le siège quand elle nicha la sienne dans mon cou. Je la tins contre moi, respirant son odeur, absorbant la sensation de son corps. On se démêla maladroitement après avoir repris notre souffle.

Un peu plus tard, je sortis de la salle de bain de chez Zoe, réchauffé et au sec après une bonne douche chaude. Elle se tenait dans la cuisine et se tourna vers moi avec deux tasses en main.

— Chocolat chaud, annonça-t-elle avant de me mener vers le canapé.

On regarda quelque chose à la télé. Je n'avais aucune idée de ce que nous regardions, mais j'avais les jambes de Zoe sur les genoux, donc c'était bon. Je m'endormis avec son corps chaud contre le mien et réussis à me détendre pour la première fois depuis des jours.

ÉPILOGUE

Zoe

Je me tenais dans le couloir du stade, à écouter les bruits distants de la foule qui se dispersait. Les Stars avaient gagné ce soir. Ce n'était que la deuxième saison où je regardais régulièrement les matchs, et c'était un peu plus difficile pour eux que l'année dernière. Deux de leurs joueurs principaux étaient blessés, et les remplaçants n'étaient pas exactement au même niveau. C'était pour ça qu'ils ne s'attendaient pas à gagner ce soir. Ethan avait fait un très beau match, mais j'étais d'avis que c'était toujours le cas.

Je l'entendis se moquer de Liam à propos de quelque chose. Un sourire s'empara de mon cœur, jusqu'à mes doigts de pied. J'étais complètement mordue. Je ne cessais de me dire que l'excitation finirait par disparaitre avec lui, mais pour l'instant rien ne changeait.

Il arriva dans le couloir et sourit en me voyant. Je me disais encore qu'il était bien trop beau pour moi. Je veux dire, bon sang, c'était ridicule. Il marchait avec cette allure facile, qu'il ne voyait même pas comme étant une démarche de coq. Les femmes soupiraient encore tout autant en le voyant. Il arriva à mon niveau et me prit dans ses bras.

Je ris et baissai les yeux. C'était idiot qu'il me soulève étant donné que j'étais presque aussi grande que lui, mais il le faisait quand même. Je croisai son regard vert joueur, celui que je considérais comme un regard d'insouciance avant de le connaitre, et maintenant il me faisait toujours mouiller.

— Beau match, murmurai-je alors qu'il passait sa main dans mes cheveux et me tirait vers lui.

— Ouais. Qu'est-ce que j'ai gagné ? répondit-il avec ses lèvres collées contre les miennes.

Il ne me laissa pas le temps de répondre et se mit à m'embrasser comme un fou devant tous les passants.

ETHAN

Zoe se tenait près de la barrière, ses cheveux volant au vent alors qu'elle regardait l'océan. Elle avait insisté sur le fait qu'il fallait que je voie les îles du Puget Sound, donc nous passions le weekend dans un B&B sur l'île de San Juan. J'avais un plan parfait pour faire ma demande en mariage, mais j'étais soudainement impatient. Sous un ciel légèrement gris, ses cheveux étaient si clairs et elle était si belle que j'oubliai complètement mon plan.

Je traversai le bateau et m'appuyai contre la barrière avec elle, passant mon bras sur sa taille et la tirant vers moi. Elle me regarda, une mèche de cheveux se collant sur son visage. Je levai la main pour l'écarter.

— C'est très joli, dis-je.

— Je ne pense pas que joli soit un mot suffisant, dit-elle avec un sourire.

Elle avait raison. L'air portait l'odeur salée de l'océan. Seattle disparaissait derrière nous, son horizon de plus en plus distant alors que le bateau s'éloignait. Les mouettes chantaient. Nous avions vu un groupe d'orques un instant plus tôt. Je n'étais vraiment pas dans mon élément, mais je m'en fichais. Du moment que Zoe était avec moi, je me fichais bien d'où j'étais.

— Peut-être pas. Mais ce n'est pas ce que je suis venu dire.

— Oh ? Tu as fini d'apprendre à conduire le bateau ? dit-elle avec un sourire amusé.

Je m'étais aventuré à parler au capitaine du bateau et j'avais dit à Zoe que je pensais qu'on avait payé bien trop cher pour un tour sur l'eau, mais je n'avais pas envie de plaisanter de ça tout de suite.

— Ma belle, marions-nous.

Elle écarquilla les yeux puis se mit à rire. Après un instant, des larmes coulèrent sur ses joues. Je la tirai vers moi, posant mon dos contre la barrière pour la coller contre moi. J'écartai ses cheveux.

— J'avais tout prévu, mais je n'avais pas envie d'attendre, murmurai-je en déposant des baisers sur ses joues. Je ne voulais pas te faire pleurer.

Elle passa le coin de sa manche sur ses joues, m'interrompant alors que je me dirigeais vers ses lèvres avec mes bisous.

— Je pleure de joie, dit-elle avec un hoquet. Comment ça, tu avais tout prévu ?

Je me reculai, la regardant.

— Je veux dire que j'allais attendre ce soir, pendant le dîner. J'ai une bague et tout.

Elle me fixa du regard, et une autre larme coula sur sa joue.

— Oh. Waouh. Donc tu me demandes vraiment en mariage ?

J'acquiesçai, me demandant si j'avais fait un faux pas. Ça faisait presque un an depuis cette nuit pluvieuse où je m'étais enfin avoué que je l'aimais. Depuis, nous avions emménagé ensemble, et nous étions en train de chercher une maison à acheter en dehors de Seattle, pour nous éloigner du bruit du centre-ville. Elle avait survécu à l'annonce publique de notre relation. Comme elle le craignait, il y avait eu quelques commentaires publics sur le fait qu'elle m'avait rencontré parce qu'elle avait été engagée pour me défendre. Mais heureusement, plusieurs de ses collègues l'avaient également défendue en public, en disant qu'elle avait fait exactement ce qu'il fallait faire en transmettant mon dossier à quelqu'un d'autre. Cet élément m'ennuyait encore, parce que je trouvais ça parfaitement inutile. Mais toute cette histoire s'était apaisée et j'étais soulagé. Zoe était du genre à s'inquiéter et elle était très exigeante. De temps en temps, je me disais que j'avais beaucoup de chance qu'elle ait brisé quelques règles pour moi.

Encore une fois, je ne suivais pas le plan, et même si ce n'était pas son plan à elle, je savais que ça l'agaçait. Cette idée me fit sourire.

Elle me regarda avec un petit sourire lent.

— Quoi ?

— Je me dis juste qu'avec toi, il vaut mieux ne pas avoir de plan, lançai-je en passant ma main dans ses cheveux et en la tirant vers moi. Alors, qu'est-ce que tu en dis ? murmurai-je.

— Oui. Bien sûr que je dis oui, répondit-elle, ses joues rougissantes. Tu ne peux pas penser que je dirais quoi que ce soit d'autre.

En un éclair, le poids de ce moment me rattrapa. Je savais très bien que j'avais donné mon cœur à Zoe, mais j'avais tendance à être très confiant sur tout, et parfois j'oubliais de m'inquiéter.

Je me reculai et pris une grande inspiration.

— Non, ma belle. Ce n'est pas aussi simple. Je n'arrive toujours pas à croire que tu ne m'as pas chassé de ta vie. Donc ne te dis pas que je tiens toutes les cartes, parce que c'est vraiment l'inverse. Je ferais n'importe quoi pour toi.

Une autre larme coula sur sa joue, et je l'embrassai alors que les nuages sécartaient dans le ciel et que l'océan dansait gentiment autour de nous.

Merci d'avoir lu Hors Jeu - J'espère que vous avez adoré l'histoire d'Ethan et Zoe !

Inscrivez à ma newsletter ! Ça fait quelques années qu'Olivia et Liam se sont retrouvés dans Le Match. Profitez de cette tranche de vie, tirée de leur avenir.

Inscrivez à ma newsletter : Le Match - Scène Bonus

Ou inscrivez-vous à ma newsletter directement ici : https://jh-croix.ck.page/45405038d4

Pour une autre romance dans le monde du sport à en tomber, jetez-vous dans l'histoire de Tristan et Daisy, **Joue-Moi**. C'est une histoire d'amour brûlante d'amis devenus amants. "... l'auteur nous prend complètement par surprise et invente une nouvelle histoire qui me fait me dire... WOW... TROP GÉNIAL... WOW." Ne ratez pas l'histoire de Tristan !

· · ·

1-click. **Joue-Moi**

À PROPOS DE L'AUTEUR

J.H. Croix est une auteur sur la liste des meilleures ventes USA Today, elle vit dans le Maine avec son mari et leurs deux chiens gâtés. Croix écrit des romances contemporaines à couper le souffle avec des femmes fortes et des hommes alphas qui n'ont pas peur de montrer leurs émotions. Son amour des petites villes et des personnages qui y vivent habite sa prose. Baladez-vous dans les folles romances de ses bestsellers!

jhcroixauthor.com
jhcroix@jhcroix.com